D1943085

Himmelstürmer Verlag

Himmelstürmer Verlag, Kirchenweg 12, 20099 Hamburg,
Himmelstürmer is part of Production House GmbH

www.himmelstuermer.de
E-mail: info@himmelstuermer.de
Originalausgabe, März 2013

Rechtschreibung nach Duden, 24. Auflage.

Coverfoto: istockphoto.dom

Umschlaggestaltung: Olaf Welling, Grafik-Designer AGD, Hamburg.
www.olafwelling.de

Printed in Dänemark

ISBN print 978-3-86361-278-8
ISBN epub 978-3-86361-279-5
ISBN pdf: 978-3-86361-280-1

S. A. Urban

Erwarte mich in Paris

Himmelstürmer Verlag

Inhalt

Ein Job wie jeder andere

Die Sonne brannte an diesem ersten heißen Frühlingstag erbarmungslos auf die Großstadt herab, und schien sie innerhalb einer Nacht nach Italien versetzt zu haben. Die Menschen saßen plaudernd in den Straßencafés oder schlenderten durch die breite Fußgängerzone.

Ich schwitzte mittlerweile unerträglich. Doch meine Jacke zog ich nicht aus. Sie war für meinen Job, den ich gleich antreten würde, unerlässlich. Heute war wirklich der ideale Tag, um wieder loszuziehen. Das letzte Mal war ich auf den Weihnachtsmärkten aktiv gewesen. Doch das war jetzt schon Monate her.

„Mach's gut, Nikolito. Gib auf dich Acht."

Meine Großmutter strich mit ihrer trockenen Hand über meine Wange. Ich musste mich zu ihr herunterbeugen, damit sie mir einen Kuss geben konnte.

„Mach ich. Du weißt doch, ich bin der Beste."

Sie nickte und ein Lächeln huschte über ihr faltiges Gesicht. Dann zog sie ihr buntes Kopftuch zurecht, drehte sich um und ging zielstrebig auf eine blonde Frau mittleren Alters zu.

„Möc-chten Sie, dass ic-ch Ihre Zukunft lese aus der C-Hand?", hörte ich meine Großmutter auf die Frau einreden. Sie betonte die Wörter dabei auf eine exotische, russische Art, bei der ich jedes Mal schmunzeln musste. Unauffällig beobachtete ich die Frau, die verblüfft stehen geblieben war und meine Großmutter skeptisch musterte.

„Mac-chen nur fünf Euro", sagte Großmutter und griff nach dem Arm der Frau. Sanft drehte sie deren Handfläche nach oben und riss theatralisch die Augen auf. „Ic-ch sehen Schwierigkeiten. Sehen Sie ch-hier, Ihre Lebenslinie … Diese Unterbrec-chung …"

Interessiert sah die Frau auf ihre Handfläche hinab. „Was sehen Sie denn da? Geht es etwa um meine Ehe?"

Meine Großmutter strich ihr beruhigend über die Handinnenseite. „Kommen Sie, kommen Sie, meine Liebe. Ic-ch werde ihnen erzählen …"

Lächelnd drehte ich mich weg und ließ meine Großmutter ihre Arbeit tun. Es wurde Zeit, dass auch ich endlich begann. Hoffentlich war ich noch genauso geschickt, wie vor der Pause. Die Wintermonate hatte ich nämlich mit Korbflechten verbracht, und ich bezweifelte, dass dies für die Fertigkeit meiner Hände die richtige Übung war.

Langsam bummelte ich an den überladenen Geschäften entlang und tat so, als würde ich die ausgestellten Waren begutachten. Wer kaufte nur all dieses unnütze Zeug? Die Sonnenbrillen, T-Shirts, Tassen und Souvenirs interessierten mich nicht. Meine Aufmerksamkeit wurde von anderen Dingen gefesselt. Meine Augen tasteten die Menschen um mich herum ab. Ein blitzschneller Griff in eine halboffene Handtasche, und unbemerkt ließ ich die fremde Geldbörse in das Innere meiner Jacke gleiten. Ich tat dies ohne Schuldgefühl. In meinen Augen waren die Deutschen eh viel zu reich und ich fand es nur fair, dass sie uns daran teilhaben ließen … wenn, in meinem Fall, auch eher unfreiwillig.

Gelassen schlenderte ich die Straße weiter und nahm noch zwei weitere Brieftaschen an mich, die mir achtlos aus Gesäßtaschen entgegenlugten. Ihre Eigentümer würden ihre Abwesenheit erst bemerken, wenn sie etwas bezahlen würden. Und bis dahin war ich über alle Berge.

Rasch lief ich weiter. Es war nie gut, zu lange an dem Ort zu bleiben, an dem man schon Erfolge verbucht hatte. Ich ging auf die andere Straßenseite und griff mir wahllos eine Sonnenbrille aus dem Verkaufsständer. Ich setzte sie mir auf und tat, als würde ich mein Aussehen in einem kleinen Spiegel überprüfen. Mir war egal, ob mich die Brille kleidete. Mein Blick suchte schon nach dem nächsten Portemonnaie, das, von seinem Besitzer vernachlässigt, auf mich wartete. Ein helles Lachen ließ mich aufblicken. Ein Mädchen mit einem auffälligen Augenbrauenpircing stand mir gegenüber und beobachtete mich.

„Ich an deiner Stelle würde sie nehmen."

„Ähm, die Brille?", fragte ich verwirrt.

„Klar. Sieht cool aus", zwinkerte sie mir zu.

Verlegen nahm ich die Sonnenbrille ab und drehte sie in der Hand. Das Ding hatte verspiegelte Gläser und kostete fünfundvierzig Euro, wie mir ein Blick auf das Preisschild verriet. Fünfundvierzig Euro? Wer war denn wahnsinnig genug, so viel Geld für solch ein unnützes Ding auszugeben?

„Du solltest sie kaufen."

„Kaufen?" Das Wort kam mir wie ein Fremdkörper über die Lippen. Auch das Mädchen schien dies zu merken. Sie grinste und strich sich mit den Fingern durch ihr blondes Haar.

„Wie machst du es sonst, wenn du sie nicht kaufen willst, aber trotzdem unbedingt haben möchtest?" Neugierig sah sie mich an und ich las so etwas wie eine stumme Herausforderung in ihrem Blick.

Später verfluchte ich mich für das, was ich dann tat. Niemals ging ich ein Risiko bei meiner Arbeit ein. Doch hier, unter den Augen dieses Mädchens, das nur darauf zu warten schien, mich auszulachen oder zu bewundern, ließ ich mich auf das Dümmste ein, was ich nur tun konnte. Ich lächelte sie geheimnisvoll an und ließ die Sonnenbrille in meiner Jackentasche verschwinden.

„Ah, das ist also deine Masche." Sie grinste mir verschmitzt zu. Plötzlich weiteten sich ihre Augen. Ihre Lippen, die sich gerade noch zu einem Lächeln verzogen hatten, öffneten sich, als wollte sie mir eine Warnung zurufen. Gerade als ich mich umdrehen wollte, um zu sehen, was sie so erschreckt hatte, krallten sich Finger, wie Stahlklammern, in meinen Oberarm.

„Du willst doch nicht etwa verschwinden? Ich denke, du hast sicher nur vergessen zu bezahlen."

Ich sah mich einem kräftig gebauten Mann gegenüber, der mich wütend anfunkelte.

„Komm mal mit nach hinten. Ich denke, wir haben was zu bereden."

Er zerrte mich hinter sich her. Im ersten Moment leistete ich keinen Widerstand. Ich entspannte meine Muskeln und bot keinerlei Gegenwehr. Dies war für den Überraschungsmoment, den ich vorbereitete, unerlässlich. Wie eine übergroße Marionette bugsierte er mich zwischen den Ständern hindurch.

„Moment ich … ich …", begann ich zu stottern, dann spannte ich meinen Körper an, riss mich mit einem kraftvollen Ruck los und sprang zwischen den Auslagen des Ladens hindurch. Dabei stieß ich einen Ständer mit Keramiktassen um, der scheppernd zu Boden fiel und einen Regen von spitzen Splittern über das Pflaster fegte. Der Ladendetektiv rannte hinter mir her. Kurz spürte ich, wie er meine Jacke zu fassen bekam, doch dann verfing sich sein Fuß in dem umgestürzten Tassenständer. Unter lautem Fluchen fiel er auf Hände und Knie, in die sich erbarmungslos die scharfen Splitter der zertrümmerten Tassen bohrten. Mit dem Geräusch reißenden Stoffes in den Ohren, kam ich frei und rannte, ohne mich noch einmal umzusehen, davon.

Ich nahm die nächste Seitenstraße und hastete weiter.

Erst nach mehreren hundert Schritten blieb ich keuchend in einer Toreinfahrt stehen. Prüfend sah ich mich um. Die Gasse war, bis auf wenige Spaziergänger, leer.

Zügig lief ich in den Hinterhof. Vorsichtig sah ich mich noch einige Male um, bevor ich mich auf eine schmutzige Treppe setzte. Ich holte die drei Brieftaschen aus meiner Jacke hervor. Routiniert zog ich die Geldscheine raus und verstaute sie in meiner Hosentasche. Zählen konnte ich das Geld später. Doch auf den ersten Blick sah es so aus, als hätte sich mein erster Beutezug schon gelohnt. Das war auch mehr als notwendig, wie ich mit einem Blick auf meine zerrissene Jacke feststellte. Paco würde nicht einverstanden sein, wenn ich ihm mitteilte, dass ich das Geld für neue Bekleidung ausgeben wollte. Wahrscheinlich würde ich nachher noch in einem Kaufhaus vorbeischauen müssen. Es fiel selten auf, wenn man mit einer alten Jacke hineinging und mit einer Neuen wieder herauskam. Und wie man die Sicherheitsetiketten geschickt entfernte, ohne dass das Kleidungsstück Schaden nahm, hatte ich mittlerweile auch schon gelernt.

Während ich den Hinterhof verließ, warf ich die Brieftaschen in den nächsten Müllcontainer. Das Schlimmste wäre gewesen, wenn sie mich vorhin mit drei geklauten Brieftaschen beim Ladendiebstahl erwischt hätten. Ich musste vorsichtiger werden. Solche Fehler waren mir früher nie passiert. Was war nur in mich gefahren, dass ich mich auf so ein dummes Spielchen mit einem fremden Mädchen einlassen musste?

Voller Unmut riss ich die Sonnenbrille hervor. Doch kurz bevor sie den gleichen Weg wie die Brieftaschen, in einen Müllcontainer nehmen konnte, besann ich mich eines Besseren. Wenn ich für dieses unnütze Ding schon solch ein Risiko eingegangen war, würde ich sie auch behalten.

Geheimnisse

Wie immer brannte am Abend ein Feuer in der Mitte unseres kleinen Dorfes und warf seine flackernden Schatten auf die bunten Wohnwagen. Ich saß auf einem Baumstamm und starrte stumm in die Glut. Neben mir saß Sara. Ihre weiche Schulter berührte meinen Oberarm. Ich hatte den Eindruck, als dränge sie sich mit jeder Minute näher an mich heran. Ich tat so, als müsse ich meine Beine ausstrecken und rückte dabei etwas zur Seite. Ihre zaghaften Berührungen sollten mir eigentlich nichts ausmachen, immerhin würden wir dieses Jahr noch heiraten ... Bei diesem Gedanken sträubten sich mir die Haare. Nicht dass mit Sara irgendwas nicht stimmte. Sie war niedlich ...

Mein Vater, der mir gegenüber im Kreis der erwachsenen Männer saß, nickte mir auffordernd zu. Er hatte mich erst vor wenigen Tagen gefragt, ob ich irgendwelche Bedenken wegen Sara hätte. Die Sippe fand es seltsam, dass ich keine Anstalten machte, sie zu umwerben oder mich ihr wenigstens sachte zu nähern. „Ich bin noch nicht so weit", hatte ich gesagt und unbehaglich die Schultern hochgezogen. „Red nicht, Sohn. Du bist im heiratsfähigen Alter. Es wird Zeit, dass du eine Familie gründest." Ich versuchte den Gedanken an dieses Gespräch wegzuschieben.

Sara legte ihre Hand wie zufällig auf mein Knie. Sie schien von mir irgendwas zu erwarten, dass spürte ich genauso, wie ich ihre Hand spürte.

Ein Hauch eisiger Kälte umwehte mein Herz. Schnell sah ich zur Seite, nur um ihrem Blick nicht begegnen zu müssen. Mein Blick schweifte über meine Familie, meine Verwandten und Freunde, die sich lachend unterhielten und blieb zuletzt an einer reglosen Gestalt hängen, die etwas abseits saß. Erleichtert, endlich eine Gelegenheit gefunden zu haben, stand ich auf und lief zu Piero hinüber.

„Du bist früh zurück. Laufen die Geschäfte gut?", fragte ich und ließ mich neben ihm auf dem staubigen Boden nieder.

„Alles bestens", antwortete er. Der Nachtwind wehte sein langes, hellbraunes Haar zur Seite.

Piero war anders als der Rest meiner Familie, nicht nur äußerlich … Ich kannte Piero seit meiner Kindheit. Wir waren beste Freunde gewesen, eigentlich müssten wir's noch immer sein, doch irgendetwas hatte sich schleichend zwischen uns verändert. Seit er begonnen hatte, regelmäßig Geld ranzuschaffen, war er immer schweigsamer und geheimnisvoller für mich geworden. Wir hatten kaum noch Gelegenheit, Zeit miteinander zu verbringen. Das lag vor allem daran, dass ich tagsüber loszog. Wenn ich von meinen Beutezügen nach Hause kam, brach Piero meistens auf oder war schon weg. Und wenn er von seiner Arbeit zurückkam, lag das Dorf wiederum im tiefen Schlaf. Niemand redete darüber, welchem Gewerbe Piero nachging, doch jeder schien es zu wissen oder tat wenigstens so.

Anfangs hatte ich versucht, Piero auszufragen, doch er war meinen Fragen jedes Mal ausgewichen. Es schien ihm unangenehm zu sein, über seine Arbeit zu reden. Irgendwann hatte ich das Gefühl bekommen, dass er mir aus dem Weg ging. Seither sprach ich ihn nicht mehr darauf an und stellte ihm nur noch unverfängliche Fragen.

„Du hast eine neue Jacke. Sie steht dir. Schwarzes Leder." Die letzten Worte betonte er so, dass mir unverzüglich ein Schauer über den Rücken zog.

Verlegen sah ich an mir herab. „Danke. Ich brauchte unbedingt eine Neue." Kurz zögerte ich, dann zog ich hastig die verspiegelte Sonnenbrille hervor und hielt sie ihm hin. „Dir habe ich auch was mitgebracht."

„Eine Sonnenbrille? Für die Nacht?" Sein spöttisches Lächeln ließ mir das Blut ins Gesicht schießen. Ich war froh, dass der flackernde Feuerschein dies verbarg.

„Ich dachte nur … ich habe …", stotterte ich auf der Suche nach einer passenden Antwort.

„Ich wollt dich nur necken. Ist ja nicht so, dass ich tagsüber nie rausgehe. Danke." Er zwinkerte mir zu und schob sich die Brille über die Stirn ins Haar.

Eine Weile saßen wir stumm da. Mein Blick fiel auf Sara, die noch immer auf dem Platz saß, an dem ich sie verlassen hatte. Sie beobachte uns. Mit mürrischem Gesicht starrte sie herüber.

„Findest du es in Ordnung, deine Zukünftige so links liegen zu lassen?“, fragte Piero unvermittelt

„Dass du jetzt auch noch damit anfängst. Sie wird sich daran gewöhnen müssen“, antwortete ich verärgert. „Ich habe keine Lust, eine Familie zu gründen.“

Piero sah mich interessiert von der Seite an. „Du magst sie nicht?“

„Das ist es nicht. Sie ist mir einfach nur - egal“, beendete ich den Satz.

Piero lachte leise. Seine feingliedrige Hand griff nach einem Stöckchen, mit dem er ein Herz in den Sand malte.

„Lach' nur“, fauchte ich. „Ich mag eben keine dicke, ungelenke Frau, die ein Leben lang wie eine Klette an mir hängt.“

„So schlimm ist heiraten doch auch wieder nicht. Du wirst danach deine Ruhe haben. Jedenfalls vor deinen Eltern und der Familie. Ob Sara dich in Ruhe lässt, wage ich jedoch zu bezweifeln“, kicherte er.

„Du hast gut reden. Warum bist du eigentlich niemanden versprochen?“

Piero wendete sein Gesicht ab, sodass dunkle Schatten auf seine Züge fielen. „Das hat sicher was mit meiner Herkunft zu tun …“

Es tat mir sofort leid, dieses Thema angesprochen zu haben. Natürlich wusste ich darüber Bescheid, wer sein Vater gewesen war. Seine ganze Kindheit über hatte man ihn deswegen verspottet. „Bastard!“, hatten die Kinder ihm hinterher geschrien. Während ich sie mir schnappte und verprügelte, saß Piero abseits und versuchte seine Tränen zu unterdrücken.

„Ich würde zu gern mit dir tauschen“, sagte ich.

„Glaub mir, dass willst du nicht wirklich“, antwortete er leise.

Ich fragte nicht weiter nach. Schweigend sahen wir ins Feuer. Leise Gitarrenklänge schwebten zu uns herüber und ich wünschte mir, Piero würde mich mehr an seinem Leben teilhaben lassen. Warum tat er immer so geheimnisvoll? Ich könnte ihm helfen, so wie früher, wenn ich nur wüsste, worum es ging.

Grübelnd strich ich mir über das Kinn, an dem sich schon wieder ein kratziger Bartschatten gebildet hatte. Auch das unterschied uns voneinander. Er war der glattgesichtige Schönling, während ich sein absolutes Gegenteil war.

Warum nur zog er sich so vor mir zurück? Wir konnten zusammen eine unbesiegbare Einheit bilden. Verärgert fuhr ich mit meinen Fingern durch meine widerspenstigen Locken und warf ihm einen resignierten Blick zu. Plötzlich begann Piero nervös neben mir hin und her zu rutschen.

„Eh, was ist denn?“, mehr brauchte ich nicht fragen. Schon entdeckte ich Pacos Gestalt, die sich aus der Schar Männer löste und auf uns zu steuerte. Schnell standen wir auf und senkten ehrfürchtig unseren Blick. Breitbeinig baute Paco sich vor uns auf. Seine schwarzen Augen hefteten sich auf Piero, während sein Schnauzbart zu zucken begann.

„Was treibst du dich schon wieder hier rum? Solltest du nicht unterwegs sein?“

Piero trat unruhig von einem Fuß auf den anderen. „Ich war heute erfolgreich. Hab viel Geld verdient …“

„Ja, und?“, bellte Paco. „Heißt das etwa, dass du faulenzen darfst? Der Abend ist noch jung. Was nützt du uns hier? Du solltest dort sein, wo man dich braucht.“ Mit diesen Worten funkelte Paco ihn noch einmal wütend an. Dann wandte er sich ab und ging großspurig auf seinen Platz zurück.

Piero nahm die Sonnenbrille aus seinem Haar und setzte sie trotz der vorherrschenden Dunkelheit auf.

„Wie, du gehst wirklich noch mal los?“, fragte ich entgeistert.

„Du hast Paco doch gehört.“ Piero zuckte mit der Achsel.

„Kann ich wenigstens mitkommen?“

Piero sah mich einen Wimpernschlag lang an. „Bleib hier und kümmere dich endlich um deine kleine Sara. Da wo ich hingehe, hast du nichts verloren.“ Er drehte sich mit einer arrogant anmutenden Geste um und lief zwischen den Wohnwagen hindurch Richtung Straße.

Ich fühlte mich wie vor den Kopf gestoßen. Einen Moment blieb ich unschlüssig stehen, beobachtete die in mir tobenden Gefühle von Ausgeschlossen sein, Wut und quälender Neugier. Mit einem letzten Blick zum Lagerfeuer, wo mir keiner Aufmerksamkeit schenkte, stand ich auf und folgte ihm.

Als ich zwischen den Büschen hervortrat, entdeckte ich Piero etwa hundert Meter vor mir. Er lief, wie ich schon vermutet hatte, in Richtung U-Bahn. Vorsichtig, den Schatten der Straßenlaternen ausnutzend, folgte ich.

Ich stieg in einen der hinteren Wagons und setzte mich mit dem Rücken zu Piero. Jedes Mal, wenn die Bahn anhielt, lugte ich über meine Schulter, um sicher zu gehen, dass er nicht ausgestiegen war. So fuhren wir etwa eine halbe Stunde, bis Piero am Stachus die Bahn verließ.

Im gebührenden Abstand folgte ich ihm die Rolltreppe hinauf und blieb abrupt stehen, als er in der unterirdischen Ladenstraße anhielt, sich umschaute und neben einem Schaufenster an die Wand lehnte. Ich verbarg mich hinter einer der breiten Säulen und ließ ihn nicht aus den Augen. Ratlos beobachtete ich, wie er lässig dastand, einen Fuß an die Mauer hinter sich gestellt, während er die vorbeieilenden Passanten musterte.

Was machte er da? Auf wen wartete er? Hatte er sich hier etwa mit jemand verabredet?

Nach einer weiteren geschätzten halben Stunde blieb endlich ein Mann vor Piero stehen. Enttäuscht atmete ich aus, als er nur die ausgestellte Ware im Schaufenster betrachtete. Doch dann bemerkte ich, wie er Piero verstohlen musterte. Piero schien dies zu bemerken, ja sogar zu mögen. Er strich sein Haar zurück und schenkte ihm ein kleines Lächeln. Der Mann erstarrte, dann wandte er sich schnell ab und verschwand auf der Herrentoilette, die nur wenige Schritte entfernt war. Piero stieß sich von der Wand ab und warf einen Blick in meine Richtung. Schnell zog ich mich hinter die Säule zurück. Mein Herz schlug mir bis zum Hals. Er hatte mich doch nicht etwa entdeckt?

Behutsam lugte ich auf der anderen Seite der Säule hervor. Piero war weg. Ich sah gerade noch, wie die schwere Metalltür der Toilette wieder ins Schloss fiel.

Gut, ich würde warten, vielleicht kam er ja wieder heraus. Wenn nicht, war meine Verfolgungsjagd eben vorbei. Ich war nun mal kein Privatdetektiv. Mein Können beschränkte sich auf andere Gebiete.

Während ich wartete, schweiften meine Gedanken zu meiner bevorstehenden Heirat. Was sollte ich nur tun? Ich hatte wirklich absolut keine Lust, Kinder in die Welt zu setzen und rauchend mit den anderen Männern Abend für Abend am Feuer über politische Angelegenheiten zu diskutieren.

Ob ich noch mal mit meinem Vater reden sollte?

Nein, das kam nicht in Frage. Das letzte Mal, als ich ihm erzählte, wie ich mir meine Zukunft vorstellte, hatte er mir eine derartige Ohrfeige verpasst, dass mein Kopf gegen das Hängeschränkchen in unserem Wohnwagen geflogen war. Die Hand, mit der ich an meine Schläfe fasste, klebte augenblicklich von frischem Blut. Mir war schwarz vor Augen geworden und ich mühte mich ab, auf den Beinen zu bleiben. Meine Mutter hatte mich sofort auf die Bank gezogen und drückte mir ein feuchtes Tuch auf die Wunde, während meine Großmutter schimpfend auf meinen Vater losging. Niemand, außer Paco, traute sich sonst, so mit meinem Vater umzugehen.

Ich hätte es wissen müssen. Zu oft schon hatte ich die Faust oder schlimmstenfalls den Stiefel meines Vaters zu spüren bekommen, wenn ich mich gegen seine Anweisungen auflehnte. Oft reichte schon eine kleine Andeutung, und sein ganzer Zorn entlud sich auf mich.

„Weißt du“, sagte mir meine Großmutter einmal, „er kennt es nicht anders. Sein Vater, Gott habe ihn selig, hat es ihm so vorgelebt. Reize ihn nicht, dann ist alles gut.“

Diesen Ratschlag beherzigte ich, doch die bevorstehende Hochzeit hatte mich unbedacht werden lassen.

„Hast du etwa eine Andere ins Auge gefasst?“, hatte mich meine Großmutter in einem stillen Moment gefragt.

Kopfschüttelnd verneinte ich. „Ich weiß auch nicht. Ich will für die Familie da sein, aber das letzte, woran ich denke, ist heiraten.“

Meine Großmutter hatte mir die Hand auf die Schulter gelegt.

„Für manche Menschen ist eine normale Beziehung eben nicht die Lösung." Schwerfällig war sie aufgestanden und hatte mich mit diesem rätselhaften Satz allein zurückgelassen.

Dunkle Straßen

Die Tür der Herrentoilette öffnete sich und der Mann vom Schaufenster erschien. Nachdenklich blieb er stehen. Als sich die Tür ein zweites Mal öffnete, trat Piero heraus. Der Mann sah ihn mit unbewegtem Gesicht an, drehte sich um und ging raschen Schrittes Richtung Rolltreppen. Er machte den Eindruck, als würde er sich für etwas schämen. Piero sah ihm mit einem verkrampften Lächeln hinterher und setzte sich dann ebenfalls in Bewegung.

Ich folgte ihm in einigem Abstand die Rolltreppe hinauf. Meine Fragezeichen im Kopf wurden immer größer. Was tat Piero hier? Welche Art von Geschäften ging er nach und warum gerade zu dieser späten Stunde?

Warum hatte er so lange im Untergeschoss des Hauptbahnhofs herumgelungert? Und wo ging er jetzt hin?

Neugierig, fast alle Vorsichtsmaßnahmen außer Acht lassend, lief ich hinter Piero her. Ich musste nicht vorsichtig sein. Er drehte sich kein einziges Mal um. Er eilte zielstrebig durch die dunkle Stadt, und schien genau zu wissen, wo er hin wollte. Zehn Minuten später hatte er sein Ziel erreicht. Über der Tür, hinter der er verschwand, prangte in blauer Neonschrift *Cruising Gay Bar.*

Ich blieb auf der gegenüberliegenden Straßenseite stehen, unschlüssig, ob ich ihm folgen sollte. Was war, wenn die Bar nur einen kleinen Gastraum hatte, und ich Piero direkt in die Arme lief? Er wäre sauer, dass war mir jetzt schon klar. Ich wollte keinesfalls riskieren, dass er nie wieder ein Wort mit mir sprach. Trotzdem brannte die Neugier wie ein heißes Feuer in meinem Magen. Unschlüssig trat ich von einem Bein aufs andere. Lange musste ich jedoch nicht warten. Die Entscheidung, ob ich folgen oder warten sollte, wurde mir glücklicherweise abgenommen.

Als sich die Tür öffnete und Pieros schlanke Gestalt vor dem dunklen Innenraum abzeichnete, zuckte ich ertappt zusammen. Doch Piero hatte mich nicht bemerkt. Er wandte sich zu einem älteren Mann um, der ihm auf die Straße folgte. Ich hörte ihre leisen Stimmen, wie sie ein paar Worte miteinander wechselten, dann gingen sie gemeinsam ein paar Schritte und verschwanden in der nächsten, offenen Toreinfahrt.

Nun, alle Vorsicht hinter mir lassend, lief ich über die Straße und trat in die dunklen Schatten der Einfahrt. Leise tastete ich mich an dem kalten Gemäuer entlang. Rau und rissig fühlte ich es unter meinen Fingerspitzen. Ich erstarrte. Hinter der nächsten Biegung vernahm ich ein leises Rascheln. Langsam, ohne ein Geräusch zu verursachen, schlich ich näher und spähte um die Ecke.

Vor mir lag ein dunkler Hinterhof. Wenige Fenster, von denen nur noch eins beleuchtet war, sahen auf den kahlen, teilweise von Unkraut überwucherten Betonboden. In der Ecke zu meiner Linken hörte ich wieder das Rascheln. Ein leises Stöhnen folgte.

„Ja, gut so, weiter", flüsterte eine heisere Stimme.

Ich lehnte mich an die Mauer und sah um die Ecke. Es war stockdunkel. Trotzdem sah ich alles noch viel zu deutlich: Eine Gestalt lehnte mit dem Rücken an der Mauer, die Zweite kniete vor ihr. Was sie da tat, konnte ich nur erahnen. Einer der beiden gab wieder ein leises Stöhnen von sich, das in der Stille des Hinterhofes widerhallte.

„Los, komm, steh auf." Die kniende Gestalt kam der Aufforderung nach, und der andere, eindeutig Kräftigere, drängte sie jetzt an die Wand.

Das alles beobachtete ich, ohne es auch nur einen Moment mit Piero in Verbindung zu bringen. Doch dann hörte ich seine Stimme. Sie klang fremd, und trotzdem würde ich sie jederzeit erkennen. Diese rauchig, erotische Färbung hatte ich jedoch noch nie bei ihm wahrgenommen. Sie zog mir, wie mit kalten Fingerspitzen, eine Gänsehaut über den Rücken. Auf eine sonderbare, noch nie gekannte Weise, machten sie mich an.

„Langsam, warte. - Ja. – Jetzt! - Gib's mir. - Los!"

Ich hörte die Lust in Pieros Stimme, sein Keuchen, und spürte, wie ich eine Erektion bekam. Ungläubig sah ich an mir herab. Ich beobachtete hier meinen Freund beim Sex - mit einem Mann - und es machte mich scharf. Das konnte doch nicht wahr sein!

Als das Stöhnen der beiden schneller wurde und mit einem jähen

Aufschrei verstummte, drehte ich mich ruckartig um. Ich stolperte fast über meine Füße, als ich aus der Toreinfahrt flüchtete.

Ich rannte lange, so als würde ich die Bilder und Laute hinter mir lassen können. Doch es gelang mir nicht. Immer wieder gaukelte mir mein Gehirn die Schatten der zwei Männer vor. Keuchend blieb ich in einer ruhigen Seitenstraße zwischen parkenden Autos stehen und atmete tief durch. Dann taumelte ich in einen offenen Hauseingang.

Was war nur los? Wurde ich verrückt? Alles drehte sich um mich. Ich zitterte. Jeder Nerv meines Körpers schien zu vibrieren. Ohne nachzudenken, stolperte ich die Stufen zum Keller hinunter. Erschöpft lehnte ich mich an die Wand und kniff die Augenlider zusammen. Bunte Kreise tanzten vor meinen geschlossenen Augen. Vor meinem inneren Auge schmiegten sich zwei schwarze Silhouetten vor Lust aneinander. Ich stöhnte auf. Dieser Ton klang in der Stille des Hauses wie ein wunder, qualvoller Schrei. Ich fühlte einen Schmerz, der mir den Brustkorb zusammendrückte, und tief in meinen Eingeweiden wühlte. Doch ich fühlte noch etwas anderes …

Unvermittelt griff ich in meinen Schritt. Noch immer war mein Schwanz hart wie Stein. Mit fahrigen Bewegungen öffnete ich meine Hose. Die Bilder, die sich hinter meinen geschlossenen Lidern abspielten, peinigten mich ebenso, wie sich mich anmachten. Die Erinnerung von dem dunklen Hof hatte sich, wie ein Foto, für immer in mein Hirn eingebrannt.

In dieser Nacht fickte ich meinen Freund das erste Mal und ich wusste schon jetzt, dass mich diese Fantasie nie wieder loslassen würde. In meiner Traumwelt presste ich ihn gegen die kalte Wand und grub meine Finger in sein langes Haar. Von hinten drang ich in ihn ein, erst sanft, dann hart und rücksichtslos, hörte seine Lustschreie, während ich in ihn stieß, ihn ausfüllte und Besitz von ihm ergriff.

Mein Körper krümmte sich, als mich ein Orgasmus überrollte und Sperma auf den schmutzigen Zementboden klatschte.

Verschämt sah ich die kleine Lache an. Dann richtete ich meine Kleidung und machte mich auf den Heimweg.

„Du hast ja keine Ahnung!“

Die nächsten Tage hielt ich mich von Piero fern. Ab und zu sah ich ihm verstohlen nach, wenn er sich auf den Weg zu seiner fragwürdigen, nächtlichen Tätigkeit machte.

An diesem Abend beim Essen, sprach mein Vater, das von mir verhasste Thema Heirat wieder an. Ich konnte es nun beim besten Willen nicht mehr ignorieren oder missverstehen.

„Im Frühsommer“, begann er, während er sich ein Stück Brot in den Mund schob, „kommt die Sippe meines Vetters Juan, sie werden uns bei den Vorbereitungen für deinen großen Tag helfen. Saras Verwandtschaft trifft kurze Zeit später ein. Wenn ihr Glück habt, schenken sie euch einen eigenen Wagen … wenn nicht, müsst ihr erst einmal hier wohnen.“

Als ich den Mund zu einem Protest öffnen wollte, fiel mir meine Großmuter ins Wort. „Vielleicht kann das junge Paar erst einmal etwas abseits, in einem Zelt wohnen.“ Dabei tätschelte sie mir den Unterarm. „Da haben sie Ruhe und fühlen sich nicht so beobachtet.“

„Du brauchst dich nicht beobachtet fühlen, Sohn. Du und deine kleine Frau, ihr werdet nichts miteinander machen, was ich nicht schon kenne.“ Dabei lachte er und schlug mir kräftig auf die Schulter.

Bei dem Gedanken daran, was er meinte, drehte sich mir der Magen um. Der Löffel, den ich gerade in der Hand hielt, fiel scheppernd auf meinen Teller. Großmutter sah mich mitfühlend an, und meine Mutter saß verschüchtert da, während mein Vater sich vor Lachen den Bauch hielt.

„Zier dich doch nicht wie eine Jungfrau, Nikola.“ Er sah mir dabei grinsend ins Gesicht. „Bei deinem Benehmen glaubt man doch glatt, dass du noch eine bist …“

Als sich mein Gesicht rot färbte, fiel er in erneutes Lachen ein. Meine Großmuter holte aus und gab ihm einen kräftigen Schlag auf den Hinterkopf. „Lässt du wohl den Jungen in Ruhe.“

Mein Vater richtete sich stolz auf, so als hätte er den Klaps gar nicht gespürt. „Mutter, du musst mir doch Recht geben, ein Mann sollte Erfahrung in die Ehe mitbringen. Nikola, du solltest dringend etwas an deinen Gewohnheiten ändern."

Während meine Mutter stumm auf ihren Teller starrte und so tat, als wären sie ganz woanders, ergriff Großmutter wieder Partei für mich: „Er wird schon seine Erfahrungen sammeln. Dafür braucht dich Nikolito bestimmt nicht. Stimmt's, Junge?"

Mit einem gemurmelten „Bin satt", stand ich auf und flüchtete aus unserem Wagen. Das dröhnende Lachen meines Vaters und die schimpfende Stimme meiner Großmutter begleiteten mich, während ich davonlief.

Ja, verdammt, mein Vater hatte recht! Ich hatte noch keine Erfahrungen. Aber was war denn schon dabei? Musste ich unbedingt einem Mädchen hinterher steigen? Ich hatte bisher eben noch kein Bedürfnis danach gehabt. Blöderweise würde sich das auch nicht ändern. Das spürte ich genau. Seit ich vierzehn war, hatte ich bemerkt, dass ich anders war als der Rest der Jungen in meinem Alter. Ich beobachtete die Mädchen nicht, wenn sie ihre Tänze übten. Ich stand abends auch nicht heimlich herum und schaute ihnen dabei zu, wie sie sich wuschen. Das gab mir nichts. Lieber saß ich bei Piero, wenn er auf seiner Gitarre übte. Sein feingliedrigen Finger, die die Abläufe immer und immer wieder trainierten, sein schönes, hochkonzentriertes Gesicht mit der steilen Falte zwischen den Augenbrauen, das von dem Schleier langer Haare fast verdeckt war …

Ja, ich hatte es schon längst selbst gemerkt. Ich war anders.

Doch was sollte ich dagegen tun?

In düstere Gedanken versunken, lief ich durch das Dorf. Ohne es zu merken, hatte ich mich dem Feuer genähert. Erst als mir die Musik und das Klatschen der Hände lautstark in den Ohren klangen, sah ich auf. Einige meiner Freunde tanzten. Das Feuer warf flackernde Schatten auf ihre Körper, die sich zu rhythmischer Musik drehten. Im Mittelpunkt stand Lolita. Sie schwenkte ihren weiten roten Rock und tanzte herausfordernd um ihren Tanzpartner herum. Wie versteinert blieb ich stehen.

Ich hatte Piero schon oft tanzen sehen. Doch heute erwischte mich sein Anblick wie ein Faustschlag in der Magengrube. In meinem Inneren entwickelte sich ein Kampf. Mit all meinem Sehnen wollte auch ich tanzen, mich dieser Leidenschaft hingeben und vor allem Piero nahe sein. Doch ein anderer Teil von mir wollte weglaufen. Langsam setzte ich mich in Bewegung. Ohne es zu merken, stellte ich einen Fuß vor den anderen. Als der Feuerschein heiß auf meiner Haut brannte, merkte ich erst, dass ich mich nicht für die Flucht entschieden hatte. Ich stand zwischen den Tanzenden und starrte Piero noch immer unverwandt an. Meine Freunde rempelten mich an, klatschten in ihre Hände, lachten mir ins Gesicht. Sara griff nach meinen Händen und versuchte mich zu sich zu ziehen und zum Tanzen zu bewegen. Doch ich blieb unbewegt stehen, unfähig auch nur einen Muskel zu rühren.

„Was ist?“, fragte Piero mit einem Auflachen, als er an mir vorbeitanzte. „Bist du zu Stein erstarrt?“

„Ich muss mit dir reden!“ Meine Stimme klang rau und war fast nicht zu hören.

Pieros Bewegungen erstarben. Als Lolita ihn am Arm fasste, schüttelte er den Kopf und entwand sich ihrem Griff.

„Ist was passiert?“, fragte er noch einmal.

Ich riss mich von seinen Augen los, die im Feuerschein wie Gold wirkten. Sie brachten mich um jeden klaren Gedanken. Schnell drehte ich mich um und verließ den Kreis des Feuers, zog mich zurück zwischen die gaukelnden Schatten und stützte mich zitternd an der Wand eines Wagens ab.

Was war nur los? Ich hatte recht daran getan, mich von Piero fern zu halten. Ich konnte es nicht ertragen, ihn anzusehen, ihm so nah zu sein und ihn doch nicht berühren zu können. Jedes Mal, wenn sich unsere Blicke begegneten, zerschnitt es mir das Herz. So etwas hatte ich vorher noch nie gefühlt. Wurde ich etwa verrückt?

„Geht es dir nicht gut?“ Piero war hinter mich getreten. Ich spürte seine warme Hand auf meiner Schulter. Diese Berührung durchzuckte meinen Arm wie ein elektrischer Schlag. Wie ferngesteuert drehte ich mich um. Sein Gesicht lag im Schatten und mit einem kurzen Gebet, dankte ich Gott dafür. Ich hätte es nicht ertragen, ihn so dich vor mir zu sehen. So nah - zum Berühren nah.

„Sag schon, Nikola!“ Seine Stimme drängte mich zu einer Antwort. Sie klang jetzt so anders als damals, als ich ihn auf dem dunklen Hof gehört hatte. Keine Sinnlichkeit schwang darin, nur Sorge und Anteilnahme.

„Ich … ich kann nicht mehr …“ Es brach aus mir heraus, ohne dass ich die Worte in meinem Kopf bewusst geformt hatte. „Ich … ich liebe dich!“

Ich hörte den Satz wie ein Echo nachhallen. War es echt oder bildete ich mir das Echo nur ein? Ich konnte es nicht sagen. Ich starrte in Pieros Gesicht, das von Schatten bedeckt war und wartete auf eine Reaktion.

Er räusperte sich, scharrte mit seinem Fuß im Staub. „Was redest du da?“

Ich hörte ein unsicheres Lächeln in seiner Stimme und hatte plötzlich Angst, dass er sich umdrehen und gehen würde.

„Ich … ich habe dich gesehen, damals in dem Hinterhof. Ich … ich weiß, was du jeden Abend tust.“ Meine Stimme bebte bei den nächsten Worten, „Piero, bitte! Tu das auch mit mir!“

Stumm stand er mir gegenüber. Sah mich nur an.

„Ich … schlaf mit mir.“ Schnell sprudelte mir der letzte Satz über die Lippen. Ich konnte es selbst nicht fassen, dass ich das gesagt hatte, aber nun war es raus. Das, was mir die letzten Tage schwer auf die Seele gedrückt hatte, war nun endlich ausgesprochen. Und ich meinte es wirklich ernst, das war mir in diesem Moment bedingungslos bewusst.

„Du weißt nicht, was du da sagst!“ Er klang dabei kalt und emotionslos. „Was fällt dir ein, mir so ein Angebot zu machen? Du hast doch keine Ahnung wovon du sprichst!“

Er drehte sich weg und ging. Einfach so verschwand er in der Dunkelheit. Und ich blieb mit all meinem Sehnen und aufgerissenen, wunden Herzen zurück.

Benommen begann mein Hirn wieder zu arbeiten. Er hatte wirklich recht, mit dem, was er gesagt hatte. Genauso wie es mein Vater auch gewusst hatte. Es schien mir auf der Stirn zu stehen, so dass es jeder, der mir ins Gesicht sah, lesen konnte: Ich hatte von Sex keine Ahnung. Ich war dumm, ungeschickt, unerfahren und peinlich. Genau das war ich und ich wünschte mir, der Erdboden würde unter mir aufreißen und mich verschlingen. Ich schämte mich so! Verschmäht und gedemütigt stand ich da.

Fieberhaft begannen meine Gedanken zu arbeiten. Ich musste eine Lösung finden. Die Erde würde mich nicht gnädig verschlingen und all meine Probleme beseitigen. Ich musste selbst eine Möglichkeit finden, um diese Angelegenheit zu lösen. Ich konnte nicht einfach so aufgeben. Mir musste etwas einfallen.

Also zermarterte ich mir mein Hirn und durchdachte noch einmal seine Reaktion. Alle Beschämung strich ich dabei zur Seite. Ich musste einfach nur klar und ohne Emotionen nachdenken.

Was war der Grund für Pieros Abweisung?

Er mochte mich doch, das wusste ich. Und er schlief mit Männern, das hatte ich selber gesehen.

Lag es wirklich nur daran, dass ich noch keine Erfahrung gesammelt, keine Ahnung von Sex hatte?

Das musste es sein!

Aber wenn es das war, was Piero störte, konnte ich dem doch ganz einfach Abhilfe verschaffen. Genau! Ich würde die Fertigkeiten und das Geschick erlangen, das nötig war, damit er sich zu mir herabließ.

Und dass er sich zu mir unwissendem, unbeholfenem Tölpel herablassen musste, schien mir in diesem Moment mehr als einleuchtend.

Und so entschloss ich mich für ein Vorhaben, das mein weiteres Leben unwiderruflich verändern sollte.

Ich war fest entschlossen, den gleichen Weg wie Piero einzuschlagen und ich würde werden wie er: begehrt, erfahren und cool. Und er würde mich akzeptieren. Er würde meinem Wunsch nachkommen, ohne dass ich ihn noch einmal laut aussprechen musste.

Im Darkroom

Ich machte mich noch in dieser Nacht auf den Weg in die Bar, zu der ich Piero vor ein paar Tagen gefolgt war. Ich hatte keine Ahnung, was mich erwartete. Doch das hielt mich nicht davon ab, mein ängstlich klopfendes Herz zu ignorieren.

Der blau flackernde Schriftzug der *Cruising Gay Bar* empfing mich und zwinkerte mir herausfordernd zu. Schnell überwand ich die Treppenstufen, öffnete die Tür und trat ein. Kein einziger Gedanke sollte mich noch an meinem Vorhaben hindern.

Es war dämmerig, und mein erster Eindruck war der einer normalen Bar, in der sich Kollegen nach der Arbeit zu einem Feierabendbier trafen. Eine lange Theke mit Hockern, ein paar blanke Holztische, rustikale Stühle, Emailleschilder mit Reklame an den Wänden, eine glitzernde Discokugel und ein paar vereinzelte Männer, die gelangweilt in ihre Gläser stierten. Kaum hatte ich die Tür geschlossen, hoben sich ihre Köpfe. Ich fühlte mich von mindestens fünf Augenpaaren gemustert. Auch der Barmann hatte sich zu mir umgedreht und sah mir entgegen. Etwas verunsichert trat ich an die Theke und setzte mich auf einen Stuhl.

„Na, neu hier?“, fragte er und musterte mich abschätzend. „Was darf ich dir bringen?“

Ich kramte in meiner Hosentasche herum und förderte ein Zweieurostück zutage. „Was bekomme ich für …“, ein Griff in meine andere Hosentasche zeigte mir, dass mein gesamtes Bargeld schon auf dem Tresen lag. Gerade machte ich mich für die demütigende Frage bereit, was ich wohl für zwei Euro bekommen konnte, als sich jemand neben mich setzte.

„Lass stecken, Junge. Peter“, der Mann wandte sich an den Barmann, „bring uns zwei Bier.“

Peter, der Barmann, drehte sich mit einem vielsagenden Zucken der dichten Augenbrauen um und begann das Bier zu zapfen.

„Ich habe dich noch nie hier gesehen, Junge“, sagte der Mann und leckte sich dabei mit einer obszön anmutenden Geste über die Lippen.

Während ich krampfhaft überlegte, was ich dem Mann für eine möglichst glaubhafte Geschichte auftischen konnte, musterte ich ihn. Er war um die Vierzig, und schien ein typisch deutscher Normalbürger zu sein: dunkelblonder Kurzhaarschnitt, Brille, groß, schlank, mit Jeans und Hemd, schien er gerade erst aus dem Büro gekommen zu sein. Es würde mich nicht wundern, wenn seine Aktentasche neben ihm stehen würde. Ich ertappte mich dabei, wie ich einen Blick zum Boden warf, doch außer seinen sauber glänzenden Schuhen war dort nichts zu entdecken.

„Ich bin das erste Mal hier", entgegnete ich. „Ich wohne noch nicht lange in München."

„Ah", entgegnete er und musterte mich dabei eindringlich. „Du redest gut Deutsch. Wo kommst du her, Ostblock?"

Ich schüttelte den Kopf. „Nein, ich bin überall zu Hause."

Er lachte und schob mir ein Glas Bier hin. Seine Augen funkelten. „Schön, dass es dich hierher verschlagen hat. Ich freu mich immer über neue Gesichter." Er prostete mir zu und leerte sein Glas bis zur Hälfte.

Während ich an meinem Bier nippte – das musste ich mir merken: deutsches Bier war viel zu bitter – überlegte ich, wie ich den Typ überreden konnte, mit mir raus zu gehen. Wie hatte Piero es wohl gemacht? Sollte ich ihn einfach fragen? He, willst du mit mir Sex? Ich hab zwar keine Ahnung davon, aber wir werden es schon irgendwie hinkriegen. Das konnte ich doch nicht machen. Ich würde vor Scham im Boden versinken. Aber wenn ich ihm keine Hinweise darauf gab, was ich wollte, würde ich sicher noch in zwei Stunden hier sitzen und bitteres Bier trinken.

„Trink aus, ich will dir was zeigen", sagte er nach einer Weile und wies auf eine Tür, hinter der ein spärlich beleuchteter Gang zu sehen war. Dann stand er auf und ging auf die Tür zu.

Was sollte das denn? Was wollte er mir denn zeigen? Nach draußen, zum dunklen Hof, ging es in die andere Richtung. Unentschlossen sah ich ihn hinterher und nahm noch einen Schluck aus meinem Glas. Ich bereute es augenblicklich. Bier! Wie konnte man so etwas nur als Genussmittel bezeichnen?

„Junge“, Peter lehnte sich über den Tresen. „Da drin laufen keine Geschäfte, verstanden?“

Verständnislos sah ich ihn an. Er beobachtete mein Gesicht und ein Lächeln huschte über seine Züge.

„Okay. Ich seh’ schon. Du machst mir keinen Ärger. Hier, nimm!“ Er schob mir etwas über die Theke. Seine Hand zog er erst weg, als ich danach griff. Es war ein silbernes Päckchen. So groß wie eine Streichholzschachtel. Der Inhalt fühlte sich weich an.

„Benutzt das. Sicher ist sicher, hm?“ Dabei zwinkerte er mir zu und wies mit einer Bewegung des Kopfes auf die Tür zum düsteren Flur. „Letzte Tür rechts. Viel Spaß.“

Verwirrt rutschte ich vom Barhocker. Ich hatte das Gefühl, dass, genau wie beim Eintreten, die Augen aller Anwesenden auf mir ruhten und jede meiner Bewegungen beobachten. Ich ging schneller und schloss die Tür hinter mir. Links von mir befand sich die Toilette, weiter hinten gingen noch zwei Türen von dem kahlen Korridor ab. Das kleine Päckchen in meiner Hand gab ein knisterndes Geräusch von sich. Neugierig sah ich es an. Kein einziges Indiz wies darauf hin, was es enthielt. Einzig eine Zahlenabfolge, bei der es sich um ein Datum handeln konnte, war aufgedruckt. Ohne weiter nachzudenken, riss ich es auf. Glühende Scham übergoss mich, als ich den darin befindlichen Gegenstand hervorzog. Klebriger Gummi befeuchtete meine Finger, als ich das Kondom schnell in meiner Gesäßtasche verschwinden ließ.

Wusste nun etwa auch der Barmann mehr als ich? War mittlerweile nicht nur *ahnungslos*, sondern auch *sexbesessen* auf meine Stirn geschrieben?

Und wenn schon! Mit einem verärgerten Schulterzucken schüttelte ich nicht nur die Scham, sondern auch die Angst aus meinem Nacken und ging mit festen Schritten auf die besagte Tür hinten rechts zu.

Darkroom – Ich konnte das Wort auf dem biederen Messingschild nicht entziffern, aber das war auch nicht wichtig. Lesen! Wer brauchte so was schon?

Ich öffnete die Tür. Ein schwarzer Vorhang versperrte die Sicht auf den dahinter befindlichen Raum. Ich tastete mich hindurch. Bis auf einen diffusen Lichtschein, der von dem Notausgangsschild über der Tür herrührte, war der Raum in undurchdringliche Finsternis gehüllt.

Sollte ich mich wirklich auf das hier einlassen? Was würde mich erwarten? Nur der Gedanke, dass sicher auch Piero diesen Raum kannte, ließ mich den nächsten Schritt machen. Ich schloss die Tür und blieb unbewegt stehen. Ich hörte leises Atmen. Langsam gewöhnten sich meine Augen an die Dunkelheit. Ich konnte einige Matratzen auf dem Boden liegen sehen, dann erkannte ich auch eine stehende Gestalt, die sich auf mich zu bewegte.

„Komm her, komm“, flüsterte der Mann und griff nach meiner Hand. Beklemmung breitete sich in mir aus, als er mich zu einer Matratze zog.

„Was ist?“ Seine Stimme klang gehetzt. „Willst du es lieber im Stehen?“

Dann zog er mich zu sich heran, presste mich an eine Wand und drückte mir seinen Mund auf die Lippen. Hart spürte ich seine Zähne, genau so hart wie die Wand in meinem Rücken. Panik machte sich in mir breit. Was zum Teufel tat ich hier? War es mir wirklich so wichtig, sexuelle Erfahrungen zu sammeln?

Der fremde Mann schob seine Zunge zwischen meine Lippen. Widerwillig öffnete ich sie, so dass er in meinen Mund eindringen konnte. Als er diesen Teil meines Körpers so in Besitz nahm, zog ein feines Prickeln bis in meinen Unterleib. Seine Hände tasteten über meinen Brustkorb, wanderten unter mein Hemd und rissen meine Hose auf. Ich schloss die Lider und ließ das Bild, was mich schon die letzten Tage fast um den Verstand gebracht hatte, vor meinem inneren Auge aufflammen. Ich küsste keinen Fremden mehr. Die Hände, die mich erkundeten, waren nicht mehr die Hände eines Unbekannten. Nein, es war jemand mit langen hellbraunen Haaren und einem fein geschnittenen, jungenhaften Gesicht.

Mit diesen Bildern im Kopf fiel es mir leicht, die Liebkosungen zu erwidern, an der dargebotenen Zunge zu saugen und dabei behilflich zu sein, mich meiner Hose zu entledigen.

„Warte“, hauchte ich atemlos und zog das Kondom hervor, das

ausgepackt in meiner hinteren Tasche steckte. Dann trat ich meine Hose zu Boden. Und ehrlich, ich konnte es nun wirklich nicht mehr erwarten. Das Prickeln hatte sich zu einem schmerzhaften Ziehen in meinen Leisten verwandelt. Ungeschickt rollte ich das, nun nicht mehr feuchte Kondom über mein steifes Geschlecht.

Ich wollte endlich das tun, was damals, auf dem dunklen Hof, der Unbekannte mit meinem Freund gemacht hatte. Ich brauchte hierzu keine Anleitung. Ich wusste genau, was ich wollte. Ich wollte in warme Enge eindringen, tief und hart. Ich wollte das Stöhnen und Wimmern des anderen hören, ohne Rücksicht zu nehmen. Gnadenlos wollte ich ihn ficken, bis es mir kam. Und dieses Mal würde mein Saft nicht nutzlos auf den Boden klatschen.

Während wir uns weiterküssten, uns fast die Lippen zerfleischten, versuchte ich den Mann von mir weg, an die Wand zu drücken. Ich stöhnte auf, als er so gierig küsste, dass meine Lippe an einem seiner Zähne aufplatzte. Ein leicht metallischer Geschmack breitete sich in meinem Mund aus. Doch darüber konnte ich mir keine Gedanken machen, denn nun wurde auch der Fremde aktiv. Kraftvoll drehte mich der Mann um, und drückte mich mit seinem starken Körper an die Wand. Ich hörte das leise Rascheln von Folie. Sekunden später packten seine Hände meine Hüftknochen und ich spürte die Spitze seines Geschlechts gegen mein Gesäß drücken. Ich erstarrte und kniff automatisch meine Pobacken zusammen.

Was fiel dem Kerl ein? Was tat er hier? So wollte ich das nicht!

Er schien zu spüren, dass ich mich entziehen wollte. Mit einer Hand begann er meinen Schwanz zu reiben, dabei flüsterte er mir obszöne Dinge ins Ohr. Hin und her gerissen zwischen Empörung und aufsteigender Lust, war ich nicht fähig, mich weiter zur Wehr zu setzen. Ich hörte, wie er sich in die Handfläche spuckte.

„Komm schon“, raunte er mir heiser ins Ohr. „Zier dich nicht so. Lass mich rein, du kleiner Stricher.“

Was hatte er gesagt? Wut stieg in mir auf. Ich ließ mich doch nicht beschimpfen. Vor allem nicht von einem Typen, der mir an die Wäsche wollte. Ich versuchte mich zu drehen, mich zu wehren. Ich bäumte mich auf, als ich spürte, wie sein Glied kochendheiß in mich fuhr und mich fast zerriss.

Ich war so mit meiner Wut und Entrüstung beschäftigt, dass ich den Moment versäumte, wo ich ihn noch hätte abwehren können. Jetzt, wo er die Bresche geschlagen hatte, gab es kein Entrinnen mehr für mich. Während er mich mit der Hand bearbeitete, hämmerte er gnadenlos von hinten auf mich ein. Tränen traten mir in die Augen, als das Gefühl des Zerreißens immer stärker wurde.

Wieder packten mich seine Hände an der Taille. Hilflos stützte ich mich an der Wand ab. Ich hörte mich selbst keuchen. Weit entfernt nahm ich wahr, wie mein Widerstand brach und sich eine unglaubliche Gier, die ich so nicht wollte, in mir ausbreitete. Wie ein Dampfhammer fuhr sein Kolben in mich, ohne dass ich etwas dagegen tun konnte. Bei jedem Stoß spürte ich, wie seine haarigen Eier gegen mein Gesäß klatschten. Tränen der Scham liefen über meine Wangen, und trotzdem spürte ich den unvermeidlichen Höhepunkt auf mich zurasen. Ich stemmte mich gegen die Wand und gab mich seinen Stößen hin. Wieder und wieder glitt er tief in mich, zog sich zurück, um nur mit neuer Kraft auf mich einzustoßen.

Mit einem rauen Schrei riss mich ein Orgasmus fast von den Beinen. Doch der Unbekannte ließ nicht von mir ab. Er hämmerte weiter, bis ich glaubte, ohnmächtig zu werden. Endlich ergoss auch er sich zuckend. Erschöpft zog er mich auf eine Matratze, auf der ich unbewegt liegen blieb. Ich hielt meine Augen geschlossen und wartete darauf, dass er aufstand. Ich wollte ihn nicht sehen. Ich wollte nicht mit ihm sprechen. Es war erniedrigend gewesen, was er mit mir getan hatte. So etwas konnte ich ihm nicht verzeihen.

Scheinbar ewig blieb er bei mir. Sein Körper lag halb auf meinem und drückte mich auf die harte Matratze. Das beengende Gefühl machte mich fast wahnsinnig. Endlich rappelte er sich auf, schloss seine Hose und wühlte kurz in seiner Brieftasche herum. Dann drückte er mir einen Schein zwischen die Finger.

„Steck das weg. Peter mag es nicht, wenn Stricher sein Hinterzimmer benutzen." Dann stand er auf und ging zur Tür. „Ich bin übrigens jeden Dienstag und Donnerstag hier. Ich würde mich freuen, dich wieder zu sehen. Und“, er hatte sich schon umgedreht, blieb aber mit der Hand auf dem Türgriff stehen. „Es ist nicht nötig, dass du bei deinem Part ein Kondom benutzt.“ Mit einem leisen Lachen verließ er den Raum und ließ mich in der Dunkelheit zurück.

Mein Gesicht glühte vor Beschämung und mein Anus fühlte sich wund und aufgerissen an. Ich blieb einfach liegen. Mein Gesicht in der Armbeuge vergraben, ertrug ich den muffigen, nach altem Sperma riechenden Gestank der Matratze und versuchte, die Tränen zurückzuhalten, die in mir aufzusteigen drohten. Das Geräusch der sich öffnenden Tür ließ mich zusammenzucken. Ein Schatten näherte sich vorsichtig. Schnell drehte ich mein Gesicht weg. Er sollte gehen. Ich wollte ihn nicht noch einmal auf mir haben. Nie wieder würde ich so etwas Demütigendes über mich ergehen lassen.

Ich hörte ein leises Schnaufen, als sich ein schwerer Körper neben mir auf der Matratze nieder ließ. Fingerspitzen tasteten über mein Haar, wanderten meinen Rücken hinunter und gruben sich in mein Gesäß.

„Hör auf“, fuhr ich ihn an. „Reicht es dir denn noch immer nicht?“

„Nun, einmal würde mir ja vollauf genügen.“

Die Stimme, welche das sagte, war mir fremd. Tief, rau, maskulin, schien sie von einem Mann um die Fünfzig zu stammen. Erschrocken fuhr ich zusammen und rappelte mich hoch.

„Was ist los? Ich geb’ dir auch Geld.“

Hastig stand ich auf und verließ fluchtartig den Raum. Meine Hose mit einer Hand haltend, huschte ich über den Flur und lief zur Toiletten. Schnell verschwand ich in einer Kabine und schloss die Tür hinter mir ab. Schwer atmend lehnte ich mich gegen die Trennwand und zog mir das volle Kondom herunter.

Verdammt! Ich hatte mich wirklich bis auf die Knochen blamiert. Nie wieder würde ich mich hier sehen lassen können. - Moment Mal, was ging mir denn da für ein blöder Gedanke durch den Kopf? Ich würde mich garantiert NIE wieder hier sehen lassen! Was sollte ich hier? Mich ficken lassen wie ein Mädchen? Ich war, verdammt noch mal, kein Mädchen. Ich war ein Kerl!

Ich nahm ein Stück Toilettenpapier und presste es an mein schmerzendes Gesäß. Als ich es ansah, erkannte ich winzige Blutspuren darauf. Scheiße! Der Typ hatte mich verletzt. Wie ein Weib gefickt und mir dabei den Arsch aufgerissen.

Tonlos lachte ich auf. Wenn das mal keine würdige Entjungferung gewesen war, wusste ich auch nicht weiter …

Mit Speichel versuchte ich mich zu verarzten. Als es dadurch nur noch stärker brannte, gab ich auf. Ich zog meinen Gürtel fest und öffnete die Tür. Wie ein Schatten huschte ich den Flur entlang und versuchte, die Bar möglichst unauffällig zu durchqueren. Meinen Blick fest auf den Boden gerichtet, verließ ich dieses seltsame Etablissement und war mir in diesem Moment ganz sicher, dass ich es nie wieder betreten würde.

Erfahrungen

Zwei Tage später stand ich wieder vor der *Cruising Gay Bar*. Ich hatte versucht, mich fern zu halten, mir eingeredet, dass das Erlebnis dort schrecklich und ekelerregend gewesen war. Trotzdem bohrte in mir eine neue unbekannte Gier, der ich nicht Einhalt gebieten konnte. Einen Abend nach meinem neuartigen, sexuellen Erlebnis war der Drang erneut loszuziehen schon so stark, dass ich mich regelrecht zwingen musste, liegen zu bleiben. Doch ich konnte einfach nicht einschlafen. Bilder kreisten in meinem Kopf, heiße Bilder von nackten Leibern, die sich stöhnend und schwitzend aneinander pressten. Sie quälten mich und ließen mir keine Ruhe.

Leise schlich ich mich raus und machte mich auf den Weg ins sündige Nachtleben. Das Kribbeln, das sich augenblicklich in meinem Unterleib ausbreitete, war fast so gut wie die Hand von dem Typ, als er mir einen runtergeholt hatte.

Ich konnte es einfach nicht erwarten, es wieder zu tun. Ich wollte Erfahrungen sammeln, egal wie. Ich wollte mich hingeben, egal wem. Und ich wollte Piero beweisen, dass ich doch Ahnung hatte, von dem, was er angeblich so außergewöhnlich gut konnte, dass Paco ihn immer wieder losschickte. Ich konnte es genau so gut. Und ich würde ebenfalls Geld heimbringen. Immerhin hatte mich schon jemand dafür bezahlt, obwohl ich ein blutiger Anfänger war. Dabei hatte ich noch nicht einmal angedeutet, dass ich dafür Geld verlangen würde.

Schon als ich in der U-Bahn saß, hatte ich das Gefühl, dass mich jeder Kerl musterte und abschätzte. Wenn mir ein Mann zufällig in die Augen sah, schien es mir sofort so, als ob er ergründen wollte, wie gut ich war. Selbstbewusst hob ich den Kopf und schaute sie von oben herab an. Sollten sie doch kommen, ich würde es mit jedem machen. Nur fragen mussten sie.

Ich war bereit, es mit dem geilsten Typen der Stadt zu machen. Ich fühlte mich gut, so unglaublich stark und begehrenswert.

Vor der Bar angekommen, zögerte ich nicht, sondern ging sofort hinein. Mit meinem neu erlangten Selbstbewusstsein ließ ich meinen

Blick durch den Raum schweifen, während ich meine Daumen lässig in die Gürtelschlaufen hängte. Ich spürte die Blicke der anwesenden Männer wie tastende Finger auf mir. Ich genoss diese Beachtung. Sie waren wie Liebkosungen.

Ein blonder Typ erregte meine Aufmerksamkeit. Er war breit gebaut und sah mir direkt in die Augen. Als sich unsere Blicke kreuzten, machte er eine seltsame Geste mit der geschlossenen Hand an dem Mund, während seine Zunge von innen gegen seine Wange stieß und sie rhythmisch ausbeulte. Es sah lustig aus, und ich grinste ihn frech an, während ich die Geste nachahmte. Dann setzte ich mich auf einen Barhocker. Wie schon beim letzten Mal drehte sich der Barkeeper zu mir um.

„Hi, Peter", begrüßte ich ihn freundlich.

„Hau bloß ab! Ich dulde hier keine Stricher." Finster sah er mich an.

„Was meinst du? Ich wollte doch nur was trinken."

Peter packte den Ausschnitt meines T-Shirts und zog mich halb über den Tresen zu sich heran. Unsere Gesichter waren nur Zentimeter voneinander entfernt. Sein warmer Atem schlug mir entgegen.

„Wenn du nicht sofort meinen Laden verlässt, breche ich dir beide Beine! Mach deine Geschäfte auf der Straße und lass dich nie wieder hier drin blicken. Verstanden?" Mit einem Stoß gab er mich frei.

Ich weiß nicht, wie ich aus der Bar gekommen war, aber als ich wieder klar denken konnte, stand ich auf der Straße. Der blonde, breite Typ stand neben mir.

„Du bist nicht der Erste, der Ärger mit Peter hat. Die meisten Jungs trauen sich nicht mehr rein, sondern warten auf der Straße", sagte er und sah mich an. „Wie viel?"

„Fünf Euro?", sagte ich schnell, damit es nicht auffiel, dass ich ein Neuling war.

„Für französisch?"

„Oui, monsieur", antwortete ich und war froh, dass ich ein annehmbares Französisch sprach.

„Du bist wohl ein besonders Schlauer", antwortete der Blonde grinsend und wies auf eine dunkle Toreinfahrt.

Eine halbe Stunde später war ich um einiges klüger. Unter anderem, dass bei dem Blonden nicht meine Sprachkenntnisse gefragt gewesen waren. Außer den fünf Euro, die ich verlangt hatte und die ich nebenbei in meine Hosentasche gesteckt hatte, hielt ich auch seine Brieftasche in der Hand. Schnell steckte ich sie unter mein T-Shirt. Ich hätte gern etwas getrunken oder mir den Mund ausgespült, aber ich traute mich nicht zurück in die Bar. Sollte ich vielleicht wieder nach Hause? Unsicher trat ich von einem Fuß auf den anderen. Ein langes, silbernes Auto mit verdunkelten Scheiben hielt neben mir an. Das Beifahrerfenster glitt lautlos herunter und der Fahrer beugte sich herüber.

„Bist du frei?"

Diese Frage verwirrte mich. Sie erinnerte mich an die seltsame Frage des Blonden nach meinen Sprachkenntnissen, obwohl ich sie später gar nicht gebraucht hatte.

„Ja?", antwortete ich zögerlich.

„Magst du zu meinem Fahrgast einsteigen und eine Runde durch die Stadt drehen?"

„Warum nicht?" Meine Augen versuchten die getönten Scheiben des Wagens zu durchdringen, was mir aber nicht gelang. Währenddessen stieg der Fahrer aus, lief um den Wagen herum und öffnete mir die Hintertür. Langsam trat ich an den Wagen heran und spähte ins Halbdunkel des Innenraumes.

„Entscheide dich schnell. Mein Fahrgast hat nicht ewig Zeit."

Rasch stieg ich in die Limousine. Der Sitz war weich und ich blickte einen Moment erstaunt umher, betrachtete die Bar mit den unzähligen Flaschen, den Monitor, auf dem irgendein Musikvideo lief und bemerkte erst nach einer Weile, dass mir ein Mann gegenüber saß und mich aus dem Halbdunkel heraus musterte. Verlegen schob ich die Hände unter meine Oberschenkel und sah zu Boden. Ich wusste nicht, ob ich etwas sagen sollte und wenn ja, was. Ich saß in einer Luxuslimousine und hatte keine Ahnung, was ich hier sollte.

„Guten Abend." Die Stimme des Mannes war tief und melodisch.

„Bonsoir", antwortete ich instinktiv.

Der Mann lachte leise.

„Willst du mir einen kleinen Franzosen vorspielen? Das hast du doch gar nicht nötig."

Er winkte mich näher zu sich heran, während sich seine Lippen lüstern verzogen.

Das Ritual

Erschöpft, aber glücklich fiel ich die nächsten Nächte ins Bett. Ich hatte mittlerweile das Gefühl, so viele Erfahrungen gesammelt zu haben, dass ich Piero bald wieder gegenüber treten konnte. Ich war nicht mehr der dumme Junge, der von nichts eine Ahnung hatte und den er mit ein paar harten Worten abweisen konnte. Ich hatte es den verschiedensten Typen besorgt, und zwar mehr als nur einem am Abend. Das Geld, was sie mir mehr oder weniger freiwillig gegeben hatten, war so wie immer bei Paco gelandet. Ich hatte ihm nichts von meiner weiteren Einnahmequelle erzählt. Das ging ihn nichts an. Ich tat das alles nur aus einem Grund. Und dieser Grund hatte lange Haare und ein süßes Lächeln. Mit diesem Bild vor Augen schlief ich jede Nacht ein.

Doch in dieser Nacht weckte mich das laute Geräusch unserer Wohnwagentür, die geöffnet wurde und gegen die Außenwand schlug. Ich hatte meine Augen noch nicht richtig geöffnet, da packten mich schon Hände und zerrten mich von der Matratze. Mein letzter Blick fiel auf meine Großmutter, die mit schreckensstarrem Gesicht in ihrem Bett saß. Dann wurden mir mit einem Tuch die Augen verbunden, so dass ich mich in absoluter Finsternis befand.

„Was ist los? Was hat er getan?“, schrie mein Vater.

Eine barsche Stimme, die ich nicht erkennen konnte, da sich der Stoff auch über meine Ohren gelegt hatte, schrie: „Das wirst du noch früh genug erfahren. Wir bringen ihn zum Tribunal.“

Jemand drückte mir meine Hose in die Hände, die ich mit fahrigen Bewegungen überzog. Dann wurde ich aus unserem Wagen gestoßen. Blind stolperte ich los, und fiel nur deshalb nicht, weil mich Hände aufrecht hielten und vorwärts zerrten. Meine Großmutter lief hinter mir her, jammernd und lamentierend, während mein Vater beruhigend auf sie einzureden versuchte.

Mein Kopf arbeitete fieberhaft. Was hatte ich mir zu schulden kommen lassen? Ich hatte niemanden etwas getan! Ein Stammestribunal wurde doch nur bei besonders schweren Verstößen einberufen. Und, so weit ich wusste, niemals mitten in der Nacht. Ich verstand die

Welt nicht mehr.

Mit einem Ruck brachte man mich zum Stehen. Während eine Hand auf meine Schulter drückte, stieß mir jemand von hinten in die Kniekehlen, so dass ich nach vorn fiel. Mit den Händen fing ich mich ab. Sie berührten trockenes, warmes Gras. Zwei Feuer knisterten dicht neben mir. Ich spürte ihre Wärme links und rechts auf meinem nackten Oberkörper.

Als ich mich aufrichten wollte, hielten mich die Hände unten. Kniend blieb ich am Boden, lauschte und versuchte herauszufinden, wie viele Menschen sich um mich herum befanden und was das alles überhaupt sollte. Lange musste ich nicht warten.

Würdevoll erhob sich eine Stimme in die Nacht.

„Wir haben den Ältestenrat zusammengerufen, um über den hier anwesenden Nikola Červeňákowič zu urteilen."

Ich kannte die Stimme. Sie gehörte Paco.

„Schwere Anschuldigungen werden ihm vorgeworfen und wir werden noch heute zu einem Urteil kommen. Die Strafe wird sofort an Ort und Stelle vollzogen."

Ich schluckte schwer, als ich das hörte, glaubte aber immer noch, dass es sich nur um ein Versehen handeln konnte.

„Tritt vor und sprich, wegen was der hier anwesende Nikola Červeňákowič angeklagt wird."

Eine männliche Stimme erhob sich. „Ich klage Nikola Červeňákowič, den zukünftigen Ehemann meiner Schwester, an, Unzucht mit Männern zu treiben und sich an diese zu verkaufen."

Wie ein Eimer kalten Wassers ergossen sich diese Worte über mich. Automatisch fuhr meine Hand zu der Augenbinde, um sie wegzuschieben. Doch ein harter Schlag traf meine Hand, so dass ich sie schnell wieder zurückzog.

„Das sind schwere Vorwürfe. Wie kommt ihr zu der Überzeugung?"

„Wir sind ihm gefolgt, und haben ihn bei seinem schändlichen Treiben beobachtet. Wie Tiere benehmen sich diese Männer und fallen auf offener Straße übereinander her. Nicht nur, dass Nikola mitmacht, er ermutigt sie sogar und lässt sich dafür bezahlen."

„Habt ihr einen Beweis?"

„Ich könnte euch noch widerlichere Dinge erzählen, die dieser Mann hier getan hat, aber vielleicht reicht dies aus."

Eine Hand fuhr in meine Hosentasche. Einige raschelnde Geldscheine, die ich vergessen hatte, Paco zu geben und drei silbern verpackte Kondome fielen heraus.

Vereinzelte Rufe der Empörung waren zu hören, doch Paco brachte sie mit seiner Autorität schnell zum Verstummen.

„Hast du etwas zu deiner Verteidigung vorzutragen, Nikola?"

Was sollte ich sagen? Sie hatten recht. Ich hatte mit Männern Sex gehabt. Und ich wusste auch, dass dies eine Sünde war, die bestraft werden musste. Aber ich tat dies doch nur aus einem ganz bestimmten Grund. Und den würden sie sicher nicht verstehen. Deshalb zog ich es vor, ohne Umschweife die Wahrheit zu sagen.

„Ich kann mich nicht verteidigen", sagte ich. „Denn die Anklage entspricht der Wahrheit."

Erneut erklangen Rufe der Entrüstung.

„Ich allein habe mich zu diesem Handeln entschlossen - freiwillig", sagte ich leise, aber mit klarer Stimme. „Und ich allein werde die Strafe verbüßen."

Was konnten sie schon tun? Sie würden mich schon nicht verstoßen. Dafür musste man sich mehr zuschulden kommen lassen, als das, was ich getan hatte. Jetzt wusste wenigstens jeder in meinem Clan, dass ich nicht bereit war, zu heiraten und eine Familie zu gründen. Einen besseren Beweis hätte ich ihnen gar nicht liefern können, dachte ich trotzig. Dass es so öffentlich preisgegeben wurde, war zwar nicht ganz nach meinem Geschmack, aber nun waren die Fronten wenigstens geklärt. Und Piero wusste auch Bescheid. Ein Lächeln huschte mir bei diesem Gedanken übers Gesicht. Was er jetzt wohl von mir hielt?

„Habt ihr das gehört? Er bekennt sich schuldig!", donnerte die Stimme von Saras ältestem Bruder. „Und schaut ihn euch an! Er bedauert es nicht einmal. Er lacht über uns. Und ich bin mir sicher, dass er es wieder tun wird."

Augenblicklich verschwand mein Lächeln. Ich wollte nicht, dass meine Sippe dachte, dass ich mich über sie lustig machte. So etwas lag nicht in meiner Absicht.

„Was fordert deine Familie als Wiedergutmachung?“, fragte Paco.

„Wir fordert Genugtuung, denn wir wollen keinen Abschaum in unserer Familie haben.“

„Heißt dass, ihr wollt die Verlobung zwischen Sara und Nikola lösen?“

Erleichterung stieg in mir hoch. Genau das war es, was ich erhofft hatte. Doch so einfach, wie ich glaubte, machte man es mir nicht.

„Sara möchte die Verlobung nicht lösen“, antwortete ihr Bruder. „Meine Familie will für die zugefügte Schmach einen Ausgleich in angemessener Höhe, die wir deinem gütigen Urteil überlassen. Außerdem muss Nikola büßen und sich rein waschen. Vorher sind wir nicht bereit, ihm Sara anzuvertrauen und in unserem Familienkreis aufzunehmen.“

Ich stöhnte auf, als ich dies hörte. Die Erleichterung, die gerade noch in mir gewesen war, verwandelte sich in eine kalte Faust, die sich mir in den Magen bohrte. Das klang so, als müsse meine Familie löhnen. Das würde mir mein Vater heimzahlen. Und ich wusste auch schon, wie das aussehen würde.

„Es ist eine edle Geste, diesem gestrauchelten Mann eine zweite Chance zu geben“, sagte Paco. „Wähne dich glücklich, Nikola Červeňákowič. Nicht jeder bekommt die Möglichkeit, sich von seinen Sünden zu reinigen. Danke Gott für seine allumfassende Gnade und lasst es nach seinem allmächtigen Willen geschehen.“

Sofort packte jemand meine Arme und fesselte meine Hände vor meinem Körper. Eh ich wusste, was geschah, zog man mich auf die Beine, so dass ich einige Schritte nach vorn stolperte, um nicht der Länge nach hinzufallen. Noch immer umgab mich schwarze Finsternis. Über mir hörte ich den Wind in den Zweigen der Bäume wispern.

„Bete das *Mea Culpa* und gestehe deine Schuld.“ Ein Gertenhieb zischte auf meine nackten Schultern.

Erschrocken zuckte ich unter dem scharfen Schmerz zusammen und begann augenblicklich das katholische Schuldbekenntnis, das mir meine Großmutter schon als kleines Kind beigebracht hatte, zu rezitieren.

„Confiteor Deo omni potenti et vobis, fratres…“

Ich hörte ein Seil über Holz schleife. Dann wurden meine gefesselten Arme straff in die Höhe gezogen, so dass sich mein ganzer Körper streckte, und ich nur noch auf den Zehenspitzen stehen konnte. Erschrocken verstummte ich.

Wieder traf ein brennender Gertenhieb meinen Rücken. „Bete weiter!“

Murmelnd setzte ich meine Litanei fort. „Mea culpa, mea maxima culpa. Ideo precor omnes Sanctos…“

Pacos Stimme erhob sich und ließ mich erneut verstummen.

„Nikola Červeňákowič wird seine Strafe hier, an diesem Baum gebunden, bis zum nächsten Mittag büßen. Der helle Tag wird ihn von seiner Qual und seiner Sünde befreien. Er wird die ganze Zeit über beten und Gott um Verzeihung bitten. Und wenn Gott will, wird er als geläuterter Mann wieder auferstehen.“

Ein erneuter Hieb ließ mich meinen Singsang wieder aufnehmen.

„Jeder, der ihm hilft, macht sich strafbar. Das Urteil ist hiermit gesprochen.“

Während ich weiterbetete, hörte ich, wie sich Schritte entfernten. Viele Schritte. Es mussten mehr Menschen anwesend gewesen sein, als ich zuerst angenommen hatte. Wahrscheinlich das gesamte Dorf. Durch die Augenbinde konnte ich das jedoch nur vermuten.

„Halte durch, Nikolito, ich werde für dich beten“, hörte ich meine Großmutter von weitem rufen. Doch auch ihre Stimme entfernte sich und allmählich wurde es still um mich.

Noch immer flüsterte ich das Gebet, wie ein immer wiederkehrendes Mantra: „Mea culpa, mea culpa, mea maxima culpa.“

Ich traute mich nicht zu verstummen. Vielleicht stand noch jemand in meiner Nähe und wartete nur darauf, dass ich mir einen neuen Schlag mit der Gerte einhandelte.

Nach einiger Zeit begannen die Muskeln meiner erhobenen Armen zu zittern. Da ich mein gesamtes Körpergewicht nur auf den Zehen balancieren konnte, zitterten auch meine Beine. Schweißperlen traten auf meine Stirn. Sie liefen über meine Schläfe und sickerten in die Augenbinde.

Ich verlagerte mein Gewicht und hängte mich in das Seil, das um meine Handgelenke geschlungen war. Das entlastete zwar meine Beine, zog dafür aber schmerzhaft an meinen Schultermuskeln. Alle paar Minuten wechselte ich die Position, da ich keine für längere Zeit auszuhalten glaubte. Sobald die Muskeln in meinen Beinen zu zittern begannen, ließ ich mich hängen. Wenn ich das Gefühl hatte, dass meine Arme gleich aus den Schultergelenken gerissen wurden, veränderte ich die Stellung erneut. Die ganze Zeit über flüsterte ich das Gebet weiter, nicht aus Überzeugung, auch nicht aus Angst, dass mich noch jemand überwachen könnte. Nein, der monotone Singsang half mir, die Schmerzen zu ertragen. Am liebsten hätte ich aus voller Lunge geschrien. *Was wollt ihr von mir? Lasst mich herunter. Ich kann doch nichts dafür!* Doch ich wusste, dass dies alles nur noch schlimmer machen würde. Mir blieb nichts anderes übrig, als auszuharren und zu beten.

Der Wind strich durch den Baum über mir und ab und zu gab das Feuer ein Knacken von sich. Jegliches Zeitgefühl kam mir abhanden.

Irgendwann, meine Arme waren von der aufrechten Haltung schon taub, näherten sich mir Schritte. Obwohl ich auf ein Zeichen lauschte, um wen es sich handeln konnte, betete ich laut weiter.

„Und du glaubst wirklich, dass du dich durch Beten ändern wirst?"

Meine Augenbinde wurde nach oben geschoben, und nach einigem Zwinkern, bei dem sich meine Augen an den flackernden Feuerschein gewöhnten, erkannte ich Saras Gesicht.

Ich unterbrach mein Mantra. „Du hast es so gewollt", antwortete ich. „Wenn du unsere Verlobung gelöst hättest, stände ich nicht hier."

„Denkst du das wirklich? Wenn ich unsere Verlobung gelöst hätte, ständest du genauso hier. Dir würde nur das Nächste erspart bleiben."

Ich wusste nicht, was sie meinte.

Sara lächelte gehässig, als sie meine Unsicherheit bemerkte.

„Sie werden kommen und dich zu einem normalen Mann erziehen. Sie werden dir diese Abartigkeiten austreiben. Glaubst du, ich würde dich sonst noch wollen? Nicht mehr lange, dann ist es so weit. Und ich werde dabei zusehen und dich schreien hören. Ich werde mich in der Nähe verstecken, dich genau beobachten und es genießen."

Feindseligkeit schlug mir, wie eine Ohrfeige entgegen.

„Wie kannst du so was nur tun? Männer mit Männern? Reicht dir keine Frau? Bin ICH dir nicht genug? Du hättest mich haben können. Du hättest nur eine Andeutung machen müssen. Ich habe so darauf gewartet."

Zorn und Verbitterung lagen in Saras Stimme. Doch dann zuckte sie mit den Schultern, als müsse sie eine Erinnerung abschütteln.

„Warte nur. Du wirst schon sehen. Jetzt wird sich einiges ändern. Wir treffen uns bald wieder und dann wirst du auf Knien betteln, damit ich dich in mein Bett lasse." Sara grinste und strich mir mit einem Finger über das schweißnasse Gesicht. „Ich gebe nicht auf. Wir sind einander versprochen. Du bist mein Mann und ich bin deine Frau. Das wird für immer so bleiben."

Sie erstarrte und blickte über ihre Schulter. „Sie kommen …"

Ein irres Funkeln erschien in ihren Augen. „Ich freu mich auf die Vorstellung, die du mir gleich bieten wirst. Ich werde sie genießen. Und ich hoffe, du kannst es auch. Aber ich bezweifele es."

Sie zog mir die Binde wieder über die Augen.

„Viel Spaß", hauchte sie und gab mir einen harten Kuss auf die Wange. Dann hörte ich sie davonlaufen.

Ich hatte nicht geahnt, dass Sara meine Abweisung so persönlich genommen hatte. Ihr Hass war für mich körperlich spürbar gewesen. Aber was meinte sie mit *Vorstellung*? Ich hatte nicht vor, hier irgendetwas zu veranstalten.

Ich nahm die Rezitation des Schuldbekenntnisses wieder auf, da es mir half, die ziehenden Schmerzen in meinen Schultern und die vielen Fragen in meinem Kopf zu vergessen. So hörte ich die kommenden Personen erst, als sie schon direkt vor mir standen.

„Nikola Červeňákowič", sagte eine tiefe Stimme. „Bist du bereit für das Austreibungsritual, welches dich läutern, reinigen und zu einem wahren Mann machen wird?“

Ich bewegte meinen Kopf, um herauszufinden, wie viele Menschen sich um mich herum befanden. Die Binde über meinen Augen machte mich noch wahnsinnig. Erst jetzt merkte ich, wie wichtig es war, etwas sehen zu können, und wie sehr es mich verunsicherte, wenn mir dieser Sinn genommen wurde.

Bevor ich auch nur irgendetwas entgegnen konnte, antwortete eine andere Stimme an meiner statt: „Er ist bereit.“

Was zum Teufel lief hier ab? Nervös versuchte ich mir die Augenbinde mit dem Oberarm wegzuschieben. Wie schon am Anfang des Abends traf mich ein Gertenhieb.

„Bete!“, befahl eine zischende Stimme „Und du, Schamane, mach dich ans Werk!“

Sofort packten derbe Hände meine verbliebene Kleidung und rissen sie mir vom Leib. Nun endlich bekam ich eine Ahnung, was hier gerade passierte und augenblicklich sackten mir meine inneren Organe einen gefühlten Meter nach unten. Ein Empfinden, der Todesangst nicht unähnlich, breitete sich in mir aus.

Dies hier war keine einfache Bestrafung, wie ich anfänglich geglaubt hatte. Hier handelte es sich um etwas viel Tiefgreifenderes. Trotzdem hatte ich noch immer keinen Schimmer, was mich wirklich erwartete.

Während ich zitternd der Dinge harrte, hielt ich mich an meinem geflüsterten Gebet fest. Jetzt, wo ich blind, jeglicher fremder Willkür ausgeliefert war, schien es das einzig Reale zu sein, das mich aufrecht hielt.

„Bete darum, dass Gott dich erhört! Bete darum, dass er sich deiner annimmt!“ Hände griffen nach mir, fixierten und spreizten meine Beine.

Und dann geschah das Unglaubliche.

Ein wunder Schrei entrang sich meiner Kehle, als ich die Berührung des kalten Gegenstandes spürte. Mein Geist irrte, wie eine gefangene Ratte umher und suchte einen Ausweg, bevor ich verrückt werden würde.

Das konnte doch alles nicht wahr sein!

So etwas konnte doch nicht wirklich passieren!

Doch es geschah.

Ein glatter, eisiger Gegenstand wurde langsam, aber unaufhörlich in die Öffnung meines Körpers eingeführt. Raue Hände strichen über meine schweißnasse Haut, während der Stab, der mich wie einen Schmetterling aufspießte, mit Riemen fixiert wurde. Ich wurde ein paar weitere Zentimeter nach oben gezogen, so dass meine Zehen nur noch sanft die Grashalme unter mir berührten. Somit konnte ich mein Gewicht nicht mehr auf meine Füße bringen. In einem quälenden Zustand des leichten hin und her Pendelns, wurde ich nur noch von den Fesseln um meine Handgelenke gehalten.

Mein ganzer Leib zitterte, weil ich jeden Muskel anspannte. Ich hatte Angst, meine Schultergelenke durch mein eigenes Körpergewicht auszurenken. Meine Zehen schleiften über das trockene Gras, während das Pendeln allmählich nachließ.

Mein Keuchen erfüllte die Luft und ich nahm wahr, dass mein Körper nun völlig verrückt zu spielen begann. Trotz der Leiden, Erniedrigung und Todesangst hatte ich eine Erektion. Neben dem brennendem Schmerz in meinem gedehnten Anus, spürte ich eindeutig ein verheißungsvolles Prickeln in meinem Unterleib. Ich brauchte es nicht zu sehen, um mir dessen gewiss zu sein. Trotz all der Scham und Angst hatte ich wirklich einen ausgewachsenen Ständer.

Irgendjemand versetzte mir einen erneuten Stoß, so dass das Pendeln wieder einsetzte. Mit jedem Schaukeln durchzuckte ein stechendes Ziehenden meine Schultern, während der Stab tief in mir steckte und eine Stelle massierte, die es mir unmöglich machte, diese quälende Geilheit abzuschalten.

„Spürst du, wie dein Körper Gott verlacht?“, fragte mich eine harte Stimme. Ein weiterer kräftiger Stoß gegen meinen Körper stimulierte mich derart, dass ich nicht mehr an mich halten konnte. Unter Zuckungen kam es mir. Ächzend hing ich an diesem verfluchten Baum und spritzte vor den Augen der Versammelten meinen Saft in mehreren Stößen auf das trockene Gras.

„Spüre die Schmach, auf dass du sie nie vergessen mögest", hörte ich, während weiterer Samen aus mir herausschoss und ein langer Orgasmus meinen Körper erbeben ließ.

„Bete um Heilung. Bete darum, dass Gott dich erhört und dir diese teuflische Abartigkeit nimmt." Wieder wurde ich angestoßen, so dass ich mich verkrampfte und die Reizung erneut einsetzte.

Ich schämte mich so unglaublich. Während mir Tränen über das Gesicht liefen, kam ich schon wieder. Ich spürte, wie sich jeder Muskel in mir zusammenzog, nur mit dem einen Ziel, weitere Mengen von Sperma hervorzupumpen. Zitternd und schluchzend, von heiseren Schreien unterbrochen, betete ich und hoffte in dem Moment wirklich, dass diese unnatürliche Vorliebe, dieser Makel von mir genommen werde oder ich sterben würde. Ich konnte dies nicht länger ertragen. Ich wollte alles tun, was man von mir verlangte, ich wollte normal werden, Sara heiraten, Kinder in die Welt setzen, ein normales Familienleben führen, nur herunterlassen sollten sie mich. Diese Qual sollte endlich aufhören. Keine Kontrolle über den eigenen Körper zu haben und dabei von anderen Menschen beobachtet zu werden, war mehr als ich ertragen konnte.

„Mea maxima culpa, Gott vergib mir! Dominum Deum nostrum", schrie ich, bis meine Stimme brach und mein Hals ein einziger brennender Schmerz war.

Dann wurde ich ohnmächtig. Voller Gnade legte sich ein schwarzer Schleier über meinen Geist, erstickte den Schmerz und alle Gefühle, die in mir tobten.

Pieros Hilfe

Eine ganze Weile befand ich mich in diesem tröstlichen Dämmerzustand. Ich glaubte zu schweben. Ich sah auf die grauenvolle Szenerie herab, so als wäre ich ein Vogel und säße über mir in dem Baum.

Die Männer drehten mir den Rücken zu und bewegten sich von meinem nackten, geschundenen Leib weg. Sie ließen mich einfach hängen, ohne sich weiter um mich zu kümmern, ohne mir auch nur einen Blick zu gönnen. Ich sah die blutigen Striemen, die meinen Rücken wie ein feines Netz überzogen. Mein Kopf hing kraftlos zwischen den erhobenen Armen, eine schwarze Binde über den Augen, die von verschwitztem, schwarzem Haar fast verborgen war.

Mein eigener Anblick bereitete mir derartige seelische Schmerzen, dass ich nicht mehr in der Lage war, mich weiter anzusehen. Ich hatte plötzlich das Gefühl, einfach wegfliegen zu können. Weg von dieser Erdgebundenheit, weg von Folter und Leid. Eine wunderbare Leichtigkeit breitete sich in mir aus. Ich spürte den kühlen Wind, der durch die Blätter strich und wollte meine Schwingen ausbreiten, um für immer diesen Ort zu verlassen.

Doch der Körper unter mir bewegte sich im aufkommenden Wind, und ein kraftvoller Sog riss mich von meinem Baum herunter, in meinen menschlichen, schmerzenden Leib zurück.

Mit einem tiefen, qualvollen Atemzug kam ich zu mir und spürte augenblicklich wieder die Leiden. Ich fror und zitterte in der kalten Morgenluft. Kalter Tau legte sich auf meine gefühllose Haut. Meine Hände konnte ich nicht mehr spüren. Dafür fühlte ich umso mehr meinen pochenden Unterleib, sowie den gnadenlos drückenden Stab in meinem Körper.

Ein Gefühl des Fallens breitete sich in mir aus und schoss, wie ein Blitz in meine Gedärme. Fassungslos registrierte ich, wie ich mich entleerte. Warm und feucht lief mein Darminhalt an meinen Beinen hinab. Diese Erleichterung sorgte dafür, dass sich erneut sexuelle Spannung in mir aufbaute. Ich musste meine Augen nicht benutzen, um zu wissen, dass mein Glied wieder steil nach oben ragte und nur auf den nächsten

Windstoß wartete, damit ich vor Schmerzen meinen Körper anspannte, um erneut Sperma hervorzupumpen.

Ich hätte mir so gern selbst Schmerz zugefügt, damit der aufsteigende Orgasmus unterbrochen wurde. Doch ich hing, zu keiner Bewegung fähig, wie ein lebloser Gegenstand, an dem Seil, nur darauf wartend, dass sich mein Körper abermals über mich lustig machen würde. Mir blieb nichts weiter übrig, als genau das zu tun, was man von mir erwartete. Ich betete.

„Ideo precor omnes Sanctos… orare pro me ad Dominum Deum nostrum", spulte ich herunter. Meine Lippen waren trocken und die Worte bewirkten, dass sie aufrissen und ich Blut in schmeckte.

Nikola?

„Confiteor Deo omni potenti et vobis, fratres …", flüsterte ich.

Nikola!

„Mea culpa, mea culpa …"

Ich hob lauschend den Kopf. Mir war, als hätte mich jemand gerufen.

„Warte, ich helfe dir."

Wer war das? Träumte ich? War es schon Mittag? Hatte ich alles gesühnt? War es endlich vorbei?

„Ich bind' dich jetzt los. Oh, Scheiße", hörte ich jemanden fluchen. „Tut mir echt leid, aber ich muss das jetzt tun."

Ein erneutes Beben erfasste mich, als der Stab aus meinem Körper gezogen wurde. Erstickt schrie ich auf, als sich meine Eingeweide zusammenzogen und mein Körper erfolglos versuchte, erneut Samen hervorzustoßen. Mein Körper war leer. Wirkungslos arbeiteten meine Samenstränge, nur um sich verzweifelt und qualvoll zu verkrampfen.

„Scheiße, Scheiße, Scheiße!", murmelte die Stimme. „Diese Idioten! Dass sie es so übertreiben müssen."

Ich spürte wieder Boden unter meinen Füßen, doch meine Knie knickten ein. Ich war so kraftlos, dass meine Beine das Gewicht meines Körpers nicht tragen konnten.

„Warte", flüsterte die Stimme. Ein Arm umfing mich und ich spürte einen warmen Körper an meiner Brust, gegen den ich mich lehnen konnte. Und das war auch nötig. Als die Fesseln an meinen Händen gelöst wurden, wäre ich sonst zu Boden gegangen.

„Komm, stütz dich auf mich. Ich bring dich hier weg." Eine fahrige Hand streifte mir die Binde von den Augen.

„Piero?" Ungläubig sah ich in das angespannte Gesicht meines Freundes. „Was … tust … du … hier?"

„Ich hol dich hier raus!"

Mein Blick fiel auf eine Lache aus flüssigem Darminhalt und weißen Flecken von Sperma, welche die Stelle anzeigte, an der ich die vergangenen Stunden hatte ausharren müssen.

„Oh, mein Gott! Ich wollte nicht, dass du mich so siehst …", brach es schluchzend aus mir heraus.

„Ist schon gut. Es ist nicht deine Schuld." Er zog mich fort und trug mich mehr, als dass ich selber lief. Ununterbrochen weinte und schluchzte ich. Ich konnte einfach nicht aufhören.

„Pst, sei still", zischte Piero und zog mich in ein dichtes Gebüsch. Dort ließ er mich zu Boden sinken, griff eine bereitliegende Decke und wickelte mich notdürftig ein.

„Vertrau mir, ich kümmere mich um alles."

Steif saß ich da. Eine Faust auf meinen Mund gepresst, versuchte ich den Weinkrampf, der in mir tobte, zu unterbinden. Nur der Schmerz, den ich mir selbst zufügte, indem ich in die Haut meiner Hände biss, verhinderte, dass ich laut aufschluchzte. Ich roch die Ausdünstungen meines Körpers nach Kot und Sperma und hätte mich am liebsten übergeben.

Piero zog indes ein Handy hervor. „Wir sind so weit. Ja, am verabredeten Treffpunkt", flüsterte er atemlos. „Bis gleich." Dann setzte er sich neben mich.

„Ich … schäme … mich so", schluchzte ich, vom Weinkrampf unterbrochen. Ich zog die Decke fester um mich, obwohl meine Schultergelenke bei dieser Bewegung vor Schmerz aufschrien. Dann senkte ich den Kopf, so dass Piero mein Gesicht nicht mehr sehen konnte. Ich fühlte mich erschöpft, zerschlagen und tot sterbenskrank. Dennoch war das Gefühl der Scham dermaßen stark, dass ich am liebsten im Boden versunken wäre.

„Du kannst nichts dafür“, flüsterte er erneut und strich mir über die Schulter. „Du weißt nicht, zu was sie alles fähig sind, wenn sie sich etwas in ihre Köpfe gesetzt haben.“

Als ein Motorengeräusch näher kam, stand er auf und trat aus den Büschen. Das Zittern meines Körpers lenkte mich zu sehr ab, als dass ich Piero hinterher sehen konnte. Nach einigen Minuten kam Piero zurück und half mir auf die Beine.

„Komm, stütz dich auf mich.“ Er führte mich zu dem wartenden Auto, neben dem ein schlanker Mann stand. Dieser öffnete die hintere Tür und wartete, bis Piero mich auf die Rückbank bugsiert hatte.

„Puh, der stinkt“, sagte der Mann. Ich konnte hören, wie er die Nase rümpfte.

„Dann wirst du ihm beim Duschen helfen müssen, Tom. Ansonsten lässt du ihn aber in Ruhe! Verstanden?“

„Den lass ich ganz sicher in Ruhe“, antwortete Tom und lief um das Auto herum. „Da hast du aber ganz schön was gut zu machen“, sagte er, bevor er einstieg.

„Tom kümmert sich heute um dich. Ich komme morgen vorbei und schaue nach dir“, sagte Piero und strich mir das Haar zurück. Ich konnte nicht verstehen, warum er keine Abscheu vor mir empfand, mich noch immer berühren und ansehen konnte. Ich jedenfalls hasste mich, vor allem meinen schmutzigen Körper, der solchen Verrat an mir geübt hatte. Ich traute mich die Frage, warum er nicht mitkam, nicht zu stellen. Meine Angst vor der Antwort war zu groß. Doch Tom nahm mir diese Bürde ab.

„Warum kommst du nicht mit?“, fragte er und drehte sich zu uns um. „Wasch du das Dreckschwein und kümmere du dich um ihn.“

Sein Blick, der hochnäsig und angeekelt über mich hinweg strich, ließ mich die Decke noch fester vor meiner Brust zusammenraffen.

„Wenn ich jetzt verschwinde, wissen sie sofort, wer ihm geholfen hat. Dann bekommt nicht nur er Ärger. Ich komm, wie verabredet, morgen vorbei.“ Er schlug die Autotür zu und klopfte auf das Dach. Der Wagen setzte sich in Bewegung und ich schloss die Augen.

In Sicherheit

Die Fahrt erlebte ich wie in einem Traum. Ich wusste weder wohin die Reise ging, noch was mich erwartete und es war mir auch egal. Doch eines wusste ich ganz genau. Mein Leben, so wie ich es bisher geführt hatte, war ein für allemal vorbei. Ich hatte mich dem Tribunal entzogen. Das war so, als hätte ich mich eigenhändig aus der Gemeinschaft ausgeschlossen. Ich war ein Aussätziger, der gegen die Regeln verstoßen und sich dann auch noch der Strafe entzogen hatte.

Aber eigentlich hatte ja Piero diese Entscheidung für mich getroffen. Ohne sein Eingreifen würde ich noch immer an dem Ast hängen und jedem, der vorbeikam, meine Schmach und Schande zeigen - nackt, geschlagen und gedemütigt. Ich war mir sicher, dass ich, wäre ich dort geblieben, bis zum nächsten Tag verrückt oder ein völlig anderer Mensch geworden wäre. Ich war dicht am Wahnsinn vorbeigeschlittert. Noch einige Stunden mehr dieser Tortur ausgesetzt, hätte mein Weltbild, meinen Charakter, meine Neigungen, mein ganzes Wesen ein für alle Mal verändert.

Piero hatte mich davor bewahrt. Aber ob er jemals vergessen würde, welchen furchtbaren Anblick ich geboten hatte? Blutbesudelt, mit meinen eigenen Exkrementen und Körperflüssigkeiten beschmiert? Bei dem Gedanken begann ich wieder zu zittern, und ein heftiges Schluchzen drang aus meinem Mund.

Tom drehte sich zu mir um. „Klapp' mir nur nicht zusammen! Das ist das Letzte, was ich jetzt gebrauchen kann."

Mühsam schüttelte ich den Kopf und biss mir wieder auf die Fingerknöchel, die sich mittlerweile wund und aufgerissen anfühlten. Dann vergrub ich mein Gesicht in der Decke und kämpfte einen Moment mit einem Würgegefühl, welches sich bei den Gerüchen einstellte, die ich einatmen musste. Ich zwang mich durch den Mund zu atmen, und schloss die Augen.

Irgendwann hielt der Wagen. Tom öffnete die Tür und zog mich nach draußen.

„Beeil dich. Ich möchte nicht, dass dich jemand sieht!" Ungeduldig zerrte er an meinem Arm.

Taumelnd stand ich neben dem Auto. Alles drehte sich um mich, während sich dunkle Schatten über meinen Geist zu legen drohten.

„Verdammt, reiß dich zusammen", fluchte mein Helfer und zog mich zu einem Fahrstuhl.

Wie wir in seine Wohnung kamen, kann ich nicht mehr sagen. Es verlangte mir schon zu viel Anstrengung ab, überhaupt auf den Beinen zu bleiben.

Als helles Licht aufflammte und mich zwang, den Arm schützend vor meine Augen zu legen, bemerkte ich, dass wir endlich angekommen waren. Tom schob mich in ein Bad und zeigte stumm auf eine Duschkabine. Die Dusche war ebenerdig, trotzdem musste ich mich an der Wand festhalten, um hineinzusteigen. Meine Knie gaben nach und ich strauchelte. Die Decke, die ich die ganze Zeit krampfhaft fest gehalten hatte, glitt zu Boden und entblößte meinen nackten Körper.

„Heilige Scheiße", entfuhr es Tom, der entsetzt auf meinen gebeugten Rücken starrte. „Was haben die denn mit dir gemacht?"

Ich hielt den Blick gesenkt. Ich wollte sein entsetztes Gesicht nicht sehen, noch irgendeine weitere Reaktion seinerseits ertragen.

„Verschwinde. Ich schaff das allein", fuhr ich ihn an und versuchte mich mit meiner letzten Kraft und verbliebenen Würde aufzurichten. Doch sofort begann alles wieder um mich herumzutanzen, meine Knie versagten und ich sank, unfähig mich weiter aufrecht zu halten, auf den weißen Fliesenboden. Undeutlich hörte ich Toms Stimme, spürte, wie er mich in eine sitzende Position zog.

Warmes Wasser prasselte auf mich hernieder und verschwommen nahm ich wahr, dass er mich abzuseifen begann. Seine Hand fuhr über mein Gesicht, durch meine Haare, über meinen Rücken, Arme und Beine. Als er begann die verkrusteten Exkremente an meinen Oberschenkeln wegzuwaschen, schlug ich seine Hand zur Seite.

„Fass mich DA nicht an", zischte ich kraftlos, jedoch voller Auflehnung. Wut stieg in mir hoch und der Ekel, der mir schon die ganze Zeit wie eine Faust im Magen gesessen hatte, schwoll an, kletterte meine Speiseröhre hinauf und brach krampfartig aus mir heraus. Ich erbrach mich in qualvollen Intervallen. Das Erbrochene mischte sich mit dem Wasser und zog, Spiralen ziehend, zum Abfluss. Wieder und wieder krampfte sich mein Magen, bis er nichts mehr hervorbringen konnte. Ich kauerte zitternd auf dem Boden und wartete, dass die Magenkrämpfe vorbeigingen. Das prasselnde Wasser auf meiner Haut spürte ich kaum.

Tiefer konnte ich nun nicht mehr sinken. Ich hatte den Abgrund, die Kloake meines Daseins erreicht. Mechanisch griff ich nach dem Duschkopf und säuberte mich von dem Erbrochenen, sowie den getrockneten und verkrusteten Resten der Nacht. Ich fühlte mich wie ein Tier, und genauso betrachtete Tom mich auch. Er starrte mich an, wie man wohl ein exotisches, unbekanntes, jedoch auch wahnsinnig ekliges Etwas in einem Terrarium betrachten würde.

Langsam, da es mich meine ganze Kraft kostete, stand ich auf. Ich griff nach dem Handtuch, welches Tom mir hinhielt. An den Wänden entlang tastend, folgte ich ihm in ein kleines Zimmer. Ein Schrank und ein Bett standen darin.

„Hier kannst du schlafen“, sagte er knapp.

Ich fiel mehr, als dass ich mich in das Bett sinken ließ. Kaum dass ich die weiche Matratze unter mir fühlte, schalteten sich auch schon die Lichter in meinem Kopf aus. Gnädige Dunkelheit, Stille und himmlischer Frieden legten sich über mich, und ich hoffte, dass es für immer so bleiben würde.

Abschied

Eine warme Hand streichelte mein Gesicht. Zuerst glaubte ich zu träumen. Es war ein schöner Traum. Gold-braune Augen sahen mich mitfühlend an.

„Piero! Du bist da."

„Ja. Aber ich muss gleich wieder gehen."

Verwirrt versuchte ich mich aufzusetzen. Mein Körper schmerzte und in meinem Kopf drehte es sich wieder. Ich biss die Zähne aufeinander und griff nach seiner Hand.

„Bleib bei mir." Ich verstummte.

Die Bilder der letzten Nacht kamen in mir hoch und Scham überspülte mich augenblicklich. Ich zog die Knie heran und vergrub mein Gesicht in meinen Armen.

„Ich kann nicht mehr zurück, oder?" Ein Schluchzen stieg in mir hoch. Als ich es zurückzuhalten versuchte, presste sich mein Brustkorb schmerzhaft zusammen.

„Nein, sie würden dich nur noch mehr quälen. Das Beste wäre für dich, erst einmal unterzutauchen."

„Aber wo soll ich hin?" Nun schaffte ich es nicht mehr, das Schluchzen zu unterdrücken. Es brach aus mir heraus und ließ meine Stimme brechen. „Was soll ich denn tun?"

Piero zog mich in seine Arme, doch ich schüttelte sie mit aller Kraft ab. Ich konnte es nicht ertragen, dass er mich berührte, wo er mich doch in all meinem Schmutz gesehen hatte. Die Demütigung saß zu tief. Es war, als würde ich noch immer den Stab spüren, wie er sich in mich hineinbohrte und mich quälte.

„Ich will sterben", flüsterte ich. „Mein Leben hat keinen Sinn mehr."

Darauf blieb Piero stumm. Er wusste, dass es nichts gab, was mich trösten konnte. Ich hatte innerhalb einer Nacht meine Familie, meine Freunde, meine Arbeit, meine Zukunft, den gesamten Grund meiner Existenz verloren.

„Wenn wir uns wiedersehen, wird alles anders sein. Besser", versuchte er mich aufzumuntern.

Ich schüttelte den Kopf.

„Gib nicht auf, Nikola. Du hast geschafft, was du wolltest. Du wolltest nicht so leben, wie es dir der Clan vorschrieb. Jetzt hast du die Chance, das zu tun, was dich wirklich ausmacht.“

Zwischen wirrem Haar sah ich zu ihm hinüber. Wusste er eigentlich, dass ich das alles nur für ihn getan hatte? Es kam nicht aus einem inneren Impuls heraus, wie er glaubte. Ich hatte mich aufgelehnt, ja. Aber nur weil ich so sein wollte wie er, gleichwertig, ebenbürtig. Damit er mich beachtete, mich liebte. Doch das, was ich jetzt in seinen Augen sah, war nur Mitleid, Sorge und Trauer. Doch ich wollte sein Mitleid nicht. Ich wollte nicht, dass er sich um mich sorgte. Ich wollte einfach nur tot sein.

Ich spürte eine einzelne Träne über mein versteinertes Gesicht fließen.

„Tom wird dir helfen. Er bringt dich in ein anderes Land, in eine andere Stadt und wird dir zeigen, wie du es schaffen kannst, dich allein zurechtzufinden. Er hat es mir versprochen. Du kannst dich auf ihn verlassen. Und ich werde immer wissen, wo du bist. Erwarte mich dort. Ich werde dich finden. Irgendwann komme ich. Versprochen.“

Lass mich nicht allein. Bitte, komm mit! Lass uns zusammen ein neues Leben beginnen. Ich liebe dich! Ich brauche dich! Die Worte lagen mir brennend auf der Zunge. Doch ich schluckte sie herunter, bis sie mir wie heiße Steine im Magen lagen.

„Ich muss jetzt gehen.“ Piero sah mich an, suchte meinen Blick, so als erwarte er noch etwas von mir. Doch ich starrte auf meine Hände, unfähig ihm mein Inneres zu offenbaren.

Als er aufstand, zuckte ich zusammen.

„Ich habe dir deine Kleidung mitgebracht. Sie liegt auf dem Stuhl.“

Ich rührte mich nicht. Starr sah ich auf meine ineinander verkrallten Finger. Als Piero die Tür hinter sich ins Schloss zog, schaffte ich es endlich, mich aus meiner Lethargie zu befreien.

Er durfte nicht gehen. Er war doch alles, was ich noch hatte. Ich schlug die Decke zur Seite und sprang auf die Beine. Doch anstatt hinter ihm her zu eilen, knickten mir die Knie ein. Hart schlug ich auf dem Boden auf. Rote Flecken taumelten vor meinen Augen, während ich gegen eine aufkommende Ohnmacht ankämpfte. Unfähig etwas zu unternehmen, hörte ich, wie er sich im Flur von Tom verabschiedete.

„Ich geh jetzt.“

„Klar, mach’s gut. Und pass auf, dass dich niemand sieht.“

„Mich übersieht doch sowieso jeder.“

„Sei dir da mal nicht so sicher. Ich war damals auf dich aufmerksam geworden.“

„Du bist ja auch anders.“

Kurz lachten beide auf, wurden aber sofort wieder ernst.

„Kümmere dich um ihn. Ich verlass mich auf dich. Er liegt mir wirklich am Herzen.“

„Klar, solange du deinen Teil der Abmachung nachkommst, kein Problem.“

„Werde ich“, entgegnete Piero. „Du hast mein Wort. Ich warte nur auf deinen Anruf.“

„Es ist erschreckend, was einem plötzlich alles offen steht, wenn man solche Freunde wie dich hat.“

Einige Sekunden Stille folgten, in denen mir mein verwirrtes Hirn ein Bild vorgaukelte, welches Piero und Tom eng umschlungen zeigte.

„Verschwinde jetzt. Ich werde dich schon genug vermissen.“ Toms geflüsterte Worte waren fast unhörbar.

„Du wirst jemanden anderes finden.“

„Ja, da hast du wohl recht.“ Tom lachte.

Die Eingangstür fiel ins Schloss.

Piero war gegangen. Minutenlang lag ich zusammengekauert auf dem Boden und spürte nur eine unendliche Leere in mir.

- PARIS -

Neues Zuhause?

„Wo hast du mein Fotobuch wieder hingetan?“ Tom rannte durch das Apartment und wurde mit jeder Sekunde wütender.

Ohne ein Wort zu sagen, ging ich zu seinem Schreibtisch, zog das Buch unter einem Stapel Briefen hervor und hielt es ihm mit gesenktem Blick hin.

„Ich schwöre dir, wenn du noch einmal meine Sachen verlegst, rutscht mir mal die Hand aus. Ich kann deine Unordnung einfach nicht mehr ertragen! Wenn ich gewusst hätte, worauf ich mich mit dir einlasse, hätte ich es mir sicher noch einmal überlegt.“

„Ich kann ja gehen“, antwortete ich leise.

„Ach, vergiss es. Wo willst du denn hin, he? Willst du dir dein Essen zusammenklauen und unter der Brücke schlafen? Ich habe Piero versprochen, dir bei deinem Neustart zu helfen und ich halte meine Versprechen. Ich bin immerhin ein zivilisierter Mensch, anders als deinesgleichen. Euch muss man doch alles erst beibringen, was ein normaler Mensch von Geburt an kann. Weißt du, wie verrückt du mich mit deiner Art machst? Noch nicht mal Messer und Gabel kannst du richtig benutzen. Geschweige denn, meinen Schriftverkehr führen. Ich hätte jemanden gebraucht, der meinen lästigen Schriftkram erledigt, meinen Haushalt führt und mir den ganzen Mist des Alltags vom Halse hält. Und wen habe ich bekommen? DICH! Na danke auch!“

Ich ertrug Toms Schimpfereien, wie immer, mit zusammen gepressten Lippen.

„Vergiss nicht, meine Anzüge aus der Reinigung zu holen. Hast du mich verstanden?“

„Ja, Tom“, nickte ich, wobei ich meinen Blick fest auf den edlen, weißen Teppich gerichtet hielt. „Heute Abend hängen die Anzüge in deinem Schrank.“

„Das will ich doch hoffen. Immerhin gehören sie auch genau dorthin und nicht an irgendeinen Baum. Aber bei dir würde mich nichts wundern."

Nach eine Weile fuhr er fort: „Den Silbergrauen bringst du mir in die Rue Étienne Marcel 52, und zwar genau Viertel vor Acht. Ich zieh mich nach der Anprobe bei Serafon gleich für dic Party um. Und sorge dafür, dass der Service meine Hemden bügelt. Ach, und mache für fünfzehn Uhr einen Termin für mich bei Ernesto aus. Du weißt schon, der Frisör in der Rue de la Roquette. Hast du das alles behalten?"

„Ja, Tom." Mittlerweile hoffte ich sehnlich, dass er endlich die Wohnung verlassen würde, ich bekam schon wieder Kopfschmerzen. Jeden Morgen, bevor er zu seinen Shootings, Castings und Anproben aufbrach, genoss er es, mich mit Anweisungen zu bombardieren und durch die Räume der Wohnung zu scheuchen. Egal was er suchte, er war immer der Meinung, ich hätte es verlegt. Inzwischen hatte ich das Gefühl, er brauchte dieses morgendliche Ritual des Herumkommandierens und Herumschubsens, um sich gut zu fühlen. Manchmal fragte ich mich, an wem er seine Launen vorher ausgelassen hatte.

Seit Wochen zerbrach ich mir den Kopf, wie ich diesem Leben, welches ich hier bei ihm führen musste, entfliehen konnte. Nachdem es mir körperlich wieder besser gegangen war, hatte mich Tom aufgefordert, mit ihm nach Paris zu kommen. Er hatte keine Überredungskünste anwenden müssen. Wo sollte ich denn auch hin? Ich hatte keine Familie mehr, niemanden, zu dem ich gehörte. Ich war ein Ausgestoßener, und so fühlte ich mich auch - allein und unnütz.

Doch ich hätte lieber in München bleiben und mich mit Taschendiebstählen über Wasser halten sollen. Aber selbst das erschien mir abwegig. Mein Leben hatte jeden Sinn verloren. Da war es am einfachsten, Tom zu folgen, zu tun, was er verlangte und ansonsten still und unsichtbar zu bleiben. Anfangs hatte ich noch das Gefühl gehabt, dass er mich mit interessierten, fast gierigen Augen ansah. Er schenkte mir seine abgelegte Kleidung, lehrte mich Dinge, die ich nicht wusste, unterhielt sich mit mir und versuchte mich zum Lachen zu bringen. Doch das hatte sich nach wenigen Tagen erledigt. Von einem Tag auf den anderen hatten sich die Fronten zwischen uns ein für alle mal geklärt.

Wir hatten damals gemeinsam einen angenehmen Tag verbracht.

Tom hatte mich zu einer Rundfahrt auf der Seine eingeladen. Großspurig hatte er mir Paris gezeigt, seine zweite Heimat, wie er betonte. An diesem Abend öffnete er eine Flasche Rotwein. Er amüsierte sich darüber, wie ich das Weinglas hielt. Dann zeigte er mir, wie man es elegant und weltmännisch zwischen den Fingerkuppen balancierte, als er plötzlich ganz nah an mich heran kam. Sein warmer Atem bewegte mein Haar. Verwirrt sah ich auf seine Lippen, die sich mir leicht geöffnet näherten.

„Sag mal, Nik“, er hatte sich angewöhnt mich mit dieser Abkürzung anzusprechen. „Bist du damals dem gleichen Gewerbe wie Piero nachgegangen?“

Schnell senkte ich den Blick und rutsche ein wenig von ihm ab. Seine Nähe verursachte mir einen unangenehmen Druck im Magen.

„Nein, Piero war der Einzige in unserer Sippe. Er hat eine spezielle Ausbildung erhalten.“

Tom lachte laut auf. „Seit wann braucht man dafür eine Ausbildung? Na ja, gut war er schon, das kann man ihm nicht absprechen, aber ...“, er legte eine Hand auf meinen Oberschenkel. „... können wir das nicht alle ganz instinktiv?“

„Ich weiß nicht ...“, stotterte ich. Benommen spürte ich, wie sich seine Hand in Richtung meines Schrittes schob, sanft, fast unmerklich.

„Ach, komm schon. Dir liegt es doch im Blut. In deinem heißen, brodelnden Zigeunerblut.“ Er lachte heiser.

„Ich weiß nicht, was du meinst.“ Ich versuchte von ihm weg zu rutschen, doch er schob seine Hand blitzschnell vor und umfasste gierig mein Geschlecht.

„Das meine ich. Fühlt sich doch toll an, oder?“ Mit geschickten Bewegungen rieb er über meinen Schritt. „Willst du meinen auch mal anfassen? Komm!“ Er begann an seinem Gürtel zu nesteln. „Blas mir einen. Du kannst das bestimmt richtig toll.“ Er griff in mein Haar und drängte mein Gesicht nach unten. Ich erstarrte.

„Tu es einfach! Los, Nik! Nimm ihn schon in den Mund!“, drängte er ungeduldig.

Ich hatte die Augenlider zusammengepresst. Jeder Muskel in meinem Körper verkrampfte sich. Endlich merkte auch Tom, dass ich seinen Wunsch nicht einfach so erfüllen würde.

„Was ist los mit dir? Weißt du eigentlich, wie viele Leute mir einen blasen wollen? Und du darfst es einfach so. Los! Zier dich nicht, wie ein Mädchen! Mach schon!"

Er drückte mich noch tiefer.

„Wozu kümmere ich mich um dich, wenn du noch nicht mal dafür zu gebrauchen bist?"

Sein Ton wurde hart. „Verdien' dir dein Brot gefälligst, mit dem ich dich täglich füttere. Niemanden wird einfach so was geschenkt. Du wirst jetzt den besten Blowjob abliefersť, den ich bisher erlebt habe, sonst kannst du dir ne andere Bleibe suchen!" Noch immer zwang er meinen Kopf nach unten, seine Hände in mein Haar gekrallt.

Er meinte es ernst. Er würde mich nicht einfach so davon kommen lassen. Doch kurz bevor meine Lippen seinen Schwanz erreichten, krampfte sich mein Magen zusammen. Meine Gedärme verknoten sich und bittere Galle stieg mir die Speiseröhre hinauf. Grelle Bilder durchzuckten meinen Kopf, Bilder, dich mich an einen Baum gehängt zeigten, während mein Körper unkontrolliert ejakulierte … und dann konnte ich es nicht mehr zurückhalten. Es überkam mich wie ein befreiender Krampf.

„Scheiße man, was soll das denn?", schrie Tom, als ich mich würgend in seinem Schoß übergab. Er sprang auf, stieß mich dabei auf den Boden und rannte ins Bad. Ich wartete nicht auf seine Rückkehr, sondern taumelte in meine winzige Abstellkammer, in der mein Bett stand. Kaum lag ich auf der harten Matratze, schlief ich ein, so, als wäre in meinem Hirn ein Schalter umgelegt worden. Gerade noch hörte ich Toms Gezeter, dann war alles friedlich und still.

Am nächsten Tag erwähnte Tom den Vorfall mit keinem Wort. Doch seine Art mir gegenüber änderte sich drastisch. Wo er mir vorher Freundschaft, oder wenigstens so etwas wie herablassende Hilfsbereitschaft vorgegaukelt hatte, herrschten jetzt Nichtbeachtung und Kälte. Er redete nur noch mit mir, wenn er mich beschimpfte oder mir meine Dienstbotengänge beschrieb. Glücklicherweise war er die meiste Zeit des Tages außer Haus, so dass wir uns kaum über den Weg liefen. Wenn er spät abends nach Hause kam, war ich schon in meiner Kammer, saß auf meinem Bett, starrte die Wand an oder schlief.

An diesem Abend machte ich mich zeitig mit Toms grauem Anzug, einem schwarzen Hemd und einer Auswahl von Krawatten, auf den Weg in die Rue Étienne Marcel.

Ich kannte mich im Pariser U-Bahn Netz mittlerweile ziemlich gut aus. Anfangs hatte ich mich in den endlos, langen Gängen verlaufen, war herumgeirrt, hatte mich verfahren, war in falschen Stadtteilen gelandet und hatte mich verspätet, so dass ich Toms Wutanfälle über mich ergehen lassen musste. Doch allmählich traute ich mich, Passanten anzusprechen und mich durchzufragen. Mein Französisch war nicht perfekt, reichte hierfür aber aus. In den vergangenen Wintern hatte mein Clan so manchen Monat in Südfrankreich verbrachte. Niemals hätte ich damals gedacht, dass ich in diesem Land einmal allein da stehen würde.

Mittlerweile merkte ich mir, welche U-Bahn Linie wohin fuhr, auch wenn mir das Lesen der Metrostationen noch immer arge Schwierigkeiten bereitete. Ich hatte mir angewöhnt, mir das Bild der Buchstaben einzuprägen, sodass mir die Orientierung mittlerweile leichter fiel.

Heute fand ich die von Tom angegebene Adresse sofort. Ich kannte die Station Étienne Marcel. Das Haus Nummer 52 war ein, für Paris übliches Stadthaus mit großen, bis zum Boden reichenden Fenstern. Schmiedeeiserne Geländer waren davor befestigt. Schwieriger wurde es, als ich die große zweiflüglige Eingangstür und den dahinterliegenden Gang passiert hatte und in einem Hinterhof stand, von dem mehrere Zugänge zu verschiedenen Treppenhäusern abgingen.

Ratlos stand ich mit dem Anzug über dem Arm da und sah die Hausfassade hinauf. Die engen Wände gaben mir ein Gefühl des Eingeschlossenseins. Ob ich mich jemals an Häuser und Zimmer gewöhnen würde? Manchmal fühlte ich mich wie eine Pflanze ohne Sonne. Zwar mit allem versorgt, jedoch matt und anfällig für Krankheiten. Jede freie Minute, die ich von dem straffen Terminplan abzwacken konnte, den mir Tom täglich auferlegte, flüchtete ich an die Seine. Hier setzte ich mich ans befestigte Ufer und starrte auf das träge, dahin fließende Wasser. Wenigstens dieses konnte dorthin, wohin seine Natur es trieb. Auch in mir war dieser Trieb, der mich aufforderte, weiterzuziehen. Das war meine natürliche Art, welche ich momentan jedoch unterdrücken musste. Es hatte sich so viel geändert.

Ich hörte eine Tür ins Schloss fallen und drehte mich um. Schuldbewusst zuckte ich zusammen. Einen kurzen Augenblick hatte ich geglaubt, Tom käme mir entgegen und würde mich wieder beschimpfen, warum ich noch hier herumstände und ihn warten ließ. Doch der junge Mann, mit dem glatten, blonden Haar sah Tom nur zum verwechseln ähnlich. Ohne mich eines Blickes zu würdigen, lief er an mir vorbei. An seinem Gang und seiner Blasiertheit erkannte ich, dass er sicher dem gleichen Beruf wie Tom nachging. Hier schien ich richtig zu sein. Schnell lief ich auf die Tür zu und hastete die Treppe hinauf. Im zweiten Stock hörte ich hinter einer Tür Stimmengemurmel. Ein silbernes Schild in vornehm, geschwungener Schrift dominierte die halbe Wand. Vorsichtig klopfte ich an. Niemand reagierte, doch die Tür, welche nur angelehnt war, schwang langsam auf. Mit unsicheren Schritten trat ich ein.

In dem weitläufigen Büro herrschte rege Betriebsamkeit. Unmengen von Leuten rannten hin und her, riefen und gestikulierten. Näherinnen steckten Hosen direkt an den Körpern junger Männer ab.

„Du kommst zu spät!“ Eine junge Frau mit dünnem, blondem Haar sprach mich von der Seite an. „Los, beeil dich, stell dich da hin.“

Ohne meine Verwirrung zu bemerken, drängte sie mich gegen eine weiße Wand, zog eine Polaroidkamera hervor und schoss von mir ein Foto. Während sie das Foto hin und her wedelte, musterte sie mich von oben bis unten.

„Wie war noch mal dein Name? Ich erinnere mich gerade nicht an dich.“

„Das wundert mich nicht. Du hast gerade meinen Laufburschen fotografiert, Christin.“ Tom trat heran. „Wird echt Zeit, dass du kommst, Nik. Ich bin schon seit zehn Minuten fertig.“

„Warte mal“, Christin wies auf mich. „Der da ist gar kein Model?“

„Sieht er so aus? Schau dich um, Christin. Alain hat dieses Mal offensichtlich sein Augenmerk auf blonde, nordische Typen gelegt. Und jetzt schau dir unseren Freund hier an, er ist doch das genaue Gegenteil.“ Er umfasste meine Schulter und drehte mich zu ihr um. Als ihre Augen mich von oben bis unten musterten, glaubte ich um einige Zentimeter zu schrumpfen.

„Okay, ich dachte nur … Alain hatte irgendwann so ne Bemerkung von Gegensätzen und Kontrasten von sich gegeben …“

„Christin, mach das, wofür du angestellt bist – ankleiden – und versuche nicht zu denken.“

Aus dem Augenwinkel nahm ich wahr, wie die junge Frau bis unter die Haarspitzen rot anlief. Tom drehte ihr einfach den Rücken zu.

„Hast du alles dabei?“, fuhr er mich an.

Wortlos hielt ich ihm den silbergrauen Anzug, das schwarze Hemd und die Auswahl von Krawatten entgegen, die ich mitgebracht hatte. Mit einer Hand fuhr er durch die verschiedenfarbigen Binder.

„Wo ist die Graue? Sag nicht, dass du die vergessen hast? Merde! Hätte ich mir ja denken können, Espèce de crétin. Absolut kein Geschmack!“

Ich hatte Tom noch nie Französisch fluchen gehört. Die Umgebung schien ihn zu einem anderen Menschen zu machen, einem noch Unangenehmeren als sonst. Er riss mir die Sachen aus der Hand. „Ach, noch was! Heute Nacht, wenn ich nach Hause komme, will ich nichts von dir sehen oder hören. Verstanden?“ Mit einer abfälligen Handbewegung verließ er das Zimmer.

Wie ein begossener Pudel stand ich im Raum. Natürlich wusste ich, was er meinte. Oft genug hatte er nachts noch irgendjemanden mitgebracht, und bis in die frühen Morgenstunden geredet, getrunken und gefickt. Selbst durch die geschlossene Tür und mit einem Kopfkissen auf den Ohren, konnte ich sie hören. Ich hütete mich, in diese Orgien hineinzuplatzen. Nicht dass ich schüchtern oder prüde gewesen wäre - doch die Einblicke, die ich einmal in Toms Liebesleben gehabt hatte, als ich nachts noch einmal ins Bad musste, wollte ich mir nicht noch einmal antun. Menschen verloren unter Alkohol- und Drogenkonsum jegliche Würde, und so was wollte ich mir nicht noch einmal ansehen müssen.

Ein Kleiderständer mit Jacketts wurde an mir vorbeigeschoben und riss mich fast um.

„Was stehst du hier rum? Wenn du Alain suchst, der ist da hinten, bei den anderen.“ Ungeduldig schob mich ein junger Mann in die Richtung des bezeichneten Raumes. In der Tür blieb ich stehen. In dem Zimmer standen drei Männer um einen großen Tisch und schoben Fotos hin und her. Sie diskutierten über Farben und Reihenfolgen. Die zwei jüngeren Männer redeten aufeinander ein und versuchten sich gegenseitig zu übertrumpfen. Ein älterer, graumelierter Mann sah hochkonzentriert auf die ausgebreiteten Papiere. Als er die Hand hob, verstummten die zwei Anderen augenblicklich.

„Wir beginnen mit den Rostroten, gefolgt von den Rotbraunen und Ockerfarbenen. Ich habe mich entschieden.“

Die jungen Männer nickten bekräftigend. Scheinbar wagte ihm keiner zu widersprechen.

„Was machst du denn noch hier? Tom ist schon gegangen.“ Die blonde Christin stand hinter mir.

„Ich weiß … ich wollte …“, stotterte ich.

Die drei Männer sahen von ihren Unterlagen auf. Ich konnte den Ärger über die Unterbrechung in ihren Gesichtern sehen.

„Was gibt es, Christin? Du weißt, wir stehen unter Zeitdruck.“ Der Älteste sah über seine Brillengläser. Seine stahlblauen Augen flogen über mich hinweg und verharrten auf meinem Gesicht, so als wurden sie von irgendetwas festgehalten.

„Es tut mir leid, Alain. Kommt nicht noch einmal vor.“ Sie packte mich am Arm und zog mich zurück. Schnell schubste sie mich Richtung Ausgang. „Geh, geh, merkst du nicht, dass du hier störst?“

Sekunden später stand ich im Treppenhaus, ihr rotes Portemonnaie hielt ich in der Hand. Ich hatte es im Vorbeigehen aus Christins offen stehender Handtasche gezogen. Ich lächelte. Was man einmal gelernt hatte, verlernte man eben so schnell nicht wieder.

Christin

Ich zog einen Schein aus der Geldbörse und verstaute ihn in meiner Hosentasche. Das Portemonnaie ließ ich in meine Jackentasche gleiten. Ich würde es später durchsehen und entsorgen. Jetzt war mir erst einmal nach einem Kaffee zumute. Wenige Schritte weiter war ein Straßencafé, wo ich mich auf einen Stuhl sinken ließ.

Es wurde Zeit, dass ich mein Leben in die Hand nahm. So wie es jetzt lief, konnte es nicht weitergehen. Als Handlanger von Tom fühlte ich mich mehr und mehr wie ein Fußabtreter. Vielleicht sollte ich wieder auf Beutezüge gehen. Die Geldbörse in meiner Jacke zeigte mir, dass ich es noch immer drauf hatte. Dieses Mal würde ich für mich selbst arbeiten. Das Geld könnte ich sparen und mir, so wie ein normaler Mensch, eine Wohnung mieten.

Unbewusst schüttelte ich den Kopf. Eine Wohnung? Schon bei dem Gedanken griffen eiskalte Finger nach meinem Magen. Aber darauf warten, dass Tom mir half, hatte auch keinen Sinn. Immer wieder betonte er, dass er Piero das Versprechen gegeben hatte, mir zu helfen und es gedachte, einzuhalten. Doch er tat nichts, außer mich als seinen persönlichen Diener auszubilden.

Wie immer stellte sich ein stechender Kopfschmerz ein, wenn meine hin und her rasenden Gedanken einen Ausweg aus dieser Situation suchten. Bisher hatte ich mich meinem Schicksal ergeben, ungeliebt und verstaut, lebte ich in einer Abstellkammer.

So oft wie es mir möglich war, durchstreifte ich Paris. Doch ich kehrte immer wieder in Toms kalte Designerwohnung zurück und verkroch mich in meinem kleinen Zimmer. Denn ein winziger Hoffnungsfunke wartete auf eine Nachricht von Piero. Er wusste, dass ich bei Tom war. Wenn ich ging, würde er mich wahrscheinlich nie wieder finden. Das wollte ich nicht riskieren. Der Gedanke an Piero hielt mich am Leben. Wofür war ich sonst noch auf der Welt?

„Schön, dass ich dich hier finde."

Ich zuckte zusammen. Die junge Frau mit dem dünnen Haar stand vor mir und lächelte. „Ich hatte schon befürchtet, ich muss Tom anrufen und über ihn einen Termin mit dir vereinbaren. Das hätte ich wirklich ungern getan. Du weißt ja sicher, wie Tom so drauf ist. Er tut immer so, als wäre er der Nabel der Welt. Ich vermeide den Kontakt zu ihm, sooft wie möglich. Umso besser, dass ich dich gerade jetzt treffe. Ich darf mich doch setzen, oder?“ Ohne eine Antwort abzuwarten, nahm sie mir gegenüber Platz.

„Ich hätte gern einen Espresso“, rief sie dem Kellner zu und sah mich dann wieder an. „Ich habe gute Neuigkeiten für dich.“

Ihr Redefluss hatte mich so überflutet, dass ich überhaupt nicht wusste, was sie von mir wollte.

„Qui“, war das Einzige, was ich hervorbrachte.

„Also, Alain hat dich vorhin gesehen. Da, als du so verwirrt an der Tür rum standest. Nun, du scheinst ihn irgendwie beeindruckt zu haben. Ich weiß nicht warum, eigentlich haben wir schon genug Models, und eigentlich fällst du mit deinem Look voll aus dem Rahmen, aber ich hatte ja schon so was von ihm gehört, von wegen Gegensätze und Kontraste … auf jeden Fall will er ein Fitting mit dir machen. Gleich morgen. Immerhin ist die Show schon in ein paar Tagen und es müssen noch alle Änderungen an den Kleidern eingearbeitet werden. Na ja, jedenfalls hatte ich schon Sorge, dass es schwierig werden könnte, dich zu finden, nachdem du ja eigentlich kein Model bist und demzufolge auch in keiner Modelkartei zu finden sein wirst. Aber ich wusste ja, dass du mit Tom bekannst bist, und dann hätte ich ihn nur fragen müssen. Aber zum Glück sitzt du noch hier und trinkst Kaffee …“

„Ein Fitting?“, unterbrach ich ihren Redefluss. „Was ist das?“

Einen kurzen Moment sah sie mich an. „Oh, ich hatte ja ganz vergessen, dass du nicht aus dem Metier bist … Fitting ist eine Anprobe. Alain möchte sehen, wie seine Stücke an dir wirken, ob sie dir stehen oder ob etwas geändert werden müsste …“

„Wieso sollten mir seine Stücke stehen?“

„Na, er will dich für seine Show buchen!“, platzte sie heraus.

„Das muss eine Verwechslung sein.“

Ich musterte die junge Frau. Steckte Tom vielleicht dahinter? Wollte er sich einen Scherz mit mir erlauben? Zuzutrauen wäre es ihm.

Er würde mich beobachten und mir dann all meine Unzulänglichkeiten aufzählen, während er lachte. Dann würde er mich immer wieder fragen, wie ich denn so dumm sein konnte, zu glauben, dass ein weltberühmter Designer gerade mich buchen wollte.

Doch Christin sah mich ernst an. Keine Regung in ihrem Gesicht wies darauf hin, dass es ein Scherz war.

„Keine Verwechslung! Ich habe Alain extra noch einmal gefragt. Aber er sagte: genau der, mit den wilden Haaren und den schwarzen Augen, der so abwesend an der Tür rum stand. Na ja, und das kannst nur du gewesen sein. Kein anderer hatte die Zeit rumzustehen und von den anderen Models hatte keiner schwarze Augen." Sie kicherte. „Nie hat Alain bisher ein Model mit südländischem Aussehen in seiner Show gehabt. Oder kommst du aus Osteuropa?"

„Gelegentlich", antwortete ich knapp.

Irritiert sah sie mich an. „Na, ist ja auch egal. Auf jeden Fall hätte ich mächtigen Ärger bekommen, wenn ich morgen ohne dich aufgetaucht wäre. Aber da brauch ich mir ja jetzt keine Sorgen mehr machen …"

„Ich werde nicht kommen."

„Was? Hab ich mich gerade verhört? Du kannst dir so eine Chance doch nicht entgehen lassen. Jedes Model in Paris würde einen Job bei Alain Serafon mit Handkuss nehmen. Weißt du, was bei unseren Castings normalerweise los ist? Am Tag stellen sich an die hundert Leute vor und hoffen, dass Alain sich für sie entscheidet. Dabei ist er noch nicht mal anwesend. Er überlässt die Vorentscheidung uns. Er schaut erst später vorbei und wählt die geeigneten Typen anhand der Fotos aus. Das mit dir ist eine absolute Ausnahme. Du kannst sein Angebot nicht einfach so ausschlagen."

„Und wenn doch?"

„Dann bist du dumm", antwortete sie. „Weißt du, was du bei so einer Show verdienst?" Sie machte eine dramatische Pause. „Und das wäre erst der Anfang. Wenn du bei ihm läufst, nehmen dich die anderen Designer ohne zwei Mal zu überlegen. Normalerweise nimmt Alain nur erfahrene Models. Für einen Newcomer wie dich, könnte das der

Einstieg in die Modewelt sein.“ Sie verstummte, als sie mein Gesicht sah. „Bitte! Komm morgen vorbei. Es ist wichtig.“

Wieder wurde sie still. Sie nippte umständlich an ihrem Espresso. „Weißt du, dieses Geschäft ist kurzlebig. Wenn du nicht bei Alain auftauchst, ist das ein Grund, mich zu feuern. Man ist so leicht ersetzbar.“

Sie hob den Blick und sah mir in die Augen. Das erste Mal hatte ich das Gefühl, den Menschen hinter der wortsprudelnden Fassade zu erkennen. Ich sah ihr fein geschnittenes Gesicht, ihren kleinen Mund. Ihre blauen Augen flehten.

„Vielleicht stehen dir die Kleidungsstücke ja gar nicht. Vielleicht hat es sich mit der Anprobe schon erledigt. Aber es würde so viel für mich bedeuten. Weißt du, man wartet nur darauf, dass ich einen Fehler mache. Bitte!“ Ihre Finger begannen auf dem Tisch herum zu klopfen, während sie in ihre lächerlich kleine Tasse sah. Ihre Nervosität war greifbar. Ich spürte sie, wie eine zitternde Welle, die zu mir rüberschwappte.

„Okay. Ich werde kommen.“ Rang ich mir ab.

„Danke, ich danke dir … Oh, ich weiß gar nicht, wie du heißt.“

„Nikola. Nikola Červeňákowič“, antwortete ich schnell.

„Oh je“, sie zog ein Notizbuch heraus. „Könntest du mir das buchstabieren?“

Ratlos sah ich sie an.

„Ach, schreib mir deinen Namen doch einfach selbst hier rein.“ Sie schob mir Stift und Büchlein über den Tisch. Reflexartig griff ich danach und stieß dabei meinen Kaffee um. Die schon kalte, braune Flüssigkeit ergoss sich auf das weiße Tischtuch.

„Oh, nein.“ Christin zog das Buch zurück. „Was für ein Unglück. Du kannst dir nicht vorstellen, wie wichtig dieses Büchlein ist. Hier stehen unbezahlbare Adressen und Telefonnummern drin. Schnell tupfte sie die Seiten mit einer Serviette trocken.

„Entschuldige“, sagte ich im Brustton der Überzeugung. „Ich werde morgen da sein. Keine Sorge.“

„Sehr schön. Aber nur für den Fall der Fälle, wo finde ich dich?“

„Ich bin unter Toms Telefonnummer zu erreichen“, antwortete

ich.

„Du wohnst mit Tom zusammen?“ Ein süffisantes Lächeln machte sich auf ihrem Gesicht breit. „Dachte ich mir schon, dass Tom anders ist. So einen guten Geschmack hatte ich ihm jedoch nicht zugetraut.“

„Nein, nein“, entgegnete ich schnell. „Ich wohne nur bei ihm. Er hilft mir, da ich gerade …“ Ich verstummte. Was sollte ich auch sagen? Dass ich gerade keine Wohnung, kein Leben, keine Daseinsberechtigung hatte?

„Dann wäre der Job bei Alain doch ideal für dich. Ich kann mir nicht vorstellen, dass du gern bei Tom wohnst. Tom ist ein Arsch“, flüsterte sie mir zu und beobachtete mich dabei genau.

Ich nickte nur leicht.

„Ich kenne ja nur seine berufliche Seite … aber die ist wirklich übel. Wenn er nicht so viele einflussreiche Freunde hätte … aber was red ich da. Wenn das Wörtchen *wenn* nicht wär'. Also, ich muss jetzt los. Freut mich, dich kennengelernt zu haben, Nikola. Ich spendier dir den Kaffee. Kannst dich ja mal revanchieren.“ Sie zwinkerte mir zu. Dann begann sie in ihrer Handtasche herumzukramen. „Wo ist sie denn nur?“, murmelte sie und wurde mit jeder Sekunde nervöser. „Ich hatte sie doch vorhin noch …“

Einen Anflug von Schuldbewusstsein breitete sich in mir aus, während ich sie beobachtete. Dann stand ich auf, bückte mich hinter ihrem Stuhl, zog ihr Portemonnaie unbemerkt aus meiner Jacke und legte es vor ihr auf den Tisch.

„Es muss dir vorhin herausgefallen sein.“

„So ein Glück.“ Sie griff sich mit einer erleichterten Geste an die Brust. Dann öffnete sie ihre Geldbörse, sah einen Moment hinein und blätterte langsam die Scheine durch. Eine steile Falte entstand, als sie ihre hellen Augenbrauen zusammenzog. Ich beobachtete es mit einem seltsamen Unbehagen. Doch dann glättete sich ihre Stirn wieder. Sie hob ihren Blick und sah mich lächelnd an.

„Es war auf jeden Fall schön, mit dir zu reden. Man findet nicht mehr viele Menschen, die auch mal zuhören können.“

Die Entdeckung

Wie versprochen, stand ich am nächsten Tag, zur verabredeten Zeit, vor der Tür der Rue Étienne Marcel 52. Heute wurde ich sofort empfangen.

„Mir fällt ein Stein vom Herzen“, sagte Christin, als sie mir die Tür öffnete. „Komm rein, ich habe schon alles vorbereitet. Bis zuletzt hatte ich doch echt noch befürchtet, dass du mich sitzen lässt.“

Sie führte mich durch das große Atelier, welches heute menschenleer war, und wies in einen voll gestellten Raum. Kleiderständer standen herum, an denen, neben der Garderobe, auch Fotos von den Models angepinnt waren, die diese tragen sollten. Sie griff nach einem Anzug und hielt ihn mir entgegen.

„Zieh den mal an.“

Angesichts der ausgefallenen Farbe wich ich unwillkürlich einen Schritt zurück.

„Komm schon, hab dich nicht so. Diesen Sommer ist Mandarin das neue Braun.“

Christin drehte sich dezent weg und gab vor, in den Kleiderständern nach etwas zu suchen, als ich mich auszog und in die leuchtend orange Hose stieg. Mandarin, dass ich nicht lache. Bei uns zu Hause trugen noch nicht einmal die Frauen solche quitschbunten Kleider. Das dunkelbraune Hemd war schon eher mein Geschmack. Als ich die Jacke zuknöpfen wollte, ging Christin dazwischen.

„Lass sie auf. Leger ist angesagt.“ Sie griff nach den Knöpfen meines Hemdes und öffnete sie wieder. „Alain sagt, die Hemden bleiben dieses Mal bis zum Bauchnabel offen. Und wenn er das sagt, ist es Gesetz.“

Sie trat einen Schritt zurück und musterte mich. „Sitzt perfekt. Alain hat einen guten Blick. Ich hätte gedacht, du bist zu breit für den Anzug … Ach, übrigens, ein Tipp, wenn du gleich zu ihm kommst, geh gerade durch den Raum, schau nach vorn auf die Wand, eine Hand in der Hosentasche. Geh bis vor seinen Schreibtisch, dreh dich um, lauf zurück und bleib, ihm zugewandt, an der Tür stehen. Das ist alles. Mehr musst du auf einer Modenschau auch nicht machen."

Ohne auf meine Entgegnung zu warten, ging sie den Gang entlang zu dem hinteren Büro, vor dem ich gestern schon gestanden hatte. Christin wirkte heute aufgeregt und noch nervöser als gestern. Sie wies mich an, vor der Tür zu warten, durch die sie, nach kurzem Klopfen, allein eintrat.

„Er ist da, Alain, und du hattest, wie immer, recht."

„Christin, wann hörst du auf zu zweifeln?" Die Stimme des Mannes war angenehm tief und in ihrer Ruhe das genaue Gegenteil von Christin.

Diese öffnete nun die Tür und nickte mir lächeln zu. Ich trat ein und lief durch den Raum, auf den Schreibtisch zu, eine Hand lässig in der Hosentasche.

Nur eine von Christins Anweisungen war ich nicht imstande umzusetzen. Ich schaffte es nicht, auf die Wand zu schauen. Der Mann, der hinter dem Schreibtisch saß, nahm all meine Aufmerksamkeit gefangen. Ich konnte meinen Blick nicht von seinem markanten Gesicht lösen.

Warum das so war, konnte ich nicht sagen. Er faszinierte mich einfach. Seine grauen Augen, das lässig zurückgekämmte graue Haar, beides perfekt passend zu seinem grauen Anzug.

Und auch ihm schien es nicht anders zu gehen. Er sah mir, wie am Tag vorher, genau in die Augen. Fast so, als würde er gleich eine wichtige Frage an mich stellen.

Was würde er mich wohl fragen? Ein nervöses Kribbeln breitete sich in meinem Magen aus.

Kurz blieb ich vor dem Schreibtisch stehen. Das Kribbeln fuhr mir zu den Knien und ließ sie weich werden. Ob ich auch nur einen vollständigen Satz zustande brachte, wenn er jetzt diese Frage stellte?

Unsere Blicke waren so fest ineinander verwoben, dass es einem Kampf gleichkam. Gewaltsam riss ich mich los, lief zur Tür zurück und drehte mich wieder zu ihm um.

Eine Minute herrschte Stille. Christin neben mir raschelte zappelig mit ihrem Notizblock. Doch auch sie sagte nichts. Sie wartete, dass

Alain sein Urteil verkünden würde.

„Nun“, der graumelierte Mann beugte sich über seine Unterlagen und begann zu schreiben. „Das scheint ja zu passen. Wie ist denn sein Name?“ Diese Frage richtete er nicht an mich, sondern an Christin.

„Nikola. Ähm... Nikola“, sagte sie leicht verunsichert.

„Falls Sie mich meinen, mein Name ist Nikola Červeňákowič“, sagte ich mit einem Anflug von Verärgerung. Er hatte mir gerade mit so einer Intimität in die Augen gesehen, dass ich seine jetzige Behandlung als Beleidigung empfand. Warum richtete er seine Frage nicht direkt an mich?

„Der Anzug geht in Ordnung. Lass ihn die Bademode anprobieren.“

„Bist du dir sicher, Alain? Er wäre der Einzige, der ...“

„Danke, Christin. Ich habe den Ablauf der Show im Kopf und brauche deine Anmerkungen nicht.“ Er senkte den Kopf und begann wieder zu arbeiten, so, als wären wir schon gegangen.

Christin zupfte mich am Ärmel. „Komm“, flüsterte sie lautlos.

„Mach dir keinen Kopf. Er ist immer so“, klärte sie mich in der Garderobe auf. „Die Models behandelt er wie Kleiderständer und seine Angestellten wie Hauspersonal. Er ist einfach ein Egozentriker. Normalerweise arbeitet er allein. Jetzt, wo die Modenschauen vor der Tür stehen, befindet er sich am Rande eines Nervenzusammenbruches. Eigentlich sollte er einen Job ausüben, den er allein bewältigen kann. Aber aus irgendeinem Grund hat es ihn in die quirlige Modebranche verschlagen. Aber eines muss man ihm zugute halten: er ist fantastisch, der beste Designer, den ich kenne. Nur eben schwierig im Umgang mit anderen Menschen. Aber das bekommst du schon hin. Tu einfach, was ich sage, dann kommt ihr schon miteinander zurecht.“

Sie hielt mir eine schwarze Badehose mit seitlichen Netzeinsätzen hin. „Hier, probier die an.“

Skeptisch runzelte ich die Stirn.

„Keine Sorge, ich geh für zwei Minuten raus. Dann kannst du dich ungestört umziehen.“

Als ich die knappe Badehose, die eher an Unterwäsche erinnerte, übergezogen hatte und mich im Spiegel musterte, trat Christin wieder ein. Ich bemerkte sie nicht sofort, da sie still an der Tür stehengeblieben war und mich beobachtete.

„Findest du sie nicht etwas zu knapp?“ Ich schob die Finger unter den Bund und versuchte, die Hose höher zu ziehen.

„Lass das, Nikola. Sie sitzt genau richtig.“

Ihr Blick klebte an meiner Körpermitte. Schnell drehte sie sich um und winkte mir, ihr zu folgen. Die Röte, die sich in ihrem Gesicht ausgebreitet hatte, bemerkte ich trotzdem.

Alain musterte mich mit unbewegtem Gesicht, während ich unter seinem Blick zu schrumpfen glaubte. Ich fühlte mich nackt, als seine Augen über mich hinweg glitten. Trotzdem widerstand ich dem Bedürfnis, meine Arme vor der Brust zu verschränken. Diese Macht würde ich ihm nicht auch noch zugestehen. Stolz hob ich den Kopf und sah ihn an.

„Er soll laufen.“

Christin nickte mir auffordernd zu. Ich lief, wie schon im Anzug, einmal auf und ab, während ich seine Augen auf meinem Körper fühlte.

„Gut. Er wird am Ende laufen. Aber gib ihm die Dunkelbraune. … und er soll sich rasieren.“

„Ich habe mich erst heute Mittag rasiert.“ Verärgert strich ich mir über den Bartschatten, der schon nach wenigen Stunden wieder sichtbar war.

Alains Lippen kräuselten sich, und ein kleines Lächeln huschte durch seine eisgrauen Augen. „Christin, sag ihm, dass ich seinen Körper meine. So männlich Brusthaar auch ist, es hat nichts auf dem Catwalk zu suchen. Setz mit ihm einen Standardvertrag auf. Ich will ihn am Samstag dabei haben.“

Christin versuchte mich in der Umkleide zu besänftigen. „Nikola, bitte. Er macht das nicht mit Absicht.“

„Wie? Er ignoriert mich nicht mit Absicht? Er denkt nur, ich habe keine Ohren, um ihn zu hören, und ich habe keinen Mund, um ihm selbst zu antworten?“

„Reg dich ab! Das ist eben seine Art. Er lässt sich nicht dazu herab, mit uns niederem Volk persönlich zu sprechen. Erst recht nicht, wenn man so neu ist wie du. Frag Tom! Tom ist sicher schon sechs Mal für Alain gelaufen. Aber sie haben noch kein einziges Wort miteinander gewechselt. Alain lässt übermitteln. Er würde dich niemals direkt ansprechen. Das ist sozusagen sein Markenzeichen …"

„Du meinst eher seine Macke."

„Ja, so kann man das sicher auch nennen." Christin lachte und hängte das Polaroid, dass sie von mir gemacht hatte, an die zwei Bügel mit der Kleidung, die ich bei der Show tragen sollte.

„Christin … kann ich dich etwas fragen?"

„Ja, klar." Christin drehte sich zu mir um, sah mich aber erst an, als sie sicher war, dass ich wieder angezogen war.

„Was meint er mit, *ich soll mich rasieren*?"

Sie lächelte. „Ganzkörperrasur, Achseln, Brust, Beine, Rücken, wenn nötig. Du weißt schon."

Als sie meinen Blick sah, lachte sie laut auf. „Neuland für dich? Ich gebe dir einen Rat. Vergiss Rasur, lass dich in einem Studio wachsen. Tut zwar weh, aber du bist die Haare für ne Weile los. Kostet auch nicht die Welt. Ich kann dir da ne Adresse geben."

Mein Hirn arbeitete schon auf Hochtouren, wie viele Brieftaschen ich für diese Aktion stehlen musste, als Christin weiter sprach.

„Okay, weil ich dich so sympathisch finde, mach ich dir ein Angebot. Ich helfe dir. Sogar ganz ohne Schmerzen. Ich habe da noch ne Tube Enthaarungscreme zuhause. Für die eine Show wird's erst mal reichen. Komm morgen bei mir vorbei, dann hab ich den Vertrag fertig und wir machen dich haarlos wie einen Nacktmull, so wie Alain es sich wünscht."

Sie grinste mich schelmisch an. „Vielleicht lädst du mich ja danach auf ein Glas Wein ein?"

Enthaarung

Ich erreichte Christins Wohnung über die Metrostation Porte de Choisy. Bevor ich in die Bahn eingestiegen war, hatte ich einem Touristen die Brieftasche aus der Gesäßtasche gezogen. Ich hatte Christins Bemerkung mit dem Glas Wein nicht vergessen. Sicher erwartete sie, dass ich sie später einlud.

Nachdem ich die Metrotreppe hochgestiegen war, fand ich mich in einer bewohnbaren Betonwüste wieder. Die Fassaden trister Hochhäuser schossen in den Himmel.

Aus diesem Grund konnte ich mir ein „Hier wohnst du also. Ich hatte mir das ganz anders vorgestellt", nicht verkneifen, als Christin ihre Wohnungstür öffnete.

„Nicht jeder, der im Modebusiness arbeitet, kann sich eine schicke Altbauwohnung an der Seine leisten", war ihre prompte Antwort. Ein Hauch von Unmut lag in ihren Worten.

„Entschuldige, so habe ich das nicht gemeint. Ich habe auch gar kein Recht, mir ein Urteil zu bilden."

„Wieso, weil du selber keine Wohnung hast?", fragte Christin spitz.

„Touché", antwortete ich und lächelte sie um Verzeihung heischend an. „Außerdem habe ich mir ein Leben lang mit drei anderen Menschen einen Wohnwagen geteilt. Da wäre das luxuriöse Niveau, welches du hier hast, ein Traum gewesen." Ich warf einen Blick in die Runde. Ihr Apartment war zwar klein, aber geschmackvoll eingerichtet.

Neugierig sah Christin mich an. „Wohnwagen? Bist du etwa ein Zigeuner?", griff sie mein Gesagtes auf.

„Wir bevorzugen den Begriff Roma", sagte ich trocken.

„Jetzt muss ich mich wohl entschuldigen", stotterte sie. „Ich hatte doch keine Ahnung. Du hast nie irgendwelche Andeutungen gemacht … Du kennst ja die Klischees … Ich dachte immer, ihr tragt goldene Ohrringe, dicke Goldketten und tretet in Horden auf. Wo ist denn deine …"

„Du meinst meinen Clan?" Ich schluckte den Kloß runter, der

sich bei diesem Thema in meinem Hals festsetzen wollte. „Keine Ahnung … auf jeden Fall nicht in Frankreich. Ich bin momentan sozusagen autonom. Brauchst also keine Angst haben, dass meine Brüder auftauchen und deine Wohnung in Beschlag nehmen oder meine Familie auf Blutrache sinnt, weil ich halbnackt über einen Laufsteg gehe und ganz Paris mir dabei zusieht." Ich zwang mir ein Lächeln ab.

„Na, wenn's nur Paris wäre - die Show wird aufgezeichnet und weltweit ausgestrahlt. Haben wir jetzt vielleicht ein Problem?"

Ich schüttelte den Kopf. „Nein, sicher nicht. Ich habe mich von meiner Familie gelöst und alles, was daran erinnert, hinter mir gelassen."

„Das freut mich", Christin lächelte, sagte dann aber sofort, „missversteh mich nicht. Ich hatte nur Sorge, wegen der Art, wie du normalerweise deinen Lebensunterhalt bestreitest, wenn Tom dich nicht unterstützt."

„Ich stehle nicht mehr", platzte ich unvorsichtigerweise heraus. „Oder nur noch in Notfällen", setzte ich leise nach.

„Aha", sie zog die Augenbrauen hoch. „Dein Sinneswandel in allen Ehren. Sonst hätte ich doch noch meine ganzen Kreditkarten sperren lassen müssen."

Wortlos zog ich die vorhin erbeutete Brieftasche aus meiner Jacke und legte ihr einen Zehn-Euro-Schein auf den Tisch. „Entschuldige. Ich wollte dich nicht bestehlen Es kommt auch nicht mehr vor. Wenn alles gut läuft, werde ich diese Art von Geldbeschaffung ja eh nicht mehr brauchen."

Christin schob den Schein zurück. „Ich weiß die Geste zu schätzen. Ich hatte gewusst, dass du damals mein Portemonnaie genommen haben musstest. Behalte das Geld trotzdem. Weißt du, bis du die Gage erhältst, dauert es meistens zwei Monate. Bis dahin musst du noch irgendwie über die Runden kommen."

Der Gedanke, dass ich weitere zwei Monate bei Tom in der Abstellkammer wohnen musste, ließ mich aufstöhnen.

„Ich kann es natürlich etwas beschleunigen. Ich will ja nicht, dass du rückfällig wirst und deine angehende Karriere aufs Spiel setzt."

„Also, ich weiß nicht, ob das alles so eine gute Idee ist“, begann ich stockend. „Ich bin anders. Ich weiß nicht, wie ich das machen soll. Ich komme aus einer völlig anderen Welt.“ Mit einem Mal stürzten wieder all mein Leid, meine Einsamkeit und meine Ängste auf mich ein. Ich vergrub mein Gesicht in den Händen. Ein trockenes Schluchzen erschütterte meinen Körper.

„Ach was“, Christin tätschelte meine Schulter. „Du schaffst das schon. Ich helfe dir dabei. Ich habe nämlich Erfahrung damit, was man in so einer Weltmetropole wie Paris tun muss, um Beachtung zu finden und nicht unterzugehen. Ich bin vor zwei Jahren selbst aus der Provinz hergekommen. Voller Träume und Flausen im Kopf dachte ich, Paris wartet nur auf mich. Da hatte ich mich aber ziemlich getäuscht. Glaub mir, ich kann genau nachvollziehen, wie du dich fühlst. Komm, trink nen Kaffee und dann beginnen wir, an deiner Karriere zu arbeiten.“

Ich wischte mir übers Gesicht und sah sie an. „Wie stellst du dir das vor? Wie soll ich denn daran arbeiten?“

Auf Christins Gesicht breitete sich ein Grinsen aus. „Den ersten Schritt hast du ja schon getan. Nun müssen wir dich für die Show fit machen. Ich sage nur Nacktmull … Aber zuerst“, sie schob mir ein mehrseitiges Schriftstück entgegen, „lies dir den Vertrag durch. Dann musst du nur noch deinen Namen einsetzen und unterschreiben.“

Wortlos starrte ich auf die winzigen Zeichen. „Ähm, ich tue mich mit der französischen Schrift etwas schwer“, sagte ich und sah sie hilfesuchend an.

„Das ist ganz einfach …“ und schon begann sie mir eine Flut von Vertragsklauseln, Urheberrechten, Einwilligungs- und Honorarbestimmungen um die Ohren zu werfen. Nach geschätzten zehn Minuten hielt sie mir den Stift hin. „Alles klar? Unterschreibe.“

Ich hatte nicht mal die Hälfte von dem verstanden, was sie mir erzählt hatte. Ungelenk kritzelte ich meinen Namen auf die vorgegebene Zeile.

„So, und hier noch mal in Schönschrift.“ Sie wies auf eine leere Zeile am Anfang des Vertrags.

„Ich habe da ein Problem …“ Ich schämte mich und war nicht

fähig, weiter zu reden.

„Ich hatte mir so was schon gedacht.“ Sie zwinkerte mir zu. „Mach dir da mal keine Sorgen. Analphabetismus ist auch in Frankreich weit verbreitet. Wusstest du, dass hier jeder Achte nicht lesen und schreiben kann?“

Stumm starrte ich auf das Blatt. Christin nahm mir den Stift aus der Hand. „Nikola mit „K“ , oder? Und dann Cer-ven a-wisch?“

„Červeňá-ko-wič“, berichtigte ich sie. „Danke, Christin. Ich weiß nicht, wie ich das ohne dich geschafft hätte.“

„Kein Problem. Ich tue so was ja sonst nie. Aber als du so verloren bei uns rum standest, hatte ich vom ersten Moment einen Narren an dir gefressen. – Aber bild’ dir nichts drauf ein“, fügte sie sofort mit einem strengen Blick hinzu.

„Nein, nein, ich bin dir dankbar. Momentan bin ich sowieso auf die Freundlichkeit anderer angewiesen. Ich möchte das nicht ausnutzen.“

„Okay, dann haben wir auch das geklärt.“ Christin klatschte energisch in die Hände. „Lass uns zum wichtigsten Teil des Abends übergehen. Ohne Vertrag würde dich Alain sicher am Samstag laufen lassen, aber niemals ohne glatte Brust.“

Sie ging in ihr kleines Bad und ich folgte ihr. Die nun folgende Prozedur war das Sinnloseste, was ich je erlebt hatte. Nachdem ich mein Hemd ausgezogen hatte, schmierte mich Christin mit einer nach Chemie riechenden Paste ein. Nach einigen Minuten kratzte sie diese mit einem Spatel wieder ab. Zuerst behandelte sie meinen Oberkörper, dann deutete sie mir wortlos an, auch meine Hose auszuziehen. Hier widmete sie sich der Behaarung meiner Beine. Es war ein seltsames Gefühl, fast nackt vor ihr zu sitzen. Doch sie arbeitete konzentriert, den Blick fest auf ihre Hände gerichtet. Dabei erzählte sie mir unglaubliche Storys aus der Modebranche. Irgendwie bekam ich das Gefühl nicht los, dass sie nur redete, damit keine unangenehme Stille zwischen uns aufkam. Das konnte ich nur zu gut verstehen. Es hatte schon eine verwirrende Intimität, wie ich hier in ihrem Bad stand, und sie vor mir kniete.

„So, fertig!“, sagte sie und sah mir endlich wieder ins Gesicht. „Nun hat Alain nichts mehr zu beanstanden.“

Ich sah auf meine gerötete Haut, von der ein beißender Geruch aufstieg.

„Komisch.“ Ich strich mir über die glatte Brust. „Fühlt sich ungewohnt an.“

Christin ließ ihren Blick über meinen Körper schweifen. „Es macht dich zivilisierter.“ Sie lachte auf. „Du weißt, was ich meine ...“ Wieder huschte eine mädchenhafte Röte über ihr Gesicht. Mit einem Finger fuhr sie mir über die nackte Haut meines Rückens. „Irgendwann musst du mir mal erzählen, wie das passiert ist. Sieht nach Rutenhieben aus.“

Schnell drehte ich mich weg, so dass sie meinen Rücken nicht mehr sehen konnte.

„Mach dir deswegen keine Sorgen. Alain sagt, es macht ihm nichts aus. Die Narben sind zu dünn, als dass sie bei der Show auffallen würden. - Magst du vielleicht noch duschen?“

Der abrupte Themenwechsel kam mir ganz gelegen.

„Duschen? Gern! Und dann lad ich dich auf ein Glas Wein ein, als Wiedergutmachung.“ Mein winziges, fensterloses Zimmer lockte mich gerade gar nicht zum nach Hause gehen. Ich genoss die Plaudereien mit Christin. Mit ihr war es ganz anders als mit Tom. Es war schon so lange her, dass ich ein normales Gespräch geführt hatte. Mit ihr war das möglich.

„Was hast du denn wieder gut zu machen?“, fragte sie und strich mir dabei neckisch über die Brust. „Ich bin doch voll und ganz auf meine Kosten gekommen.“

Dieses Mal schoss mir die Hitze ins Gesicht. „Na ja, die Mühe, die du auf dich genommen hast. Du hättest mir auch diese Adresse geben können, bei der sie mir die Haare rausgerissen hätten.“

„Da hatte ich dann doch zu viel Mitleid mit dir. Es reicht schon, dass du Hals über Kopf in unsere seltsame Branche geworfen wirst. Glaub mir, da warten sicher noch skurrilere Überraschungen auf dich.“

„Aber solange ich dich an meiner Seite habe, kann mir ja nichts passieren.“

Dieser Satz entlockte ihr ein Strahlen, was sie wunderschön aussehen ließ.

„Ja“, flüsterte sie. „Ich könnte mir vorstellen, dass wir ein gutes Team wären.“

Ich war glücklich. Endlich hatte ich wieder einen Menschen, dem ich vertrauen konnte. Ich hatte dieses Gefühl so sehr vermisst. Während ich duschte und mich mit Christins duftendem Glitzershampoo einseifte, pfiff ich fröhlich vor mich hin. Nun fühlte ich mich wieder gut. Die Traurigkeit ließ sich wie eine Schmutzschicht abwaschen und floss mit dem Wasser gemeinsam in den Abfluss. Zurück blieben eine zitternde Aufregung und ein Tatendrang, meine Zukunft endlich wieder aktiv anzugehen.

Der große Auftritt

„Schön, dass du dich auch mal wieder blicken lässt", empfing mich Tom am nächsten Morgen, als ich mit einer Tüte frischer Croissants in seine Wohnung kam. „Ich hoffe, dein Ausflug in die Stricherszene hat sich gelohnt."

„Ich geh nicht mehr auf den Strich", entfuhr es mir.

Toms Mund verzog sich zu einem höhnischen Grinsen. „Kann ich mir vorstellen. Kein Freier lässt sich gern vollkotzen."

Ich schluckte den Ärger herunter, der in mir brodelte und ging in die Küche, wo ich, wie jeden Morgen, den Kaffee aufbrühte und den Frühstückstisch deckte. Ich könnte Tom erzählen, dass ich einen wundervollen Abend verbracht und eine echte Freundin gefunden hatte. Bis in die Morgenstunden hatte ich mich mit Christin unterhalten. Wir hatten gelacht und uns gegenseitig das Herz ausgeschüttet. Sie hatte mir erzählt, dass sie den Job bei Alain nicht nur wegen des Geldes machte. Sie wollte selber Designerin werden und glaubte, bei Alain Erfahrungen für später sammeln zu können. Ich erzählte ihr von dem Streit mit meiner Familie und dass ich Piero vermisste. Als ich ihr beichtete, dass ich befürchtete, ihn nie wiederzusehen, nahm sie mich in den Arm und tröstete mich. „Keine Sorge, das wird schon wieder", sagte sie. „Bau dir hier erst einmal ein neues Leben auf, mit Geld und einer Wohnung. Irgendwann, wenn du nicht mehr an dein altes Leben denkst, wird sich bestimmt die Gelegenheit ergeben, ihn wiederzusehen. Vielleicht hast du dann ganz andere Dinge im Kopf, weil du an jedem Finger zehn haben kannst."

„An jedem Finger zehn? Was denkst du von mir?"

„Das werde ich dir sagen, denn ich glaube, du weißt selber gar nicht so genau, wer du bist." Und dann begann sie mir aufzuzählen, wie sie mich sah. Schön, männlich, feurig, exotisch und sexy waren nur einige Worte, die sie benutzte. Mit jeder neuen Eigenschaft, die sie mir andichtete, wurde mein Kopf heißer.

„Hör auf, hör auf", rief ich irgendwann und presste mir die Hände auf die Ohren.

„Doch, Nikola, ich schwöre dir, das ist alles wahr. Wenn wir uns unter anderen Umständen getroffen hätten … ich könnte mich glatt in dich verlieben …“ Still saßen wir da, während die Worte wie eine Seifenblase zwischen uns schwebten.

„Aber du hast doch jemanden Zivilisierteren verdient“, platzte ich heraus.

Mit aufgerissenen Augen sah sie mich an und schlug mir dann scherzhaft auf den Arm. „Das war mir doch vorhin nur so rausgerutscht, Nikola. Bitte schmier mir das jetzt nicht wieder aufs Brot.“ Die unangenehme Stille, die ihr Geständnis zwischen uns geschaffen hatte, war beseitigt und wir lachten wieder aus vollem Herzen.

„Und?“

Tom unterbrach meine Erinnerungen so abrupt, dass ich beinah einen Teller fallen gelassen hätte. „Hast du wenigstens ein bisschen Geld verdient? Wäre nämlich schön, wenn du dich an den laufenden Kosten beteiligen würdest.“

Wortlos holte ich die Brieftasche hervor, die ich gestern erbeutet hatte und legte ihm die Hälfte des Inhaltes auf den Tisch. „Mehr kann ich dir gerade nicht geben. Aber keine Sorge, ich bleibe dir nichts schuldig.“

„Uhhh, soll ich schon mal nach williger Kundschaft Ausschau halten?“, zog er mich erneut auf und grinste provokant. Obwohl ich seine Art mittlerweile gewöhnt war, spürte ich jedes Mal Wut in mir aufsteigen. Doch wie immer, schluckte ich sie herunter. Irgendwann würde ich wohl ein Magengeschwür davon bekommen.

Nachdem Tom gefrühstückt hatte, stand er auf. Im Weggehen sagte er: „Ich brauch dich übrigens am Samstag 18 Uhr bei der Show. Bei Alain herrscht immer Chaos. Du musst mir beim Ankleiden helfen. Das letzte Mal bin ich fast mit offenem Hosenstall raus. Na das wär’ ein Spaß geworden.“

Bevor ich etwas entgegnen konnte, war er schon auf dem Flur, und die Wohnungstür fiel ins Schloss.

Bis Samstag bekam ich Tom immer nur kurz zu Gesicht, sodass ich ihm nicht mitteilen konnte, dass wir ab jetzt Kollegen sein würden.

Mit weichen Knien ging ich am Nachmittag zum Hotel, in dem die Modenshow stattfinden würde. Im Saal wurden gerade die letzten Stuhlreihen aufgestellt. Der weiß bezogene Laufsteg in der Mitte, erschien mir unendlich lang.

„Da bist du ja, Nikola“, empfing mich Christin. „Komm, ich zeig dir alles, dann musst du schon mit nach vorn. Jerome zeigt euch nachher die Choreo - das, was du auf dem Catwalk zu tun hast“, ergänzte sie und lief schon Richtung Vorhang.

Dahinter herrschte Ausnahmezustand. Unmengen von Menschen liefen hin und her und riefen sich Dinge zu.

„Hier setzt du dich nachher hin, für Haare und Make-up“, sie wies auf eine lange Reihe von Stühlen, die vor schmalen Spiegeln standen. „Und hier hängt dein Anzug, den du als erstes trägst und deine Bademode. Die kommt zum Schluss. Alain sagt, das wird eine Überraschung für das Publikum werden, da dies sein erster Ausflug in die Bademode wird. Er hat da noch etwas Besonderes vor. Verraten will er aber noch nichts. Wir werden es aber rechtzeitig erfahren, hat er versprochen. Irgendjemand muss noch etwas besorgen, ohne das es nicht funktioniert. Ich hoffe, es wird rechtzeitig eintreffen, sonst bekommt er wieder einen seiner berüchtigten Anfälle.“ Sie verfiel wieder in ihren üblichen Redeschwall, der immer einsetzte, wenn sie nervös oder gestresst war. „So, ich muss jetzt weiter. Alain ist ohne seinen extra starken Café au Lait verloren. Und wer muss ihn besorgen? Natürlich ich, seine unentbehrliche, persönliche Assistentin. Na dann, viel Glück. Bis nachher.“ Sie gab mir einen Kuss auf die Wange und verschwand zwischen den vielen Menschen.

„Was machst du denn hier? Du bist zu früh!“ Tom kam auf mich zu und sah mich mit zusammengekniffenen Augen an. „Und wie siehst du schon wieder aus? Bist du aus dem Bett gefallen?“ Er wies auf mein störrisches Haar, das heute wie wild nach allen Richtungen abstand.

„Tom, ich wollte dir schon die ganze Zeit sagen … dass … dass sie mich auch gebucht haben“, beendete ich schnell den Satz.

„Was sagst du?“ Er starrte mich fassungslos an. „Das kann doch nur ein Versehen sein. Schau dich um, Nik!“, er zeigte auf die ersten jungen Männer, die vor den Spiegeln Platz genommen hatten und ihr Make-up verpasst bekamen. Genau wie Tom waren sie ausnahmslos blond.

„Fällt dir was auf, Nik?“

Unsicherheit breitete sich in mir aus. Tom schaffte es immer wieder dieses Gefühl des Andersseins und Außenseiters in mir zu schüren.

„Alle Models auf den Laufsteg. Choreo“, rief jemand.

Tom drehte sich um. „Ich muss jetzt los. Aber du“, er stieß mir seinen Zeigefinger fast ins Gesicht, „überlegst dir noch mal, was du missverstanden haben könntest. Aber bleib ja da, ich brauch dich später noch.“

Verunsichert blieb ich stehen, während an die dreißig, durchweg blasse, blonde Männer durch den Vorhang auf den Laufsteg hinausliefen. Eine Stimme donnerte Anweisungen in ein Mikrofon: „Ihr geht gerade vor. Für fünf Sekunden stehen bleiben, nach links abgehen. Verstanden? Ganz einfach, straight und cool. Als erster geht Mathis, dann Enzo, Jules, Tom, René“, weitere Namen wurden aufgerufen.

Was sollte ich jetzt tun? Vorsichtig lugte ich durch einen Spalt des Vorhangs. Die jungen Männer hatten sich der Reihe nach auf dem Laufsteg aufgestellt. „ Thomas, Nikola, Ernesto… NIKOLA! Hier fehlt jemand, verdammt! Wo ist Nikola?“

Ich stolperte hinter dem Vorhang hervor. „Pardon, ich bin Nikola.“

„Wird ja auch Zeit. Ich hoffe, das läuft heute Abend besser. So etwas darf auf keinen Fall bei der Show passieren. Verstanden? Ich behalte dich im Auge!“

Ich reihte mich zwischen die anderen ein und fühlte mich augenblicklich wie das besagte hässliche Entlein unter weißen Schwänen.

„Und jetzt los, so wie ich gesagt habe. Geradeaus, vorn links, mit Abstand.“ Wir liefen mehrere Runden, bei denen einige noch einmal von Jerome, dem Choreographen, korrigiert wurden. „Schultern zurück! Cooler Blick! Weniger Arm!“ Die Ansagen kamen wie Peitschenhiebe.

Ich hatte mich mit schnellen Seitenblicken informiert, wie die anderen liefen und tat es ihnen gleich. Einen imaginären Punkt, in der Ferne fixierend, ging ich hinter den anderen her und blendete alles um mich herum aus. Ich wollte keinesfalls wieder von Tom verunsichert werden, und ich wusste trotzdem schon, dass er es wieder versuchen würde. Er würde es nicht auf sich belassen können, dass sein „Laufbursche und Hausdiener“, wie er mich mit Vorliebe vor anderen Leuten betitelte, auf seine Stufe gestiegen war.

„Sehr gut“, rief Jerome, und ich hatte seltsamerweise das Gefühl, dass er mich damit meinte. Kurz kam ich aus dem Tritt, fing mich dann jedoch wieder und ging von der Bühne ab.

„Okay, jetzt bleiben nur noch die mit den zweiten und dritten Outfit hier“, rief er und lief auf mich zu. „Nikola!“

Ich blieb stehen und sah ihm verstört entgegen.

„Keine Angst!“ Jerome lächelte mich an. „Alain hat mir schon gesagt, dass du neu bist. Aber glaub mir, man merkt es nicht. Du bist wirklich eine Augenweide.“ Mit einer übertriebenen Armbewegung bekräftigte er seine Aussage. „Bleib noch einen Moment da. Ich möchte mit dir den letzten Lauf proben. Alain hat da eine großartige Idee.“

Er zwinkerte mir zu und griff wieder nach seinem Mikrofon, um neue Anweisungen hineinzubrüllen.

Derweil setzte ich mich in die erste Stuhlreihe und betrachtete den Reigen junger Männer, der auf dem Laufsteg vorbeizog.

Und mit so was konnte man Geld verdienen?

Einfach nur durch Laufen? Ich konnte es noch immer nicht glauben. Aber wenn die Welt so verrückt war, warum sollte ich davon nicht profitieren?

Nachdem Jerome mich für meinen letzten Lauf eingewiesen hatte, schickte er mich in die Garderobe.

„Nikola?“ Ein femininer, zarter Mann winkte mir zu und zeigte auf einen Stuhl vor einem Spiegel. „Setz dich. Ich bin Etienne. Ich mach dir jetzt dein Make-up und die Haare.“ Er schaute auf einen Zettel. „Okay, du kommst nach deinem ersten Walk noch einmal zu mir, dann werde ich deine Haare noch einmal verändern, doch jetzt ...“, er griff in einen Geltiegel und verrieb die feucht glänzende Masse zwischen seinen Händen, „werde ich die Wildheit auf deinem Kopf erst einmal bändigen."

Mit energischen Bewegungen strich er mein Haar zurück, bis es glatt glänzend an meinem Kopf anlag. Dann puderte er mein Gesicht.

„Augen zu", forderte er mich auf und bestäubte meine Lider. „So, fertig."

Glatt und ebenmäßig sah ich mir aus dem Spiegel entgegen.

„Bis nachher. Nicht vergessen. Alain will, dass du einen ganz besonderen Look bekommst. Dafür brauche ich etwas Zeit."

Wortlos stand ich auf und ging zu den Kleiderständern. Ich suchte mir den orangen Anzug, an dem mein Foto geheftet war und begann mich umzuziehen.

„Das Problem an der Mode ist, dass oben die Köpfe rausschauen", sagte Tom in meine Richtung und lachte wiehernd. Einige Jungs setzten in das Lachen ein.

„Vergiss nachher nur nicht, wie man läuft. Einen Fuß vor den anderen. Aber das kennst du ja vom Strich", flüsterte er so laut, dass es trotzdem für alle hörbar war. Dabei zwinkerte er mir verschwörerisch zu.

Ich spürte, wie ich knallrot anlief. Krampfhaft suchte ich nach einer schlagkräftigen Antwort. „Durante noches enteras bebía y se iba de putas! El Pajero!"[1], rutschte es mir auf Spanisch heraus.

„Was sagst du da? Glaube nur nicht, dass ich nicht merke, wenn ich beleidigt werde." Tom funkelte mich streitsüchtig an.

Stille breitete sich aus. Alle Augen waren auf Tom und mich gerichtet. Jeder schien darauf zu warten, wie der Streit ausging. Ein leises, vornehmes Lachen erklang und ließ uns herumfahren. Alain stand da und hielt sich amüsiert eine Hand vor den Mund. Wie ein eleganter Graureiher wirkte er zwischen uns, die wir in den farbigen Anzügen wie einer Schar Kanarienvögel aussahen. Durch eine dunkel getönte Brille musterte er uns, dann machte er mit einer Hand, in der er einen versilberten Spazierstock trug, eine auffordernde Geste.

---

[1] Übersetzung: „Er soff und hurte nächtelang! Der Wichser!"

„Zehn Minuten noch. Zehn Minuten bis zur Show", rief Christin, die hinter ihm hervor trat und mir einen strengen Blick zuwarf.

Alain ging seelenruhig durch die Jungs hindurch, die teilweise noch mit Ankleiden beschäftigt waren. Keine Spur von Nervosität, Aufregung oder Stress war ihm anzusehen. Hier und da tippte er einen Jungen mit dem Knauf seines Spazierstockes auf die Schulter und sagte leise etwas zu Christin. Diese richtete mit schnellen Handgriffen die Mängel, öffnete da einen Hemdknopf, richtete hier einen Kragen oder strich dort eine widerspenstige Strähne zurück.

„Wie der beige Marmor in meinem Schlafzimmer." Der silberne Knauf berührte meine Brust. Wie Eis fühlte sich das Metall auf meiner nackten Haut an. „Der Marmor kommt übrigens auch aus Spanien", sagte er und sah mir sekundenlang in die Augen. Ein neuerliches Lächeln zuckte um seine Mundwinkel.

Obwohl ich nur mein eigenes Spiegelbild in den Gläsern seiner Sonnenbrille sah, fuhr mir ein Prickeln bis in den Unterleib.

„Alain?" Christin sprach ihn von der Seite an.

Dieser hob langsam die Hand, und Christin verstummte gehorsam.

„Ich erwarte Großes von ihm. Er besitzt in meiner Show eine Sonderstellung, was er sicher schon bemerkt hat." Dann senkte er seine Hand.

Christin sah mich irritiert an, fing sich aber sofort wieder. „Der Saal ist voll. Alle warten. Sogar Karl und Eva sind anwesend. Die Techniker brauchen dich aber noch einmal wegen der Musik und dem Licht."

Alain musterte mich weiter, so als ob er die Worte nicht gehört hatte. „Er wird heute glänzen", sagte er an mich gerichtet. Dann erst drehte er sich um und ging Richtung Mischpult davon.

„Oh je, was war das denn? Ich glaube, du musst mir nachher was beichten", zischte Christin.

Hilflos zuckte ich mit den Achseln. „Ich habe keine Ahnung, was er mit den seltsamen Anspielungen meinte."

„Aufstellen. In einer Reihe aufstellen", erklang Jeromes Stimme und eine rege Lebendigkeit entstand. Jeder suchte seinen Platz, der Reihenfolge entsprechend, nach der er den Laufsteg betreten würde. Jerome schritt die Reihe noch einmal ab. Erhabene klassische Musik setzte ein, die den Beginn der Show verkündete.

„Los, der Erste." Jerome tippte dem ersten Jungen auf die Schulter. „Nicht zu schnell. Denkt daran!"

Nach und nach traten einer nach dem anderen hinter dem Vorhang hervor, auf den Laufsteg. Auch ich rutschte immer näher an meinen Auftritt heran. Das Model vor mir lief los und Jerome legte seine Hand auf meine Schulter.

„Tief durchatmen, Coolness … und los." Er gab mir einen leichten Klaps und ich trat auf die Bühne.

Grelles Scheinwerferlicht blendete mich und tauchte die Umgebung, jenseits der Strahlen, in undurchdringliches Dunkel. Eine Hand in der Hosentasche, begann ich den Catwalk entlangzulaufen. Die ungewöhnliche Musik ließ mich fast schweben. Noch nie hatte ich solche Musik gehört. Sie war würdevoll und brachte mich dazu, wie ein König einher zu schreiten. Blasse Ovale waren am Fuße des Laufsteges zu sehen – Gesichter, die zu mir heraufschauten, still, fast ehrfürchtig. Ich richtete meinen Blick auf das undurchdringliche Schwarz am Ende der Bühne und bewegte mich darauf zu.

Und hiermit konnte ich meinen Lebensunterhalt verdienen? Einfach nur, indem ich auf und ab ging und mich gut dabei fühlte? Wenn das alles war …

Ohne es vermeiden zu können, breitete sich ein Grinsen, auf meinem gerade noch so ernsten Gesicht aus. In diesem Moment erreichte ich das Ende des Laufstegs und ein Blitzlichtgewitter brach über mir herein. Ich zählte, wie Jerome gefordert hatte, bis fünf, dann lachte ich noch einmal in die Kameras, drehte mich um und lief den Weg wieder zurück.

Das hier war doch alles lächerlich! Anderswo kämpfen Menschen ums Überleben und hier verdiente man sein Geld mit Herumschlendern in bunter Kleidung. Ich konnte es nicht fassen!

Noch immer lachend trat ich hinter die Bühne.

„Nik scheint irgendwas mal wieder nicht verstanden zu haben. Coolness hieß es“, empfing mich Tom, der gerade die Jacke für seinen zweiten Auftritt überzog. „Manch einen verwirren zu viele Fremdsprachen eben mehr, als dass sie ihm nützen. Sprachsalat im Hirn, he?“

„Tom, Ruhe!“, mischte sich Jerome ein. „Ich will keinen Ärger. Nikola, geh zum Schminken.“ Er schob mich weiter in Richtung Spiegel. Hier empfing mich ein aufgeregter Etienne.

„Schnell, schnell, zieh dich um. Wenn ich den Anzug mit Make-up verschmiere, bekomme ich Ärger. Warte, ich helf' dir.“

Er stieß mich mit sanfter Gewalt zu den Kleiderständern und zog mir währenddessen die Jacke von den Schultern.

„Los, Hemd runter! Hose runter!“ Auffordernd hielt er mir die braune Badehose entgegen.

„Muss ich das vor allen Augen machen?“

„Ja, klar. Zier dich nicht. Dafür ist keine Zeit.“ Er nahm mir die Hose aus der Hand. „Keine Sorge, alle sind viel zu beschäftigt, als dass jemand Muse hätte, dir was wegzugucken.“

Während er das sagte, tastete sein Blick über meinen Oberkörper und blieb an meinem Slip hängen, den ich gerade im Begriff war herunterzuziehen.

„Vor allem du, oder?“

Etienne verzog spöttisch seine Lippen. „Man nimmt, was man kriegen kann. Und für einen schönen Hintern würde ich sowieso noch lieber sterben“, setzte er nach, als ich ihm meine Kehrseite zudrehte, um einigermaßen ungestört meine Hosen zu wechseln.

„Pass nur auf, dass das nicht eher passiert, als du es dir wünschst.“ Ich richtete mich auf und sah ihm drohend in die Augen.

„Oh ja, genau das hat Alain gemeint“, rief er begeistert. „Danke für die wundervolle Inspiration.“ Aufgeregt rannte er zu seinem Schminktisch und winkte mich heran. Ich hatte keine Ahnung, wovon er redete. Doch das störte ihn scheinbar gar nicht.

„So, Augen zu. Jetzt beweise ich, dass ich ein wahrer Künstler bin.“

Er begann meine Augenlider mit einem Pinsel zu bearbeiten, malte und wischte. Dann fuhr er mit seinen Fingern durch mein Haar. „Kopf runter“, diktierte er und schüttelte mein gerade eben noch glatt zurückgestrichenes Haar wieder zu einer wilden Mähne auf.

„Fertig“, verkündete er endlich und trat einen Schritt zurück. „Ich bin ein Meister, wenn man bedenkt, dass ich nur wenige Minuten Zeit dafür hatte, findest du nicht auch?“

Als ich mich im Spiegel betrachtete, erkannte ich mich fast nicht wieder. Meine dunkel geschminkten Augen sahen mir wie glühende Kohlen aus einem wangenknochenbetonten Gesicht entgegen. Noch ein letztes Mal zupfte Etienne an meinem Haar. „Hm, ich an deiner Stelle würde es ja kürzen“, sagte er grüblerisch. Er schrie erschrocken auf, als Jerome ihn zur Seite schob.

„Wir brauchen dich jetzt, Nikola. Letzte Anprobe.“ Er winkte mich zu einem großen Paket, welches ein Assistent gerade öffnete.

„Gerade noch rechtzeitig gekommen“, bemerkte er und strich das Seidenpapier auseinander, welches den Inhalt verdeckte. „Sind sie nicht wunderschön?“ Er holte ein paar riesige, schwarz glänzende Schwingen hervor. „Echte Schwanenfedern.“

Mit geschickten Handgriffen half er mir in die Tragegurte. „Vielleicht ein bisschen groß, aber das können wir jetzt nicht mehr ändern ... Nikola, du musst aufpassen, dass sie nicht am Boden schleifen. Schreite mit der Vorstellung eines stolzen König einher, dann passt das schon.“

„Wie ein Gott“, rief Etienne aus dem Hintergrund. „Ein zorniger Gott.“

„Ja, meinetwegen auch wie ein zorniger Gott. Solange du nichts mit den riesigen Dingern kaputt schlägst ...“, antwortete Jerome genervt auf den Einwurf. „Den Rest machst du wie besprochen. Du gehst als Letzter raus, kurz hinter Alain, als sein Schatten sozusagen. Verstanden?“

Verblüfft nickte ich. Ich sollte also wirklich halb nackt, mit riesigen Flügeln, da raus, wo mich hunderte von Menschen sehen konnten? Was fiel diesen Verrückten sonst noch ein?

Doch ich kam nicht dazu, mich zu beschweren oder zu sträuben.

Energisch wurde ich an die Seite des Vorhanges geführt, wo sich wieder alle versammelt hatten, um ihre Abschlussrunde über den Laufsteg zu machen.

Tom stand mit verschränkten Armen da und beschoss mich mit giftigen Blicken. „Ja, ist denn schon Weihnachten, dass hier ein verkohltes Christkind auftaucht“, war sein bissiger Kommentar. Er verstummte jedoch sofort, als Alain erschien.

„Los, los, alles raus“, scheuchte Jerome sie wie eine Schar Hühner auf den Laufsteg.

Alain betrachtete derweil gelassen meine absonderliche Aufmachung. Er hatte eine Hand an sein Kinn gelegt, als würde er überlegen. „Er geht neben mir, so dass ich im Schatten seiner Schwingen laufe. Hat er das verstanden?“

„Ja, hat er“, sagte ich trocken.

Alain hob seine Hand, und eine himmlische Musik begann zu spielen. Er sah mich an, wobei ich wieder ein kleines Lächeln zu sehen glaubte, dann trat er hinaus.

Jubelnder Applaus umflutete uns, wie ein warmer Sommerregen, während wir Seite an Seite über den langen Laufsteg liefen. Blitzlichter flammten auf und machten den Anschein eines Gewitters im Sommer noch glaubwürdiger.

Ich lief einen halben Schritt hinter Alain und achtete genau auf seine Gesten. Immer wenn er innehielt, um die Beifallsbekundungen seines Publikums entgegenzunehmen, stand auch ich still und beobachtete mit Erstaunen das Theater, welches um uns herum stattfand. Dann drehte sich Alain zu mir um, breitete seine Arme aus und präsentierte seine neueste Kreation. Und ich bekam den unangenehmen Eindruck nicht los, dass er nicht nur die Hose meinte, die ich trug, sondern auch dieses absonderlich geschminkte Wesen mit den schwarzen Riesenflügeln, welches völlig deplaziert herumstand und nicht wusste, wo es hinsehen sollte.

In Ermanglung von Erfahrung mit solchen abstrusen Situationen, tat ich das Einzige, was mir einfiel. Ich spielte meine Rolle als unnahbarer, zorniger Gott, wie mir Jerome eingebläut hatte, und funkelte glutäugig in das Blitzlicht.

Ein weltfremdes, über alles schwebendes Wesen schien mir hier, in dieser haarsträubenden Lage, noch das einfachste, was ich glaubwürdig darstellen konnte. Ich sah in die gleißenden Scheinwerfer und wünschte mich ganz weit weg, während der Beifall um mich herum nicht nachzulassen schien.

Aftershow

„Du warst fantastisch“, versicherte mir Christin, als ich wieder wie ein normaler Mensch angezogen war. Sie hielt mir ein Glas Champagner entgegen und prostete mir zu. „Auf deine neue Karriere.“

„Und auf den ganz normalen Wahnsinn“, konnte ich mir nicht verkneifen.

„Ja, da hast du wohl recht. Ich weiß auch nicht, was Alain sich bei dieser Aktion gedacht hat, dich als gefallenen Engel auftreten zu lassen. Er lässt mich an seinen Ideen ja nicht teilhaben. Ich darf nur den Kaffee besorgen.“ Sie nahm einen großen Schluck. „Komm, lass uns ein wenig ins Foyer gehen, Promis gucken, bevor Alain wieder irgendeinen, ach so wichtigen Auftrag für mich hat.“

„Promis? Da muss ich dich enttäuschen. Im Prominente erkennen bin ich eine Niete.“

„Keine Sorge, ich kenn mich da aus und werde dir auf die Sprünge helfen. Wer weiß, wozu das noch gut ist …“

Wir traten durch die Tür, die den Backstage- vom Publikumsbereich trennte und befanden uns sofort in einer anderen Welt. Elegante Frauen in Abendkleidern und Männer, die ihnen in Extravaganz in nichts nachstanden, wandelten umher, redeten oder versuchten die Aufmerksamkeit der Fotografen zu erwecken. Dazwischen huschten Kamerateams und Journalisten umher, auf der Suche nach Interviews oder ausgefallenen Schnappschüssen.

„Schau nur, dort“, Christin wies auf einen schmalen, knabenhaften Mann, mit weiß gepuderten Zopf, der sich mit Alain unterhielt, als wären sie alte Freunde. „Das ist ebenfalls ein großer Designer. Normalerweise sind Alain und Karl erbitterte Konkurrenten. Wenn aber die Presse anwesend ist, kehren beide ihre nette Seite nach außen. Oh, und dort, siehst du die große, blonde Frau? Das ist Andrej. Er ist das derzeit angesagteste Männermodel.“

„Wie? Eine Frau mit einem Männernamen, die so tut, als wäre sie ein männliches Model?“ Verblüfft musterte ich die schlanke Frau.

„Nein, sie ist ein Mann.“ Christin lachte. „Du wirst schon sehen, in der Modewelt verschwimmt alles ein wenig."

„Ich seh' schon. Ohne deine Hilfe wär' ich verloren." Ich verdrehte demonstrativ die Augen.

„Dann halt dich nur immer brav an mich", antwortete sie und tätschelte meinen Arm. „Oh nein." Ihr Gesicht verfinsterte sich, als Tom auf uns zulief. „Was willst du schon wieder. Halt dich ja zurück ..."

Tom drängte sie ohne große Mühe zur Seite. „Ich gratuliere dir zu deinem Debüt. Lief ja alles glatt."

Er legte seinen Arm in einer freundschaftlichen Geste um meine Schultern. Doch ich spürte seine unterdrückte, zitternde Aggression. Wie Dampf stieg sie aus seinen Kleidern, unsichtbar, aber dennoch greifbar.

„Heute wird noch gefeiert ... später ... bei mir zu Hause. Nur du und ich. Du weißt schon, du bist mir noch was schuldig." Mit einer obszönen Geste beulte er mit der Zunge seine Wange aus. „Immerhin hat dich Alain nur meinetwegen entdeckt. Du verstehst?"

Ich riss mich aus seiner Umarmung und stürmte davon. Sein Lachen jagte mich durch das Foyer und verklang erst, als ich die Tür der Herrentoilette hinter mir schloss. Ich stürmte in eine Kabine und setzte mich auf den Toilettensitz.

Ich wusste nicht, wie ich das Leben mit Tom weiter aushalten sollte. Heute hatten seine Anzüglichkeiten und seine direkte Angriffslust eine Stufe erreicht, die ich nicht mehr hinnehmen konnte. Ich musste Christin um Rat fragen. Sie würde wissen, was ich tun konnte. Vielleicht kannte sie irgendwo ein kleines Zimmer, das ich anmieten konnte. Immerhin würde ich bald in Geld schwimmen, behauptete sie jedenfalls. Vielleicht würde sich das feindliche Verhalten Toms geben, sobald ich aus seinem direkten Umfeld verschwand. Vielleicht konnten wir irgendwann sogar einen normalen Umgang miteinander pflegen.

Ja, das musste ich versuchen. Immerhin würde Piero mich zuerst bei ihm suchen. Ich fuhr mir mit den Fingern durch das Haar und presste mir die Handflächen an die Schläfen. Warum musste nur alles so furchtbar kompliziert sein?

Nach einigen Minuten hatte ich mich so weit gesammelt, dass ich die Kabine verlassen konnte. Ich trat an ein Waschbecken und spritzte mir kaltes Wasser ins Gesicht.

„Keine gute Idee“, sagte jemand mit serbischem Akzent.

Ich hob den Blick und sah das Spiegelbild der blonden Frau, bei der Christin gesagt hatte, dass sie Andrej heißen würde. Der tiefen Stimme nach zu urteilen, hatte sie sogar recht.

„Warum?“, fragte ich auf Serbisch zurück.

„Deswegen.“ Andrej lächelte und wies auf den Spiegel, dann begann er in seiner Handtasche zu kramen.

Ein Blick auf mein Spiegelbild zeigte mir, dass ich mir die Reste des dunklen Augen-Make-ups im ganzen Gesicht verteilt hatte.

„Auweia“, entfuhr es mir.

„Ja, so was kann ich nicht verantworten.“ Er hielt mir ein Kosmetiktuch entgegen.

„Jetzt kann ich verstehen, warum du Frauenkleider trägst. Praktisch, so eine Handtasche.“

„Ja, nur einer von vielen Vorteilen.“ Andrej begann sich seine Lippen nachzuschminken. „Und, was läuft so zwischen dir und Alain?“

„Was meinst du?“

„Na, mittlerweile hat doch jeder Designer, der was auf sich hält, eine Muse. Karl hat Baptist. Jean Paul hat mich. Vielleicht will Alain es ja auch mal versuchen. Wäre das erste Mal, und würde dich sicher zu etwas ganz Besonderem machen.“

„Ich weiß nicht, wovon du redest.“ Es lag nicht daran, dass ich sein Serbisch nicht gut genug verstand. Ich verstand den Sinn seiner Worte einfach nicht.

„Nicht? Dann sieh einfach die Zeichen. Sie sind klein, aber wenn du sie erkennst und die Chance ergreifst, hast du es geschafft.“ Er lächelte mir durch den Spiegel zu und strich sich etwas Lippenstift aus dem Mundwinkel.

„Man tut doch so viele Dinge im Leben, oder?“, sagte er rätselhaft. Dann verschloss er seine Handtasche, zog sein hautenges Kleid glatt und wandte sich zur Tür. „War angenehm mal wieder in meiner Muttersprache zu reden. Ich bekomme nicht oft Gelegenheit dazu.“ Er streckte mir seine schlanke Hand entgegen. Als ich sie ergriff, zwinkerte er mir verschwörerisch zu. „Mach das Beste draus."

Christin hatte die ganze Zeit die Tür der Herrentoilette im Auge behalten.

„Da bist du ja endlich", empfing sie mich. „Weißt du, wer kurz vorher hier rausgekommen ist?"

„Nein, ist das wichtig?"

„Ach, Nikola. Du könntest neben Frankreichs Präsidenten stehen und würdest es nicht merken."

„Was hätte ich denn davon? Nur eine Menge Neider, die mir eins auswischen wollen."

„Sprichst du von Tom?" Christin winkte ab. „Den vergiss mal ganz schnell. Du kommst heute mit zu mir. Auf meiner Couch ist immer ein Plätzchen für so einen schönen Mann wie dich frei. Morgen sehen wir dann weiter."

„Danke, Christin. Ich weiß nicht, wie ich das alles wieder gut machen kann." Ich beugte mich zu ihr vor und küsste sie auf die Wange.

Wie auf Knopfdruck schoss ihr die Röte ins Gesicht. „Hör auf, du machst mich ganz verlegen. Das ist ja nicht auszuhalten mit dir", schimpfte sie und überspielte damit ihre Befangenheit. „Wollen wir gehen und noch einen kleinen Spaziergang an der Seine machen?"

Ich nickte, und wir bahnten uns einen Weg durch die plaudernden Menschen.

Als wir an Andrej vorbeigingen, drehte sich dieser zu uns um. „Nur ein Tipp: Verabschiede dich von Alain", sagte er auf Serbisch und zwinkerte mir zu.

„Hat er mit dir geredet?"

„Ich glaube schon", antwortete ich.

„Was? Was hat er gesagt? Sag schon!" Ungeduldig zupfte Christin an mir herum.

„Nichts weiter. Er hat mir nur einen Rat gegeben."

„Einen Rat? Was für einen Rat?"

„Wo ist Alain?", unterbrach ich sie.

„Wieso? Was willst du von Alain?"

„Na, den Tipp befolgen, den mir das Supermodel eben gegeben hat.“

Christin schüttelte den Kopf. „Du bist mir ein Rätsel, Nikola. Aber dort hinten, dort steht Alain.“ Sie wies auf einen Pulk Menschen.

Ich fasste ihre Hand und zog sie hinter mir her. „So, jetzt springe ich über meinen Schatten und du wirst meine Zeugin.“ Augenblicklich begann mein Herz zu klopfen.

Alain war in eine Unterhaltung mit einem Journalisten vertieft. Zwischen seinen schlanken Fingern hielt er ein halbvolles Glas Rotwein. Ich trat zwischen den umherstehenden Leuten hervor, bis ich Alain, nur noch wenige Schritte entfernt, gegenüberstand.

Ich wartete auf eine Gelegenheit, ein Zeichen, auf irgendwas. Ich wusste selbst nicht so genau, was ich dann tun würde. Doch ich wollte Andrejs Rat befolgen und mir Alains Aufmerksamkeit sichern. Immerhin hatte ich es schon mehrfach unbewußt geschafft. Es sollte mir nicht schwer fallen, es noch einmal, vor all diesen Menschen, zu wiederholen.

Und endlich fiel Alains Blick auf mich. Kühl musterten mich seine grauen Augen.

Ein Ruck durchfuhr meinen Körper. Jetzt oder nie! Ich lächelte und machte einen Schritt auf ihn zu. Einen Augenblick streifte mich sein eiskalter Blick - dann drehte er sich weg, und ich sah nur noch auf seinen Rücken. Ich glaubte ohnmächtig zu werden. Das Blut wich mir aus dem Gesicht. Ich wankte. Gleich würde ich fallen. Vor aller Leute würde ich hier auf dem Boden liegen.

Christin riss mich aus meiner Trance. „Alles in Ordnung, Nikola? Geht es dir gut?“

Stumm, wie ein Idiot, starrte ich auf Alains breite Schultern.

„Brauchst du was zu trinken? Musst du dich hinsetzen?

„Ich … ich muss hier weg“, stammelte ich und taumelte Richtung Ausgang.

„Ich habe mich wie ein Dummkopf benommen“, jammerte ich in einem fort, während wir an der Seine entlang liefen.

„Es ist doch gar nichts passiert. Keiner hat irgendetwas

mitbekommen“, tröstete mich Christin zum wiederholten Mal.

„Ich hätte nicht auf den Ratschlag hören dürfen. Jetzt denkt er, ich bin ein dummer Trottel.“

„Du meinst Alain? Er denkt sowieso, dass du ein Trottel bist.“ Sie lachte auf, als sie mein Gesicht sah. „Er denkt von jedem so, außer von sich selbst. Glaub mir, Nikola, alles ist gut. Der Abend ist für dich perfekt gelaufen. Wenn du Glück hast, kommen weitere Anfragen von namenhaften Designern, und du kannst weiterarbeiten.“

„Solange es nicht für das eingebildete Arschloch Serafon ist“, entfuhr es mir.

„Ach, Nikola. Ärgere dich doch nicht.“ Sie hakte sich bei mir unter und legte ihren Kopf an meine Schulter. „Wir gehen jetzt erst mal nach Hause, dort lass ich dir ein entspannendes Bad ein, und du schläfst dich mal richtig aus.“

Als sie ihren Arm um meine Taille legte und sich dicht am mich kuschelte, überflutete mich ein Gefühl der Dankbarkeit.

„Ich bin so froh, dass ich dich kenne, Christin.“

„Ich auch“, flüsterte sie, während in der Ferne die Lichter des Eifelturms zu blinken begannen.

Im Fernsehen

Ein nervtötendes Schrillen riss mich aus dem Schlaf. Wie eine gespannte Feder schnippte ich in die Höhe und sah mich schlaftrunken um. Diffuses Licht, das durch zugezogene Vorhänge auf eine dezente Blumentapete fiel, ein Fernseher auf einem niedrigen Sideboard, ein Bild an der Wand mit Zypressen, die sich in den Himmel schlängelten. Meine Fingerkuppen berührten den weichen Bezug der Couch, auf der ich saß. Christins Wohnung, durchfuhr es mich wie ein Blitz.

Ein neuerliches Schrillen ließ mich zusammenzucken. Panisch irrte mein Blick zur Tür. Doch das schrille Gellen wiederholte sich wieder und noch einmal. Gehetzt begann ich nach dem Telefon zu suchen. Neben der Eingangstür stand es. Ich sprang auf und eilte mit nackten Füßen über den Teppichboden, zu dem kleinen Schränkchen. Hier zögerte ich.

Sollte ich abnehmen? Und wenn ja, was sollte ich sagen?

Ein erneutes Klingeln, das in meinem Kopf auf ein Vielfaches anschwoll und ihn fast zum Platzen brachte, trieb mich dazu, den Hörer ans Ohr zu reißen.

„Hallo?“, fragte ich klanglos.

„So ein Glück, dass ich dich noch erwische.“

Die Anspannung fiel wie ein Mantel von mir ab, als ich Christins Stimme hörte.

„Hab ich dich etwa geweckt?“

Die Sekunde Pause, in der ich nicht antwortete, war ihr Antwort genung.

„Kein Wunder. Unsere Schlummerparty gestern ging doch ziemlich lang. Mir war nach deinem ersten Glas schon klar, dass du nichts verträgst.“

Kurz zuckten mir Bilder durch den Kopf, die mich über eine Toilettenschüssel gebeugt zeigten.

„Oh Gott! Tut mir echt leid!“, stöhnte ich.

„Ach, vergiss es. Hast es ja noch bis ins Bad geschafft. Aber weshalb ich anrufe … wartest du in meiner Wohnung, bis ich wiederkomme? Ich will dir nämlich was zeigen. Da wirst du staunen."

Ich hörte ihr an, dass sie dabei lächelte.

„Warten? Wie spät ist es denn?" Ich schlurfte zum Fenster und zog den Vorhang auf. Grelles Sonnenlicht stach mir in die Augen. Sofort kniff ich die Lider zusammen und presste mir die freie Hand auf die Augen.

Christin kicherte. „Es ist nach drei."

Ich stöhnte auf und sah durch meine leicht gespreizten Finger auf den sonnenbeschienenen Häuserblock gegenüber.

„Mach dir nen Kaffee. Ich beeile mich. Mein lieber Chef hat heute sowieso andere Dinge zu tun, als mich herumzuscheuchen. Bis dann."

Als Christin aufgelegt hatte, folgte ich ihrem Rat. Mit pochendem Schädel ging ich in die winzige Küche. Ein Kaffee würde mir sicher gut tun. Ich erinnerte mich kaum an das Ende des gestrigen Abends. Christin hatte mir irgendein Mixgetränk serviert. Es war süß, ließ sich einfach so wegtrinken und verscheuchte vor allem meine trübsinnigen Gedanken. Dann erinnerte ich mich nur noch an die demütigende Aktion im Bad.

Schnell wischte ich diese Bilder weg und begab mich auf die Suche nach dem Kaffee. Wenig später stand ich mit der Kaffedose in der Hand da und sah ratlos auf Christins vollautomatische Kaffeemaschine. Kurzentschlossen setzte ich einen Topf Wasser auf und brühte mir den Kaffee direkt in der Tasse. Dann begann ich durch die kleine Wohnung zu wandern. Sechs Schritte waren es bis zum Fenster, acht Schritte bis ins Bad, wo mir mein Spiegelbild aus blutunterlaufenen Augen entgegenstarrte und fünf Schritte wieder zurück zur Couch. Ich verstand nicht, wie man auf so engen Raum leben konnte. Aber wahrscheinlich würde ich mich irgendwann daran gewöhnen oder sagen wir lieber, gewöhnen müssen …

Erneut begann ich meine Wanderung durch die Wohnung. Vor Christins Schlafzimmertür blieb ich stehen. Ich legte meine Hand auf die Türklinke, zog sie dann jedoch wieder zurück. Ich wollte Christins Vertrauen nicht missbrauchen. Und Neugierde war eh keine meiner Eigenschaften.

Ich stand gerade am offenen Fenster, als die Tür sich öffnete und Christin endlich kam. Die Sonne warf mittlerweile einen Schatten auf den gegenüberliegenden Häuserblock. Ich hatte beobachtet, wie er langsam über die Fenster geglitten war. Meine Kopfschmerzen waren fast verschwunden. Der warme Wind, der hereinwehte und über mein Gesicht und meinen nackten Oberkörper strich, hatte sie weggeblasen.

„Abendbrot", rief Christin und schwenkte mit einem Baguette. Erst jetzt bemerkte ich meinen Hunger.

„Außerdem habe ich dir noch was mitgebracht." Sie zog drei Hemden aus ihrer Tasche. Alle in verschiedenen Brauntönen. Sie sahen aus wie die, welche gestern auf dem Laufsteg getragen wurden.

„Nach so einer Show herrscht immer ein gewaltiges Chaos. Normalerweise merkt keiner, dass sie fehlen."

„Warum normalerweise?", fragte ich einem Impuls folgend.

„Na ja", stammelte Christin. „Heute lief das irgendwie ganz blöd …"

Ich sah sie auffordernd an.

„Gerade als ich die Hemden einpackte, kam Alain rein. Und da hab ich's ihm erzählt."

„Was hast du ihm erzählt?"

„Du weißt schon … dass du bei Tom wohnst, keine Wohnung hast und ich dir gerade aushelfe."

„Super!" Hilflos warf ich die Arme in die Luft. „Jetzt weiß er also offiziell, dass ich ein Loser bin. Bisher hatte er es sich ja nur gedacht."

„Nein, das denkt er sicher nicht. Er hat gesagt, es ginge in Ordung. Ich könnte die Sachen mitnehmen."

„Wenn das so ist …" Ich drehte mich zum Fenster und sah in den blauen Himmel.

„Ach, komm schon. Es ist doch egal, was er denkt. Ich bin froh, dass ich dir helfen kann. Und ich bin froh, dass du hier bist." Sie strich mir über den Arm und zog mich an der Hand. „Ich geh dir doch nicht etwa auf die Nerven, oder? Sag es ruhig! Ich kann es vertragen. Mir haben schon viele Leute gesagt, dass ich zu viel quassle. Ich kann nichts dafür. Das ist mein einzigartiger Charakter."

Sie sah mich mit ihren großen Augen an und ich bemerkte die Unsicherheit, die sie mit ihrem Wasserfall aus Worten zu überdecken versuchte.

„Und?" Sie hielt mir die Hemden entgegen. „Bleibst du? Wenigstens heute noch? Nicht, dass ich ein Problem mit dem Alleinsein hätte … Es ist nur … ich wollte dir was zeigen … im Fernsehen. Du musst heute auch nichts mehr trinken. Versprochen."

„Okay, ich bleibe. Aber nicht, weil ich nicht weiß, wo ich sonst hin sollte …", antwortete ich. Obwohl mir in ihrer kleinen Wohnung die Decke auf den Kopf fiel, durchbrach Christins quirlige Gegenwart die Einsamkeit, unter der ich seit Wochen gelitten hatte.

Nervös strich sich Christin ihr blondes Haar hinter das Ohr. „Ich muss dir noch was sagen. Weißt du, ich mache bei dir eine ganz besondere Ausnahme. Ich lasse sonst niemanden bei mir schlafen, einfach so … vor allem keine Männer … aber bei dir … ich weiß auch nicht …"

„Ich mag dich auch", fiel ich ihr ins Wort und brachte sie damit blitzartig zum verstummen. Sie sah mich sekundenlang an. Ihr Körper schwankte fast unmerklich, so als überlege sie, ob sie mich umarmen sollte. Und dann war der Moment vorbei. Sie zwinkerte mehrmals, drehte sich um und begann, ihre Einkäufe in die Küche zu räumen.

„Warum hast du nicht die Kaffeemaschine benutzt? Die Bedienung ist ganz einfach." Sie sah zu mir herüber. „Ich werde es dir zeigen. Nur ein paar Handgriffe."

Bei ihr hatte ich nicht das Gefühl, als müsse sie sich zu mir herablassen. Sie meinte es ehrlich, ohne sich lustig zu machen. Das mochte ich.

„Dann bring ich dir morgen den Kaffee ans Bett", sagte ich, nachdem sie mir die Funktionen erklärt hatte.

Sie strahlte mich an. „So was habe ich mir schon immer gewünscht."

Einige Zeit später saßen wir nebeneinander auf der Couch, aßen Baguette und Käse. Der Fernseher lief. Christin hatte ein sogenanntes Star-Magazin eingeschaltet, wie sie mir erklärte. Hier erfuhr man alles, was so in der Welt der Reichen und Schönen passierte. Und die derzeitigen Modenschauen in Paris waren eindeutig ein Thema, welches die Leute interessierte.

„Sicher bringen sie auch was von unserer Show", fieberte Christin und steckte sich einen Käsewürfel in den Mund. „Sie bringen immer etwas von Alain. Vielleicht zeigen sie ja sogar dich."

Ich spürte ihre Nervosität, wie knisternde Elektrizität. Wenn ich sie jetzt mit einem Finger berührte, würde bestimmt ein Funke auf mich überspringen.

„Wär' auch nicht so schlimm, wenn sie mich nicht zeigen", versuchte ich sie zu beruhigen. „Wär' mir eh nur peinlich."

Sie schien mich nicht zu hören. Unverwandt starrte sie auf den Bildschirm. „Da, da, siehst du", lachte sie und wies mit dem Finger auf die bunten Bilder.

„… des Designers Alain Serafon, der bisher für seine elegante Herrenmode bekannt war. Scheinbar wagt er jetzt den Schritt in die Unterwäschen- und Bademode. Es ist ihm auch nicht zu verdenken …"

„Das bist DU", schrie Christin neben mir und begann auf und ab zu hüpfen. Die Couch gab dabei knarrende Geräusche von sich.

Ich war mir gerade gar nicht so sicher, was ich auf dem Bildschirm sah. Ein südländischer Typ mit grotesken, übergroßen Flügeln und einer Badehose, welche mehr präsentierte als verdeckte, stand hinter Alain Serafon und sah mit ernsten, abwesenden Gesicht ins Leere, als wäre er nicht von dieser Welt.

„… ob unsere Reporterin mehr über ihn in Erfahrung bringen kann. Wir werden darüber berichten", sagte der Berichterstatter, dann wurde zum aktuellen Wetter übergeblendet.

„Hast du das gehört? Alain wird ausflippen …"

„Tut mir leid, ich habe gar nichts von dem Bericht mitgekriegt. Irgendeine Kreischnudel hat die Lautstärke des Fernsehers übertönt", sagte ich trocken.

„Macht nichts, machts nichts", sprudelte Christin. „Wir schauen einfach die Wiederholung, heute Nacht noch mal … aber weißt du, die haben gerade von dir geredet und gesagt, dass sie schon noch rausbekommen werden, wer der junge Mann ist. Sie haben sogar schon Spekulationen angestellt … Oh, Alain wird kochen. Geschieht ihm ganz recht … aber so wie ich ihn einschätze, hat er sich das wahrscheinlich genau so ausgedacht und alles geplant. Na ja, egal.“

Wir zappten uns den ganzen Abend durch die Programme und sahen uns alle Boulevardsendungen an, die ausgestrahlt wurden.

Christin hatte recht. In wirklich jeder war ich wenigstens einige Sekunden zu sehen. Ich stolzierte in meinem seltsamen Aufzug als dunkler, geflügelter Schatten hinter Alain her. Jedes Mal rief Christin irgendwelche peinlichen Dinge, wie „Zeig es diesen geschniegelten Kleiderständern“ oder „Du wirst den Modehimmel stürmen“. Ihre Ausrufe wurden immer blumiger.

„Christin. Hör auf“, versuchte ich sie zu bremsen. „Ich habe doch gar nichts getan. Bin nur ein paar Mal hin und her gelaufen.“

„Die Sache ist nicht, dass du es getan hast, sondern WIE. Du hast doch keine Ahnung“, klärte sie mich auf und ich konnte mich des Eindrucks nicht erwehren, dass die ganze Euphorie ihr zu Kopf gestiegen war. „Ich habe schon so viele sogenannte Models kommen sehen. Und glaub mir, die meisten sind auch sofort wieder gegangen und spurlos von der Bildfläche verschwunden. Aber bei dir … ich weiß auch nicht …“ Sie sah mich an und kippte dabei nach vorn, so dass ihr Gesicht dem meinen sehr nahe kam.

„Du bist anders. Alain hat es gemerkt und auch ich …“ Unvermittelt drückte sie mir einen Kuss auf den Mund. Ich wollte zurückweichen, doch ihre weichen Arme umschlangen meinen Nacken und hielten mich fest.

„Nikola.“ Ihre Stimme war ungewohnt tief. Nur wenige Zentimeter waren unsere Gesichter voneinander getrennt. Sie griff nach meiner Hand und schob sie unter ihre Bluse. Meine Finger berührten ihre warme, weiche Brust. Als ich sie zurückziehen wollte, presste sie sich an mich. „Warte … ich … ich muss dir etwas sagen.“

Wie hypnotisiert starrte ich in ihre großen, blauen Augen.

„Ich glaube … ich bin in dich verliebt“ , platzte sie heraus.

Ich war so geschockt, dass sie mich mit einem kleinen Schubs aus dem Gleichgewicht bringen konnte, und ich rücklings auf die Couch fiel. Blitzschnell war sie über mir.

„Christin, bitte …“, konnte ich nur stammeln, da hatte sie ihre freie Hand schon in meine Hose geschoben.

„Du brauchst dich nicht zurückzuhalten. Wir können es doch einfach tun … ohne Hintergedanken, nur so, als Freunde …“

Während sie ihre Lippen wieder auf meine presste, begannen ihre Hände meine Hose zu öffnen. Stakatoartig nahm ich all die Eindrücke wahr - den Geschmack ihrer Zunge, die sich in meinen Mund schob - ihre weichen Brüste auf meinem Oberkörper – ihre geschickten Hände, die begannen, meine Hose herunterzuzerren. Ohne mich auch nur ansatzweise wehren zu können, beobachtete ich dies, wie ein außenstehender Zuschauer.

„Christin, das ist keine gute Idee“, keuchte ich.

„Wieso, bist du schwul? Und wenn schon, macht mir nichts aus“, sagte sie und machte unbeirrt weiter.

Und ich? Ich lag einfach nur da, unfähig sie von mir zu schieben. Gleichzeitig fasziniert und geschockt, sah ich ihr dabei zu, wie sie ihre Bluse wegschleuderte. Ihren Rock raffte sie einfach nach oben. Dann begann sie reitende Bewegungen auf mir zu machen. Ihre kleinen Brüste wippten dabei auf und ab.

Noch immer sah ich alles wie in einzelnen Bildern, die aneinandergereiht worden waren. Ein stotternder, alter Film in einem kaputten Wiedergabegerät. Doch als sie meinen schlaffen Penis in die Hand nahm, kamen die abgehackten Bilder in Fahrt. Ich stürzte in einen Strudel aus Farben, Bildern und Empfindungen. Das Zimmer begann zu schaukeln, hin und her, als ob der Wind es bewegte. Mein Unterleib zog sich in der Erwartung eines eindringenden Gegenstandes zusammen. Schwärze verschluckte alles um mich, als hätte man mir Stoff über die Augen gelegt … Ich hing an einem Baum, schaukelnd, kraftlos, gedehmütigt, gepeinigt, über und über mit meinen Körperausscheidungen besudelt.

„… Mea culpa, mea culpa, mea maxima culpa“, hörte ich jemand ein Schuldbekenntnis betete. Die Stimme war monoton, fast roboterartig. „… Confiteor Deo omnipotenti et vobis, fratres, quia peccavi nimis …"

Gequält schluchzte ich auf. „… cogitatione, verbo, opere et omissione, mea culpa."

„NIKOLA!" Eine heftige Ohrfeige ließ meinen Kopf zur Seite schnellen. „Was ist los? Nikola!"

Eine weitere Ohrfeige brachte mich wieder in die Wirklichkeit zurück. Meine Augenlider flatterten und zeigten mir Christins ängstliches Gesicht. Leuchtend rote Flecke flammten auf ihrer leichenblassen Haut.

„Oh Gott, jag mir nicht noch einmal so einen Schreck ein." Sie pflückte sich rasch ihre Bluse vom Fernseher und zog sie über. „Was war das denn, Nikola? Ich dachte, du wirst verrückt."

Ich stützte mich hoch und sah mich verwundert um. „War jemand hier? Ich habe jemanden reden gehört."

„Mach mir bitte keine Angst, Nikola. Das warst doch du!" Wie ein kleines Mädchen saß Christin da und knetete ihre weißen Hände.

„Wirklich? Ich hatte wohl einen Blackout."

„Es war sicher meine Schuld. Ich … ich habe dich überrumpelt. Es wird nicht mehr vorkommen. Ich hätte deinen Einwand ernst nehmen sollen. Irgendwie dachte ich nur … ach ich weiß auch nicht … Mist!" Christin war aufgesprungen und lief hin und her. „Ich war so glücklich, und ich dachte mir, dir geht es genauso. Woher sollte ich denn wissen … ihr Kerle steht doch sonst auf derart Dinge … oder etwa nicht?" Kurz sah sie mich an. „Nein, du bist anders. Und dein Ausraster war eindeutig meine Schuld. Oh Gott, ich bin so blöd!"

„Hör auf, Christin. Ich habe einfach eine schwere Zeit hinter mir", versuchte ich sie halbherzig zu trösten. Noch immer drehte sich alles um mich und mir war übel.

Ungläubig sah sie mich an. „Schwere Zeit, he?"

„Ja, ich habe dir doch von meinem Freund erzählt …"

„Piero", fiel sie mir ins Wort.

„Genau. Da liefen ein paar Dinge schief …"

„Das glaube ich dir gern, wenn's nur halb so lief wie gerade eben

… Scheiße, die tollsten Typen sind immer schwul. Ich hätte es wissen müssen."

Ich widersprach ihr nicht. Was hätte ich ihr auch sagen sollen? Dass ich asexuell geworden war? Dass ich Sex nicht mehr ertrug?

Meine heftige Reaktion auf Toms Annäherung stand mir noch immer vor Augen.

„Lass uns einfach nur Freunde sein, ja?", sagte ich leise.

„Ach, Nikola." Christin seufzte. Scheinbar hatte sie meinen ängstlichen Unterton gehört. „Als wenn das ein Grund wäre, dich rauszuwerfen."

Christin setzte sich neben mich und legte ihre Hand in einer mütterlichen Geste auf mein Knie. „Ich würde zu gern in deinen Kopf schauen. Mea culpa …" Sie schüttelte den Kopf. „Wie du nur darauf kommst?"

Alain

„So wie heute Morgen, könnte jeder Tag beginnen." Christin strahlte übers ganze Gesicht, als sie am nächsten Tag von der Arbeit heim kam. „Und jeder Tag könnte auch genauso enden."

„Hast wohl heute einen Heiratsantrag bekommen?", fragte ich neckisch.

„Wieso, hast du etwa versucht, mich anzurufen?", konterte sie. Mit schräg gelegtem Kopf sah sie mich an. „Nein! Alain hat Lust, weiter mit dir zu arbeiten." Sie wartete auf eine Reaktion.

„Wann?", fragte ich, um wenigstens schwaches Interesse zu heucheln. Christin schien so was zu erwarten. Ich jedoch verspürte kein allzu großes Verlangen, Alain wieder zu begegnen. Die Erinnerung an seine eiskalten Augen und diesen Blick voller Geringschätzung, wollte ich nicht wieder auffrischen.

„Du fragst, wann? Nicht wo, warum oder wie viel?" Bei dem letzten Wort zog sie die Augenbrauen hoch. „Er will mit dir eine Fotostrecke machen. Und das hier wäre dein Honorar." Sie legte mir ein dicht beschriebenes Blatt vor die Nase. Mit dem Zeigefinger tippte sie auf eine Zahl.

„Gut! Und wann?"

„Jetzt tu doch nicht so unbeeindruckt! Jemand wie Tom würde für den Job, und vor allem für diese Summe, morden."

„Ich bin aber nicht so jemand wie Tom."

„Da hast du wohl recht." Christin setzte sich auf die Küchenzeile und ließ ihre Beine baumeln. „Wenn du diesen Auftrag gut erfüllst, hast du es geschafft. Er will dich schon morgen haben. Ich schreib dir hier eine Adresse auf. Alain hat ein Studio in seinem Haus. Dort ist er ungestört. Hatte ich schon erwähnt, dass er gern allein arbeitet? Ich werde deshalb nicht dabei sein können."

„Hast du etwa Angst, dass ich was Dummes anstelle?"

„Nein, sicher nicht. Ich würde nur gern zusehen." Christin senkte den Blick. „Weißt du, auch wenn mein Verstand es schon kapiert hat, mein Herz hat sich mit dieser Situation noch nicht abgefunden."

Es irritierte mich, wie offen sie über unser Verhältnis sprach. Doch es schaffte eine Vertrautheit zwischen uns, die ich so noch nie erlebt hatte.

„Du wirst darüber hinwegkommen“, sagte ich und nahm sie fest in den Arm.

Sie nickte traurig. „Sicher!“

Christin hatte mit ihrer Aussage Recht gehabt. Nicht jeder, der im Modebusiness arbeitet, konnte sich eine schicke Altbauwohnung an der Seine leisten. Alain jedoch konnte es. Und was für eine. Das außergewöhnliche Tor mit den schmiedeeisernen Beschlägen wies das Haus schon als etwas Besonderes aus.

Ich drückte auf den Klingelknopf. Der Verkehr dröhnte auf der Straße hinter mir und machte es unmöglich, den Widerhall der Klingel im Haus zu hören. Nachdem ich einige Zeit gewartet hatte, drückte ich erneut. Seltsamerweise fühlte ich mich jetzt beobachtet. Ich sah nach oben und erkannte eine kleine halbrunde Kamera, welche den Eingangsbereich kontrollierte. Ich hob meine Hand und grüßte. Die Tür, welche in das Tor eingelassen war, summte und sprang einen Spalt auf. Ich drückte sie ganz auf und machte einen Schritt über die Schwelle. Die Tür fiel mit einem leisen Geräusch ins Schloss und innerhalb von Sekunden befand ich mich in einer anderen Welt. Die Geräusche der Seinepromenade verschwanden, und Stille umfing mich.

Ich stand in einem dunklen Torbogen und sah in einen sonnenüberfluteten Hof, der von Palmen überwuchert schien. Langsam folgte ich dem gepflasterten Weg, der nach links abbog. Hier standen zwei schwarze Wagen. Ich verstand nicht viel von Autos - eines war groß und bullig, das andere im Gegensatz dazu winzig, flach und sportlich. Dahinter erkannte ich ein großes Wohnmobil in dezentem Silbergrau. Ich ließ meinen Blick über die Palmen schweifen und betrachtete mit Staunen die gläserne Fassade, die sich bis unter das Dach zog. Klassische Musik erklang irgendwoher. Dann hörte ich leise Schritte.

„Gut hergefunden?“ Alain stand in einem burgunderroten, edlen Morgenmantel vor mir. Seine Augen hatte er hinter einer getönten

Brille versteckt. Seine Füße steckten in hellen Slippern, deren Leder weicher aussah, als ich mir vorstellen konnte.

„Ja, kein Problem“, antwortete ich und fühlte mich, trotz seiner Sonnenbrille, bis auf die Haut gemustert.

„Das ist doch schon mal ein guter Anfang.“ Er drehte sich um, und ich folgte ihm. Weiterhin sah ich mich um.

Niemals hätte ich gedacht, dass sich hinter der Fassade eines alten Stadthauses, so ein Anwesen verbarg. Ich kam aus dem Staunen nicht heraus. Man konnte hier, in dem Innenhof zwischen dichten Palmenwedeln wandeln, ohne zu ahnen, dass man sich mitten in einer Großstadt befand. Vereinzelt luden Sitzgelegenheiten zum Verweilen ein. Alles war so geschickt arrangiert, dass man sich in einem Urwald wähnen konnte.

Alain trat in einen Aufzug, der ebenfalls aus Glas bestand, und winkte mich heran. „Wir fahren gleich ins Atelier. Ich hasse es, Zeit zu vergeuden.“

Das Atelier befand sich unter dem Dach und war mit weißen Stoffbahnen abgeschattet, hinter denen man den blauen Himmel erahnen konnte.

„Zieh die an. Hat ja schon mal funktioniert.“ Er hielt mir die braune Badehose mit den Netzeinsätzen hin.

„Ich bin verwirrt“, sagte ich und war über meinen Mut, ihn direkt anzusprechen, selbst erstaunt. „Kein: ziehe ER diese Hose an?“

„Ach komm, das ist alles Show. Konntest du dir das nicht denken? Das können wir uns doch jetzt sparen. Oder?“

„Wo soll ich mich umziehen?“ Ich sah mich in dem großen Raum um. Nirgends war ein Paravent oder etwas Ähnliches zu sehen.

„Hier! Oder hast du etwas zu verbergen?“ Er nahm mit einer langsamen Bewegung die Brille ab und musterte mich. In meinen Kragen fallende Eiswürfel hätten keine stärkere Wirkung haben können. Ich spürte, dass er mich herausfordern wollte, abchecken und, im besten Fall, beschämen oder demütigen. Doch das würde ich nicht noch einmal zulassen.

Mit einer Bewegung, in die ich bewusst keine Koketterie legte, öffnete ich das Hemd und ließ es zu Boden fallen. Ich stellte mir dabei einfach vor, ich wäre allein. Das machte es mir leichter. Meine Schuhe kickte ich von meinen Füßen. Einer flog einen Bogen bis zu einem Fotostativ, der andere landete vor Alains Füßen. Die Hose zog ich gemeinsam mit meiner Unterwäsche herunter. Halb abgewandt stand ich vor ihm und versuchte erst gar nicht, meine Blöße vor ihm zu verstecken. Ich sah Alain nicht an. Sollte er mich mit seinem Eisblick durchbohren, wenn er sich etwas davon versprach. Mir war es einerlei!

Ohne Eile nahm ich die Badehose und stieg hinein. Dieses Mal versuchte ich erst gar nicht, sie bis zu meinem Nabel zu ziehen.

Zu meinem Bedauern hatte Alain sogar an die monströsen, schwarzen Flügel gedacht. Etwas unwohl in meiner Haut, stellte ich mich vor eine weiße Fotowand.

Alain griff nach einem Glas, in der sich eine klare, braune Flüssigkeit befand. Träge bewegte sie sich hin und her.

„Kennst du den Film „Michael" mit John Travolta?" Alain sprach, ohne mich anzusehen.

„Warum? Möchten Sie mich ins Kino einladen?" Meine Antwort klang trotzig.

Doch Alain lächelte nur leicht. „Vielleicht." Dann wurde er ernst. „Los, beginnen wir."

Er trat an das Kamerastativ und sah durch den Sucher. Seine Ansagen waren knapp und präzise: „Dreh dich nach links - Blick nach oben - zu mir." Unablässig betätigte er den Auslöser der Kamera. Kein einziges Mal kritisierte er mich oder gab mir das Gefühl, ein Anfänger zu sein. Die Zeit verging wie im Flug. Als er sich umdrehte, um sich ein neues Glas einzuschenken, erwachte ich wie aus einem Traum.

„Wir machen das Gleiche noch einmal, mit dunklem Hintergrund." Er betätigte ein Bedienungsfeld an der Wand und blickdichte Jalousien schoben sich über die Glasflächen des Daches.

Mittlerweile hatte die Dämmerung eingesetzt. Wir mussten schon länger in die Arbeit vertieft gewesen sein, als ich dachte. Alain zog eine schwarze Leinwand herunter und gab mir mit einer Handbewegung zu verstehen, dass ich mich davor zu stellen hatte. Er richtete einige

Scheinwerfer aus, so dass ihr Licht auf mich fiel. Dann begannen dieselben Ansagen wie gerade eben. „Dreh dich nach links - Blick nach oben …“ Alain schien sogar die gleichen Worte, in derselben Reihenfolge zu verwenden.

„Hast du Hunger?“

Die Frage kam so unvermittelt, dass ich ohne nachzudenken verneinte. Mein Magen jedoch gab augenblicklich ein protestierendes Knurren von sich.

„Ist ein wenig Käse in Ordnung?“ Mit wehendem Morgenmantel rauschte er aus dem Zimmer. Er wartete meine Antwort nicht ab. Nebenan hörte ich ihn telefonieren.

„Jean, bring mir das übliche. Ja, aber für Zwei“, sagte er. Als er wieder ins Zimmer trat, wies er auf meine Flügel. „Die kannst du jetzt ablegen.“ Dann warf er mir einen weißen Bademantel zu. Er sah mir stumm dabei zu, wie ich mich umzog.

„Du wirst einen neuen Typus in Mode bringen. Du hebst dich von diesen dürren, androgynen Jungs ab. Trainierst du?“

„Ich renne viel, wenn es sich nicht verhindern lässt …“ Ich verstummte augenblicklich.

„Wenn etwas schief läuft und du schnell weg musst?“ Er sah mich mit hochgezogener Augenbraue an. „Christin hat es mir erzählt. Du bist kein Rumäne oder Spanier, wie ich erst dachte, du bist ein Gitan, ein Zigeuner.“

Trotzig sah ich ihn an.

„Ich bevorzuge die Bezeichnung …“

„Wie auch immer“, unterbrach er mich und machte eine wegwerfende Handbewegung. „Ich weiß, wer du bist. Ich kann dein Inneres sehen.“

„Ach ja? Und was sehen Sie?“ Fast erwartete ich, dass er so tun würde, als hätte er mich nicht gehört.

„Tiefe und ein Meer von Emotionen“, überraschte er mich mit einer Antwort. „Du bist fähig zu weitreichenden, tiefen Gefühlen.“

Er ließ die beiden Sätze einfach im Raum stehen und drehte sich um. „Komm, das Essen ist angerichtet.“

Er führte mich über eine Treppe ein Stockwerk tiefer, wo sich ein großer Wohnbereich befand. Dunkle Ledersofas mit Seidenkissen luden zum Entspannen ein. Hier war der Ursprung der Musik, welche wie ein Klangteppich über dem gesamten Haus lag. Alain trat an eine High Tech Stereoanlage und betätigte ein paar Knöpfe. Aus den unsichtbaren Lautsprechern erklang ein Duett in italienischer Sprache.

Dann ging Alain zum Esstisch. Mit einer energischen Bewegung strich er Berge von Skizzen und Notizen zur Seite.

„Arbeit! Sinn meines Lebens, aber dennoch manchmal lästiges Übel. Bitte setz dich." Er wies auf einen der antiken Stühle mit hohen Lehnen.

Ein weiß gekleideter Kellner trat herein. Er trug ein abgedecktes Tablett, das er vor uns auf dem Tisch absetzte. „Wie gewünscht, für zwei Personen, Monsieur Serafon", sagte er und zog die Abdeckung weg.

Zischend zog ich die Luft zwischen den Zähnen ein. Ich musste meiner Überraschung unbedingt Ausdruck verleihen. Alain hatte mich gefragt, ob Käse in Ordnung wäre. Doch was mir hier präsentiert wurde, hatte mit einer normalen Käseplatte so wenig zu tun, wie eine Floßfahrt mit einer Ozeanüberquerung per Luxusschiff. Verblüfft sah ich das Arrangement aus verschiedenen Käsesorten, Obst und Broten an.

„Sie sind reich", entfuhr es mir prompt. „Sogar mit eigenem Personal", setzte ich nach und hätte mir am liebsten auf die Zunge gebissen.

„Ja, ich bin wohl das, was andere reich nennen", antwortete Alain gelassen. „Immerhin tue ich auch genug dafür. Aber Personal habe ich, bis auf eine Haushälterin, keines. Jean arbeitet im Restaurant an der Ecke. Er bringt mir seit Jahren das, was ich brauche, damit mein Geist weiterhin über meinen Körper regieren kann. Ich vertraue ihm. Er ist einer der wenigen Leute, die hier ein- und ausgehen. - Danke, Jean, ich brauche dich heute nicht mehr. - Bedien' dich", forderte Alain mich auf. Und als hätten wir unsere Unterhaltung von vorher nie unterbrochen, sprach er weiter. „Ich sah dich bei unserem ersten Treffen und spürte sofort deine Tiefe und deinen Schmerz. Du warst besonders, hast mich neugierig gemacht und das, glaube mir, passiert nicht oft. Du standest an der Tür, in der abgelegten Kleidung eines anderen, mit deinem wilden Haar. Verloren und entwurzelt, wie ein junger Baum, der eine Rodung überlebt hat und seine Wurzeln tastend aussendet, um neuen Boden zu finden."

Seine Worte trafen mich tief.

„Sie haben ja keine Ahnung …" Ich konnte die Worte einfach nicht zurückhalten. Die Tränen, die mir in den Augen brannten, hatte ich im Gegensatz dazu besser im Griff.

Alain lehnte sich zurück. „Ich mag deine offene Art. Du hast dich von mir und meinen furchtbaren Attitüden nicht abschrecken lassen." Er hob seine Hand. „Du brauchst mir nicht widersprechen. Ich bin furchtbar, das weiß ich selbst. Ich habe es mir im Laufe meines Lebens angewöhnt, um mir lästige Menschen vom Hals zu halten. Von denen gibt es, weiß Gott, mehr als genug. Leider halte ich mir dadurch auch alle anderen Menschen fern. Und manchmal fühle ich mich einsam. In den letzten Jahren immer häufiger."

Alain zog ein Kästchen zu sich heran und angelte eine Zigarette heraus. Gebannt verfolgte ich, wie er sie mit seinen schlanken Fingern zum Mund führte und anzündete. Er nahm einen langen Zug, bei dem sich seine Wangen nach innen wölbten.

„Erfolg bringt Einsamkeit mit sich. Ich habe es akzeptiert, denn es entspricht meinem Naturell. Aber jetzt werde ich alt. – Bitte, unterlasse jegliche Form von Mitleid oder falschen Schmeicheleien. Ich kenne die Wahrheit", erstickte er meine Entgegnung im Keim „Ich habe erreicht, was man erreichen kann. Immer wieder habe ich mich neu erfunden. Immer wieder habe ich den Menschen gegeben, was sie wollten. Und auch jetzt … glaubst du, es war Zufall, dass ich gerade dich ausgewählt habe, meine Show zu beenden?"

Er blies den Rauch in die Luft, während er mich durch die Nebelschwaden hindurch ansah. „Du hast deine Rolle perfekt gespielt und jetzt hat die Presse wieder etwas zu fressen. Ja, so läuft das." Er seufzte. „Weißt du, mir fehlt etwas in meinem Leben. Ich hätte es nie gedacht, aber jetzt, wo ich in die Jahre komme, spüre ich es, wie einen abgetrennten Körperteil. Manche nennen es Nähe, Zuneigung oder auch Liebe.“ Seine Hand mit der Zigarette machte eine wischende Bewegung. „Nur leider kann man so etwas mit Geld nicht kaufen. Das wäre zu einfach.“ Er lächelte bitter in sich hinein.

Unbehaglich rutschte ich auf meinem Stuhl hin und her. Ich hatte aufgehört zu essen. Mich beschlich ein ungutes Gefühl. Was bezweckte er mit seiner Rede?

„Und nun bieten Sie mir einen Handel an?“, schlussfolgerte ich.

Falten überzogen seine Stirn. „Wenn du es so nennen willst. Ja! Ich mache dir ein Angebot.“

Er ließ sich Zeit mit dem Weiterreden, trank einen Schluck, drehte die Zigarette, spannte mich auf die Folter.

„Bleib hier“, erläuterte er endlich. „Leiste mir Gesellschaft, begleite mich. Nicht als Angestellter, sondern als Weggefährte. Ich weiß, ich bin verrückt, aber genau das war es immer, was mir Erfolg gebracht hat. Ich gebe dir die Chance, wieder Wurzeln zu schlagen, eine neue Heimat und vor allem dich selbst zu finden. Ich verspreche dir, ich werde dich nicht einengen. Ich will nur deine Loyalität, deine Nähe, …“

„Und Sex!“ Meine größte Befürchtung platzte regelrecht aus mir heraus.

Alain lachte herzlich. Die Asche seiner Zigarette rieselte auf den weichen Teppich. „Glaub mir, das ist etwas, an dem ich wirklich kein Interesse mehr habe. Meine Sexualität spielt sich mittlerweile hier ab.“ Er tippte an seine Stirn. „Ich werde dich damit gewiss nicht belästigen.“

Stumm saß ich da. Meine Gedanken kreisten um seinen Vorschlag, der wirklich unglaublich war.

„Du suchst eine Wohnung.“ Dies war keine Frage, sondern eine Feststellung. „Ich biete dir eine Bleibe. Im Gegenzug leistest du mir Gesellschaft. Du musst mich nicht unterhalten. Nein, bitte auf keinen Fall.“ Er schüttelte den Kopf. „Das wär’ das Letzte, was ich brauche. Anwesenheit ist das richtige Wort für das, was ich mir wünsche. Körperliche Anwesenheit und die Akzeptanz, über all den Dingen, die die Presse berichten wird, erhaben zu sein. Und das wird eine ganze Menge sein. Sie werden sich überschlagen. *Alain Serafon hat das erste Mal eine öffentliche Beziehung. Und dann auch noch mit einem vierzig Jahre jüngeren Mann, der aus dem Nichts aufgetaucht ist*", zitierte er einen noch ungeschriebenen Text. „Meine einzige Bedingung ist", fuhr er fort, „dass du niemanden etwas über deine Vergangenheit erzählst. Sie ist gestorben und begraben. Verstanden?"

„Absolut, es entspricht ja leider der Wahrheit." Meine Worte waren klar, dennoch brannten sie mir im Hals, wie scharfer Alkohol.

„Wenn man dich in Interviews etwas fragt, lächelst du freundlich und nennst höchstens deinen Namen. Ansonsten siehst du hübsch aus, das reicht. Ach ja, dein Name …" Alain fuhr sich durchs graue Haar. „Da sollten wir uns noch etwas überlegen."

„Was ist an meinem Namen falsch?"

„Dass ihn kein Mensch aussprechen kann. Geschweige denn schreiben", erwiderte er leicht genervt.

„Aber mein Name ist meine Herkunft und meine Familie."

„Und was war diese jemals wert?" Seine Antwort in Verbindung mit einem spöttischen Blick ließ mich verstummen.

„Freie Kost und Logis", fuhr er fort. „Ich lege ein Konto für dich an, auf das deine Honorare eingehen, wobei ich mir wünsche, dass du ausschließlich für mich oder auf meine Empfehlung hin arbeitest. Kannst du das akzeptieren?"

Er erhob sich und sein Blick veranlasste mich, ebenfalls aufzustehen. „Ich zeige dir jetzt dein Zimmer. Überleg es dir mit dem Hinweis im Hinterkopf, dass ich noch nie jemanden solch ein Angebot gemacht habe. Ich glaube wirklich, ich werde alt und senil." Er schüttelte den Kopf. Im letzten Satz schwang Traurigkeit mit, dicht an der Grenze zur Verbitterung.

„Bleib heute Nacht hier und probier dein Zimmer aus. Morgen früh siehst du vielleicht schon klarer und weißt, was du möchtest."

Alain hatte mich zu einer Tür im ersten Stock geführt. Als er sie öffnete, verschlug es mir die Sprache. Er hatte Zimmer gesagt, jedoch handelte es sich eher um eine Suite. Christins Wohnung schnitt im direkten Vergleich hierzu mehr als dürftig ab.

Ein großes Bett dominierte den Raum. Ihm gegenüber war ein riesiger Flachbildfernseher an der Wand angebracht. Ein Schrank, der eine gesamte Wand einnahm, bot Platz für Unmengen an Kleidung, die ich nicht besaß. Hinter einer bequemen Sitzgruppe sah man, durch eine offen stehende Tür, in ein mit schwarzem Granit ausgelegtes Bad.

„Wahnsinn!“, entfuhr es mir.

„Na, dann bin ich ja gespannt, was du hierzu sagst.“ Alain trat ans Fenster und zog die schweren Vorhänge zurück. „Das beeindruckte bisher jeden Besucher.“

Die nächtliche Skyline von Paris befand sich vor dem Fenster. Als ich näher trat, konnte ich links den erleuchteten Eifelturm sehen. Unter uns floss träge die Seine.

Mit Schwung schloss er die Vorhänge wieder. „Erst einmal für heute Nacht, Nikola?“

Der Klang seiner Stimme, wie er das erste Mal meinen Namen aussprach, rührte in mir eine Saite, die noch die gesamte Nacht nachklang. Ich hatte etwas gehört, das mich dazu brachte, ihm zu vertrauen. Ich hoffte nur, dass dies nicht falsch war. Aber was sollte ich sonst tun? Ich hatte nicht allzu viele Möglichkeiten. Ich würde in Paris bleiben müssen, so lange, bis Piero kam. Aber ich würde beginnen, Zeichen für ihn zu hinterlassen, damit er mich auch fand. Und wer war besser dazu geeignet als Alain. Ich brauchte keinen Tom. Ich brauchte niemanden, der mir immer wieder vor Augen führte, wie unzulänglich ich war. Ich würde es allein schaffen … na ja, fast allein. Ich würde mir eine Existenz aufbauen und ich würde Piero erwarten. Denn irgendwann musste er kommen. Er hatte es mir versprochen.

Père Lachaise

„Was hast du ihm denn alles verraten? Er scheint so viel über mich zu wissen“, fragte ich Christin. Wir liefen an einer langen Backsteinmauer entlang, auf ein großes Tor zu. Sie hatte vorgeschlagen, dass wir hier einen Spaziergang machen und reden konnten. Das Wetter war himmlisch, strahlender Sonnenschein, der mich veranlasste, eines der Hemden, die mir Christin mitgebracht hatte, wie bei der Modenschau fast komplett offen zu tragen.

„Was sollte ich denn tun?“, verteidigte sich Christin und ließ zum wiederholten Male ihre Augen in mein offenes Hemd wandern.

„Er ist mein Chef. Als er mich diese ganzen Sachen gefragt hatte, habe ich mir nichts dabei gedacht. Er stellt oft seltsame Fragen, ohne dass ich vorher weiß, wozu er die Antworten braucht. Aber du …“ Sie stieß mir mit dem Zeigefinger hart auf die Brust. „Wie kommst du darauf, bei ihm einzuziehen? Einfach so? Du kennst ihn doch gar nicht.“

„Ich bin nicht bei ihm eingezogen“, verteidigte ich mich. „Ich habe nur bei ihm übernachtet. Hast du schon mal sein Haus gesehen? Es ist unglaublich. Wie ein Hotel. Es könnten dutzende Leute dort wohnen.“

„Ich kenne sein Haus, Nikola. Trotzdem bin ich mir nicht sicher, ob du das Richtige tust.“

„Immer noch besser, als bei Tom. Der wartet doch nur darauf, mich wieder als seinen Schuhabtreter zu benutzen. Oder soll ich mich in deiner kleinen Wohnung heimisch einrichten?“

„Ich hätte nichts dagegen.“

„Christin, bitte!“ Kopfschüttelnd sah ich sie an. „Das mit uns beiden, das funktioniert nicht.“

„Ich weiß“, seufzte sie. „Aber meine Tür steht dir immer offen, nur, dass du es weißt. Alain ist ein Egozentriker. Er wird genau wissen, wofür er dich braucht. Denke ja nicht, dass er dir dieses Angebot völlig selbstlos gemacht hat.“

„So dumm bin ich auch nicht. Ich habe ihn schon darauf angesprochen."

„Und?"

„Was und?

„Was will er im Gegenzug dafür?"

„Einen kleinen, provozierten Skandal. Außerdem ist er die Einsamkeit leid … Aber nicht so, wie du denkst. Er will keine körperliche Nähe, wenn du die Befürchtung hast."

„Ich befürchte gar nichts. Es ist dein Leben."

Wir liefen eine gepflasterte Straße hinauf. Christin schwenkte leicht nach links und blieb vor einem prunkvollen Grabmonument stehen. Irritiert sah ich mich um und bemerkte erst jetzt, wo wir uns befanden.

„Christin, ein Spaziergang über einen Friedhof?" Tadelnd sah ich sie an. „So schlimm ist das, was ich vorhabe, doch auch wieder nicht."

„Père Lachaise ist nicht einfach nur ein Friedhof", sagte Christin und ignorierte meinen Witz. Sie öffnete theatralisch die Arme. „Ich dachte, ich bringe dir Paris ein bisschen näher. Wenn du mit Alain zusammenleben möchtest, solltest du ein wenig kulturbeflissener werden."

„Und da schleppst du mich zwischen lauter tote Menschen?"

Christin verschränkte ihre Arme vor der Brust und sah mich streng an. „Alain liebt den Belcanto-Stil. Das hast du sicher schon gemerkt." Als sie mein ratloses Gesicht sah, ergänzte sie schnell: „Ich meine, er hört gern klassische Musik."

„Ja, stimmt, diese voluminösen Orchesterwerke und die hohen Stimmen. Sie schallen stundenlang durchs Haus. Sogar vier Uhr in der Früh."

„Genau." Sie machte eine ausladende Geste auf die Grabstätte hinter sich. „Hier wurde einer der bekanntesten Komponisten des Belcanto begraben."

„Danke, Frau Lehrerin", antwortete ich. „Ich habe zwar nie eine Schule besucht, bin Ihnen für Ihre Ausführungen jedoch sehr verbunden."

„Vergiss es!" Christins Gesicht verschloss sich in Sekundenschnelle. Es zeichnete sich ein Ausdruck tiefster Enttäuschung darauf ab. „Ich dachte nur, du überraschst Alain im November mit einem kleinen Rundgang, um mit ihm gemeinsam den Todestag von Rossini zu begehen. Das hätte ihn beeindruckt. Aber so lange hältst du eh nicht bei ihm aus."

„Du willst wetten?" Ich zwinkerte ihr zu und kniff sie leicht in die Taille. „Du wirst verlieren. Ich bin eine Menge gewöhnt …"

„Hör auf, du Banause", kicherte sie und wich meiner Hand mit einer flinken Bewegung aus. Ihr Zorn verflog genau so schnell, wie er gekommen war.

„Traust du dich nicht zu wetten?", stichelte ich. „Hast du Angst zu verlieren?"

„Es würde mich ja freuen, wenn ihr ein angenehmes Zusammenleben schaffen würdet. Aber so wie ich Alain kenne … Also gut, ich wette um …" Sie überlegte kurz. Dann lächelte sie verträumt. „Um eine Massage, die du mir gibst, wenn du verlierst. Eine Ganzkörpermassage", platzte sie heraus. „Mit Öl und allem Drum und Dran."

„Okay", ich grinste. „Du wünschst dir also körperliche Zuneigung."

Sie schlug mir mit der flachen Hand auf den Oberarm. „Du bist unmöglich."

„Bin ich das wirklich?" Ich sah ihr in die Augen, doch sie schaute gleich wieder weg. Scheinbar hatte sie ihre Verliebtheit noch immer nicht überwunden. Ob ich ihr das austreiben konnte? Das würde es ihr auf jeden Fall leichter machen.

Christin lehnte an der Mauer von Rossinis Grab. „Und wenn du die Wette gewinnst …"

„Führst du mich durch den Louvre. Einen ganzen Tag erwarte ich von dir unterhaltsame und charmante Wissensvermittlung, mit Witz und Anekdoten. Ich möchte mich nicht langweilen, aber trotzdem etwas lerne. Alles für das Projekt: Nikolas Kultivierung. Das ist doch sicher in deinem Sinn."

„Das würdest du dir wünschen?" Christin lächelte glücklich.

„Na klar. Du sagst doch selbst, dass ich so etwas für ein Leben in

Alains Dunstkreis brauche. Also, warum nutzt du die Chance nicht und machst gleich weiter? Ich bin ganz Ohr."

Christin schob die Unterlippe vor.

„Nicht schmollen. Zivilisiere und kultiviere lieber deinen unwissenden Freund. Du läufst sonst Gefahr, auf seine Ebene gezogen zu werden."

Ich fasste sie um die Taille und wirbelte sie einmal um mich herum. Sie schrie erschrocken auf.

„Siehst du, es steckt schon an. Christin, auf einem Friedhof schreit man nicht so rum", rügte ich sie.

„Verarsch mich nicht, Nikola. Der Louvre? Du sagst das doch nur, damit sich meine Laune hebt."

„Klar, deine Laune und meine Allgemeinbildung. Soll ich etwa auf die Knie fallen?" Augenblicklich tat ich genau das. „Bitte Christin, hilf mir", bettelte ich mit aneinander gelegten Händen. „Ohne dich bin ich verloren und sterbe als Unwissender."

Einige Spaziergänger sahen zu uns herüber.

„Hör schon auf." Christin zog mich auf die Beine. „Ich zeig dir noch ein paar Sachen, die interessant sind und die man nicht auslassen darf."

„Wunderbar! Und ich spiele den aufmerksamen Zuhörer. Versprochen."

Skeptisch sah sie mich an. Dann lächelte sie und führte mich weiter, die gepflasterte Allee entlang, auf eine Treppe zu. Wir liefen, auf verschlungenen Pfaden, an unzähligen Grabstätten vorbei. Sie erzählte mir, dass dieser Friedhof eine Besonderheit sei, weil so viele berühmte Menschen hier begraben waren. Dann zeigte sie mir ein unscheinbares, mit provisorischen Gittern geschütztes Grab, um das eine kleine Menschentraube stand.

Christin blieb stehen. „Come on, Baby, light my fire", begann sie zu singen.

„Ich dachte, das hätten wir schon geklärt, Christin", sagte ich, ohne die Miene zu verziehen.

Verdutzt schaute sie mich an. „Ich mein nicht dich! The Doors?

Jim Morrison? Sagt dir das nichts? Okay, ich merk schon ... Also: Morrison ist ein bekannter Rockstar aus den USA gewesen. Er kam nach Paris, um vor dem ganzen Trubel um seine Person Ruhe zu finden und sich der Poesie zu widmen. Er starb mit 27. Sein Grab muss leider mit Zäunen abgegrenzt werden, damit kein Unfug getrieben wird - rum liegende Schnapsflaschen, benutzte Kondome und solche Sachen. Sogar seine Büste wurde irgendwann mal geklaut."

„Deshalb sieht es hier so kahl aus", stellte ich fest.

„Genau", entgegnete sie zufrieden.

Ich grinste und wies auf die Leute, die sich um das Grab drängten. „Schau dir das an. Hier hätte ich früher die idealen Voraussetzungen gehabt."

„Wofür?"

„Handtaschen ... Geldbörsen ... offene Rucksäcke. Sieh sie dir nur an. Die Leute sind so mit fotografieren beschäftigt, dass sie keinen Gedanken an etwas anderes verschwenden."

„Nikola!" Christin stieß mir den Ellbogen in die Rippen. „Darüber reden wir jetzt nicht mehr. Das ist vorbei."

„Aua", jammerte ich übertrieben. „Ja, richtig." Mit monotoner Stimme sagte ich: „Ich bin jetzt ein erfolgreiches Male Model. Ich schwimme in Geld. Offene Handtaschen lassen mich völlig kalt."

„Du bist wirklich unmöglich", flüsterte sie.

„Ja, ich weiß. Und etwas ganz Besonderes."

„Wir können uns doch weiterhin treffen?", begann sie, als wir unseren Rundgang fortsetzten.

„Natürlich. Was ist das denn für eine Frage?"

„Ich meine nur ... wer weiß, wohin das mit Alain führt. Nicht, dass du mich irgendwann nicht mehr kennst ..."

Ich blieb stehen und fasste sie an der Hand. Widerstrebend ließ Christin sich zu mir ziehen. Ich drückte sanft ihr Kinn nach oben, so dass sie mich ansehen musste.

„Du bist der einzige Mensch, dem ich hier vollkommen vertraue. Ich wäre doch dumm, wenn ich das vergessen würde."

„Menschen verändern sich, weißt du. Vor allem in so einem verlogenen Umfeld wie der Modewelt, in der nur Schönheit und Reichtum zählen."

„Und darum zähle ich auch auf dich. Ein Freund kann einem vor all dem bewahren."

Christin blinzelte und drehte den Kopf weg. Mit der Hand wischte sie sich über die Nase und schniefte. „Du machst mich echt fertig."

„Ja, vor allem, wenn du mir erzählen musst, wer hier begraben liegt. Scheint ja ein ziemlicher Schwerenöter gewesen zu sein", lenkte ich sie ab und zeigte auf einen weißen, großen Marmorblock, der über und über mit roten und braunen Lippenstiftabdrücken übersät war. „Da ist wohl jemand noch beliebter als dieser Jim Morrison", mutmaßte ich.

„Du hast dir seinen Namen gemerkt?" Glücklich sah sie mich an.

„Ja klar. Wenn du mir schon was erzählst, dann sollte ich es mir doch auch merken. Sonst hat das alles hier doch keinen Sinn, oder?"

„Da hast du recht. Genauso, wie mit Oscar Wilde." Sie legte ihre Hände auf den Marmor und drückte ihre Lippen auf eine freie Stelle des Steines. In einem dezenten Rosa schimmerte der Abdruck. „Wilde war ein Skandalautor und Schwerenöter. Obwohl er verheiratet war, lebte er seine homosexuellen Neigungen in vollen Zügen aus. Er starb trotzdem vereinsamt in einem Hotelzimmer. Seine letzten Worte sollen: *Entweder geht diese scheußliche Tapete - oder ich*, gewesen sein."

Ich lachte. „Fast genauso unmöglich wie Alain, nur dass dieser seine Neigungen nie ausgelebt hat."

„Wer weiß, Alains Geschichte ist ja noch nicht zu Ende", antwortete Christin leise.

Moulin Rouge

„Soll ich ihm die Narben nicht doch noch wegschminken? In dieser Position, mit dieser Ausleuchtung sind sie extrem auffällig." Etienne, der auch dieses Mal das Make-up machte, stand da und sah skeptisch auf meinen Rücken.

Verschämt strich ich mir mit einer Hand über die Haut, auf der ich die kleinen Unebenheiten spürte.

„Ich fotografiere ihn so, dass sie nicht sichtbar sein werden", entgegnete Alain. „Und wenn doch, würde ich sie in etwas Wunderschönes verwandeln. - Nikola", sprach er mich an. „Umarme Sofie."

Ich legte folgsam meine Hände um die nackte Taille des Mädchens, welches heute mit mir zusammen für die Fotos posierte. Alain hatte gesagt, dass er die Fotos für sein neues Parfum brauchte.

„Sofie, sieh ihn an. Sehr schön! Und du, Nikola, sieh zu mir. Genau in die Kamera. Ja, Kinn etwas tiefer. Sieh mich so an, als würdest du mich anmachen wollen. Nicht das sinnliche Mädchen in deinem Arm erregt dein Begehren, sondern ich. Los, zeig es mir!"

Unsicher leckte ich mir über die trockenen Lippen. Es war mir einerseits unangenehm, wie Alain mit mir sprach, andererseits hatte ich die ganze Zeit, in der wir mittlerweile zusammen wohnten, auf solch einen Moment gewartet. Nur eben nicht in so einer öffentlichen Situation. Ich dachte, er würde mir etwas in dieser Art sagen, wenn wir zusammen vor dem Kamin saßen oder, wenn er mit mir eine Spritztour in seinem schwarzen XJ220 durch Paris machte. Doch er suchte sich einen Zeitpunkt dafür aus, in dem ich nicht die Wahl hatte, mich zu weigern oder anderweitig zu entziehen. Wobei ich mir mittlerweile gar nicht mehr so sicher war, ob ich seinen Avancen wirklich ablehnend gegenüberstehen würde. Er war auf eine leicht arrogante Art charmant. Auch er sah, genau wie Christin, über meine gesellschaftlichen Defizite hinweg. Dafür war ich ihm dankbar. Aber er redete sowieso nicht viel mit mir. Meistens arbeitete er oder wir saßen stumm beieinander.

Aber gerade heute, wo ich ein Mädchen im Arm hielt und eine handvoll Menschen um uns herum standen, gingen seine Worte in die

Richtung, die ich fast herbeigesehnt hatte.

Ich räusperte mich. Sein Gesicht erschien seitlich neben der Kamera. Er lächelte nicht. Er sah mich nur an, mit einem Blick aus seinen hellen Augen, der mich magisch bannte.

„Mach mich an", formte er mit seinem Mund und forderte mich heraus, dann verschwand er wieder hinter der Kamera.

Zehn Minuten später waren wir fertig. Ich hatte keine Ahnung, was der Grund für seine Zufriedenheit war. Ohne mir dessen bewusst zu sein, musste ich alles richtig gemacht haben.

„Zieh dich an, Nikola. Wir gehen aus."

„Uh, das wird eine heiße Nacht", sagte Etienne, als Alain außer Hörweite war.

„Mal sehen", antwortete ich doppeldeutig. Mittlerweile verhielt ich mich allen Menschen gegenüber vorsichtig. Ich redete, außer mit Christin, mit niemand über Alain und meine Beziehung zu ihm. *Beziehung* – ich war mir nicht mal sicher, ob man unser Zusammenleben wirklich so nennen konnte.

Die Presse jedenfalls tat es. Ich wurde als der neue Unbekannte an Alains Seite bezeichnet. Christin hatte alle Artikel für mich ausgeschnitten und sie mir später vorgelesen. Es wurde viel über mein Auftauchen spekuliert. Bisher hatte man, außer von der Modenschau, kein weiteres Foto, auf dem ich mit Alain gemeinsam zu sehen war. Nachdem ich aber eines Morgens ans Fenster meines Zimmers getreten war, um einen Blick auf die Seine zu werfen, hatte mich ein Fotograf erwischt. Er musste ewig mit seinem Makro-Objektiv auf diese Gelegenheit gewartet haben. Auf jeden Fall zierte einen Tag später mein Foto die Boulevardblätter, wie ich mit nacktem Oberkörper, an einem der Fenster von Alains Wohnhaus stand und mit einem verträumten Blick auf das dahin fließende, trübe Wasser sah. So jedenfalls untertitelten die Journalisten das Foto.

Nun wurden auch wieder alle Fotos von der Show hervorgeholt. Zum Beispiel das, welches mich im mandarinfarbenen Anzug, frech grinsend, auf dem Laufsteg zeigte. Auch Alains Parfümwerbung ging gerade los. Meine spiegelbildlichen Engelsfotos, vor dem weißen und dem schwarzen Hintergrund, waren in jeder Zeitung zu finden. Ebenso wie die Serie mit dem Mädchen zusammen. Mit leidenschaftlichem Blick sah ich in die Kamera, während mich das Mädchen, von mir unbeachtet, anschmachtete. So jedenfalls beschrieb Christin dieses Bild. Die Krönung jedoch hatte sich Alain bei dem Namen des Parfüms einfallen lassen: passion cachée – verborgene Leidenschaft. So als würde er auf seine geheimen Vorlieben anspielen.

„Und? Hast du seine tief verborgenen Leidenschaften schon geweckt?“, hatte mich Christin gefragt und spielerisch an meinen schwarzen Locken gezogen.

„Da ist nichts, Christin.“ Ihre Andeutung machte mich verlegen. „Wir leben in einer rein platonischen Gemeinschaft.“

„Zölibate Brüder im Geiste, he? Da brauch ich ja nicht eifersüchtig sein.“

Trotzdem hatte ich den Eindruck, als würde mir Christin nicht glauben.

Alains Bemerkung, dass wir heute ausgehen würden, war zwar ungewöhnlich, trotzdem hatte ich nicht den Eindruck, dass er etwas Besonderes vorhatte. Ich zog mir die Kleidung über, die Alain mir besorgt hatte, eine enge schwarze Lederhose und ein weißes Hemd. Irgendwie trug ich in letzter Zeit nur noch Kleidung, die mir andere Menschen schenkten, aber ich kam damit zurecht.

„Mon Dieu, der wiederauferstande Lizard King“, rief Etienne in gespielter Begeisterung und zupfte an meinen Haaren herum. „Alain ist ja so raffiniert.“

„Ich habe keine Ahnung, von was du sprichst.“

„Macht nichts, solange es seinen Zweck erfüllt. Alain weiß ganz sicher, was er tut.“

Alain beachtete mich kaum, als ich zu ihm trat, so wie sonst auch. Er stieg in das wartende Taxi, und ich musste mich beeilen, ihm zu folgen.

„82 Boulevard de Clichy, s'il vous plait.“ Er lehnte sich zurück und setzte seine getönte Brille auf.

Gespannt wartete ich darauf, wo es hingehen würde. Vor einem flachen Gebäude, auf dessen Dach sich eine rote Mühle befand, hielt das Taxi an. Alain zahlte mit einem Schein und verzichtete auf das Wechselgeld.

„Ich hasse diese Touristenattraktionen“, sagte er, als wir durch das große Foyer an der Schlange wartender Gäste vorbeigingen. Ein Bediensteter im schwarzen Anzug hatte uns empfangen und führte uns in einen großen Saal, der in mehrere Ebenen aufgeteilt war.

„Wieso sind wir dann hier?“, fragte ich und sah mich um.

„Sehen und gesehen werden, ist die Devise. Außerdem möchte ich, dass du Paris kennenlernst. Toulouse-Lautrec hat sich hier schon die Nächte um die Ohren geschlagen, da solltest du es wenigstens einmal erlebt haben.“

Wir liefen an dicht stehenden Tischen vorbei, an denen Menschen saßen, tranken und bei unserem Anblick zu tuscheln begannen. Wir steuerten auf die Bühne zu, die den gesamten vorderen Teil des großen Saales einnahm. An einem kleinen Tisch für zwei, direkt vor der Bühne, nahmen wir Platz.

„Es ist uns eine Ehre, Monsieur Serafon, Sie in unserem Haus begrüßen zu dürfen. Ich wünsche Ihnen und Ihrer Begleitung viel Vergnügen.“ Der Mann im schwarzen Anzug winkte einen Kellner heran. „Pierre steht Ihnen heute Abend zur Verfügung und wird sich um Ihr Wohlergehen kümmern.“ Sofort wurde eine Flasche Champagner geöffnet.

„Bitte, spar dir deine Begeisterung“, erstickte Alain jeglichen Versuch meinerseits, ihm zu danken, im Keim. „Champagner gehört zum Moulin Rouge, wie Lippenstift zu einer Hure. Nur die Japaner im oberen Drittel trinken Orangensaft.“ Er wies mit einer kleinen Geste auf die hinteren Ebenen, in denen sich die Menschen an den engen Tischen drängten. „Ich war schon eine Ewigkeit nicht mehr hier. Bin auf die Show gespannt.“

Und diese begann auch kurze Zeit später. Das Licht wurde gedimmt. Männer und Frauen in phantastischen Kostümen, alle mit bloßem Oberkörper, begannen auf der Bühne herumzuwirbeln. Ungläubig starrte ich auf die blanken Brüste der Tänzerinnen. So etwas hatte ich noch nie gesehen.

Alain bemerkte meine Faszination. „Die Tänzerinnen durchlaufen im Moulin Rouge ein besonderes Auswahlverfahren. Sie müssen nicht nur gut aussehen und tanzen können. Sie dürfen auch nicht mehr als Körbchengröße A aufweisen. Rumgewippe ist hier unerwünscht und wäre unästhetisch und vulgär."

Ich war mir nicht sicher, ob ich die Darbietung auf der Bühne, gegen Alains Auffassung, nicht trotzdem vulgär finden sollte. Von diesen Überlegungen wurde ich jedoch schnell wieder abgelenkt. Atemlos betrachtete ich die Kunststücke eines Zauberers, lachte über die Scherze eines Bauchredners und träumte bei den tollen Gesangseinlagen. Alain indessen ignorierte die Show auf der Bühne fast völlig und beobachtete stattdessen das Publikum oder mich.

„Welchen Tänzer würdest du bevorzugen?" Gelangweilt stellte er diese Frage. „Oder liebst du, wider Erwartung, doch eher Frauen?", ergänzte er, als ich ihn überrascht ansah.

Auf eine Antwort wartend, zog er die Augenbrauen hoch.

„Ähm, der da, mit dem Pferdeschwanz, sieht ganz nett aus", antwortete ich und wies auf einen jungen Mann, der mich entfernt an Piero erinnerte.

„Pferdeschwanz", wiederholte Alain zweideutig und lächelte.

Ich wollte etwas entgegnen, die Aussage gerade rücken, wurde aber erneut abgelenkt. Aus den Tiefen der Bühne erhob sich ein gläsernes Bassin, auf dessen Rand eine Frau saß. Wasser schwappte über, als sie sich hineingleiten ließ. Elegant begann sie sich in der Schwerelosigkeit des Wassers zu bewegen. Ich war so fasziniert, dass ich nicht mitbekam, wie Alain den Kellner heranwinkte und leise mit ihm sprach.

Ich klatschte lange, als die Vorstellung zu Ende war.

„Begeistert?", fragte Alain.

„Und wie! So etwas habe ich noch nie gesehen."

„Das freut mich. Es ist immer wieder erfrischend, Kontakt zu Menschen zu pflegen, die noch zu solcher Ekstase fähig sind."

Wir erhoben uns. Die meisten Gäste hatten den Saal schon verlassen, so dass mir die Gruppe von Fotografen im Foyer sofort auffiel. Sie drehten sich fast gleichzeitig um, als sie uns bemerkten. Als ich stockte, flüsterte Alain: „It's showtime. Lächle einfach, Nikola."

Schon stürmten die Fotografen auf uns zu. Blitzlicht zuckte auf, und wir wurden mit Fragen bombardiert. Alain blieb stehen und signalisierte damit, dass er mit einem Interview einverstanden war und antworten würde.

„Was hat Sie bewogen, nach so langer Zeit das Moulin Rouge wieder zu besuchen?" – „Wer ist der junge Mann an Ihrer Seite?" – „Gedenken Sie, sich jetzt öfter in der Öffentlichkeit zu zeigen?"

Innerhalb von Sekunden schwirrte mir von den vielen Fragen der Kopf. Doch Alain lächelte nur kühl.

„Mein Begleiter und ich haben hier einen netten Abend verbracht und uns die Show angesehen. Er ist fremd und ich zeige ihm gern die Pariser Attraktionen. Wir gedenken das in nächster Zeit öfter zu tun."

„Und wer ist Ihr Begleiter?" Gleich mehrere Reporter stellten diese Frage.

„Bei dem jungen Mann handelt es sich um Nikola Sherkow. Ich arbeite seit Neuestem mit ihm an verschiedenen Projekten."

Ich zuckte zusammen, als Alain meinen Nachnamen in einer verkürzten Form wiedergab.

„Es gibt das Gerücht, dass Sie auch zusammen leben."

„Ja, da haben Sie recht. Nikola leistet mir derzeit Gesellschaft."

„Ist er Ihre neue Muse?"

„Muse? Nein! Was ist das überhaupt? Er ist eher mein … mein Haustier."

Es folgte einen Moment Stille.

„Monsieur Sherkow, was halten Sie von dieser Aussage, dass Sie ein Haustier sind?"

Ich spürte alle Augen und Kameras auf mich gerichtet.

„Ich bin für Ihn das, was er sich wünscht", sagte ich, ohne mir über die Bedeutung der Worte, in diesem Moment im Klaren zu sein.

Wieder umfing uns Stille, so als müsse dieser Satz erst einmal verdaut werden.

„Sie haben einen ungewöhnlichen Akzent, Monsieur Sherkow.

Wo kommen Sie her?“

Alain hob die Hand. „Das beantworten wir beim nächsten Mal.“ Er setzte seine getönte Brille auf und zeigte damit das Ende des Interviews an. Er griff nach meinem Oberarm und führte mich durch die Menschenmenge. Fragen verfolgten uns, während ich an seiner Seite einher stolperte.

„Steig ein!“ Alain öffnete die Tür eines wartenden Taxis und stieß mich fast hinein. „Fahren Sie los! Sofort!“, sagte er mit ruhiger Stimme. Dann sah er abwesend aus dem Fenster.

Erst nach einigen Minuten begann er zu reden. „Das hast du gut gemacht. Nur etwas gelassener darfst du noch werden.“

„Ich bin also Ihr Haustier?“ Meine Stimme klang scharf.

„Du hast es doch bestätigt … Und was ist an einem Haustier auch so schlimm? Man umgibt sich gern mit ihm, füttert es, sorgt für es, vertraut ihm.“

Kurz verschlug es mir die Sprache. So sah er mich also.

„Und mein Name? Warum haben Sie meinen Namen so verunstaltet?“

„Darüber hatten wir schon geredet, Nikola. Die Presse hat ihn gefressen. Find’ dich damit ab!“

Wir waren vor seinem Haus angekommen. Ich öffnete die Wagentür und stürzte auf die Straße. „Ich brauche frische Luft!“

Einige Male lief ich auf dem Fußweg auf und ab. Allmählich legte sich meine Empörung. Zurück blieb nur eine dumpfe Enttäuschung. Am Tor blieb ich stehen und wartete. Eigensinnig drehte ich den Kopf weg, als Alain herankam.

„S – E – U – L - Fünf – acht – eins – neun“, sagte er und blieb neben mir stehen, ohne Anstalten zu machen, die Tür zu öffnen. Als er die Buchstaben- und Zahlenfolge wiederholte, sah ich ihn genervt an.

„Was ist das? Die Telefonnummer eines Anwaltes?“

„Nein, der Code, der diese Tür öffnet. Gib ihn ein. Ich möchte dir beweisen, dass ich dir vertraue. Was ich den Reportern sagte ist ohne Belangen. Wichtig ist, was ich weiß und was hier los ist.“ Er klopfte auf seinen Brustkorb, auf die Stelle, unter der sein Herz saß. „Nur eine handvoll Menschen kennt diesen Code. Ich möchte, dass du das weißt.“

„Soll ich jetzt dankbar sein?“, fragte ich trotzig.

„Nein. Aber ich hatte dich davor gewarnt, was dich erwartet.“

Er trat an das Ziffernblatt unter der halb versteckten Kamera und zeigte mir, wie ich den Code einzugeben hatte. Die Tür sprang mit einem Summen auf. Als ich eintreten wollte, schnellte seine Hand vor und versperrte mir den Weg.

„Ich werde es wieder gut machen. Solche Spielchen, die man zwangsläufig mit der Presse spielen muss, sollten nicht zwischen uns stehen.“ Ohne seine getönte Brille wirkte er schutzlos und verletzlich. „Glaub mir, ich werde es wieder gut machen. Bald!“

Dann trat er ein und verschwand in seinem Arbeitszimmer.

In dieser Nacht träumte ich, seit langer Zeit, wieder von Piero. Es war ein heißer Traum, der mich am nächsten Morgen mit einer ziehenden Sehnsucht in zerwühlten Laken erwachen ließ.

Die Erpressung

„Hallo, Nikola. Wie geht's so?"

Christin war am anderen Ende des Telefons. Ich hatte sie schon eine Weile nicht mehr gesehen. Alain schickte mich täglich zu irgendwelchen Fotosessions und Shows, so dass ich rund um die Uhr beschäftigt war. Während ich mit dem Taxi von einem Set zum nächsten hastete, bleib er meist zu Hause und arbeitete.

„Ich habe viel zu tun", sagte ich knapp.

„Das ist schön. Genau das hatten wir uns ja für dich gewünscht." Trotz der positiven Worte klang sie nicht glücklich.

„Die Zeitungen überschlagen sich mittlerweile. Alain ist wirklich raffiniert. Sich mit dir als gestylten Jim Morrison Double in der Öffentlichkeit zu zeigen – sogar die Haare hast du jetzt anders, oder?"

„Es war seine Idee. Ich hatte keine Ahnung, was er vorhatte."

„Ja, ich weiß, das ist typisch für ihn, aber weshalb ich wirklich anrufe … Tom hat mich gefragt, wo du bleibst und ob du nicht deine Sachen abholen willst."

„Meine Sachen? Nein, die kann er behalten. Waren eh seine."

„Und dann hat er gemeint, dass er eine Nachricht für dich hätte. Du solltest dich bei ihm melden."

„Eine Nachricht? Hat er gesagt, von wem?" Mein Herz begann plötzlich zu rasen.

„Keine Ahnung. Ruf ihn an. Und wenn du zu ihm gehst, nimm mich mit. Ich traue ihm nicht. Er klang so komisch."

„Ja, ja, mach ich", antwortete ich und war mit meinen Gedanken schon wo ganz anders. Ob es um Piero ging? Sicher war er in Paris und wollte mich sehen. Ich musste Tom anrufen, so schnell wie möglich …

„Nikola?" Christin riss mich aus meinen Träumen. „Sehen wir uns mal wieder?"

„Klar, nur heute Abend nicht. Ich gehe aus. Obwohl ich noch nicht weiß wohin. Du kennst ja Alain."

„Ich verstehe. Melde dich mal wieder bei mir."

„Mach ich. Bis bald." Ich legte auf und wählte sofort Toms

Nummer.

„Hallo?“ Seine arrogante Stimme war unverkennbar.

„Ich bin’s, Nikola.“

„Na, dass der werte Herr auch mal wieder ein Lebenszeichen von sich gibt. Ich dachte schon, man hätte dich mittlerweile vergoldet … bei deiner Beliebtheit. Jeder spricht von dir. Jeder will wissen, wer der schöne Unbekannte an Alains Seite ist. Und weißt du was? Ich könnte denen einiges erzählen.“

„Tom, deshalb ruf ich nicht an …“

„Weißt du, dass ich nur mit dem Finger schnippen muss und die Reporter würden mir den Arsch lecken, um an Informationen zu kommen. Und du weißt, dass ich eine Menge zu erzählen hätte.“

Endlich ging mir ein Licht auf. „Piero hat sich gar nicht bei dir gemeldet. Du willst uns nur erpressen? Geld ist es, was du willst?“

„Ja, ich will auch ein Stück vom Kuchen abhaben. Wegen wem bist du Alain denn unter die Augen gestolpert? Wegen mir! Weil ich dich mitgenommen hatte. Nur deshalb! Ohne mich würdest du noch immer auf den Strich gehen und Handtaschen klauen.“

„Alain weiß Bescheid“, platzte ich heraus.

„MIR DOCH EGAL!“, brüllte Tom in den Hörer. „Die Presse weiß aber noch nichts - bis jetzt.“

„Was verlangst du?“

„Eine nette, kleine Unterredung mit deinem Liebhaber.“

„Alain ist nicht mein Liebhaber.“ Wider alle Vernunft konnte ich nicht an mich halten.

„Dann will ich eben mit deinem Stecher sprechen. Nenn ihn wie du willst, meinetwegen sogar Daddy. Sag Daddy, ich will ein Gespräch unter vier Augen, um mit ihm über meine Informationen zu reden. Ich könnte sie ihm exklusiv verkaufen. Vielleicht hat er ja Interesse.“

„Ich werde es ihm ausrichten.“ Tief atmete ich ein. „Tom? Hast du was von Piero gehört?“

Ein Klicken ertönte am anderen Ende der Leitung und das Besetztzeichen dröhnte in meinem Ohr.

Er hatte mir auf meine letzte Frage nicht geantwortet. Wollte er mich hinhalten und quälen oder hatte sich Piero nach so vielen Monaten wirklich noch immer nicht gemeldet? Ich würde dieser Frage noch auf den Grund gehen. Doch zuerst musste ich Alain eine schlechte Nachricht überbringen.

Amüsier mich!

Alain runzelte leicht die Stirn, als ich ihm von meinem Gespräch mit Tom erzählte.

„Gut, ich werde mit ihm reden. Wir werden dieses Thema schneller beseitigen, als ihm lieb sein wird.“ Ein leises Lächeln breitete sich auf seinem Gesicht aus. „Aber du, Nikola, machst dich jetzt bitte bereit zum Ausgehen. Lass dir von Tom nicht den Abend verderben.“

„Und Sie? Kommen Sie nicht mit?“, fragte ich verwundert, da er keine Anstalten machte, sich aus dem Sessel zu erheben. Gelassen saß er in seinem seidenen Morgenmantel da und nippte an seinem Cognac.

In dem Moment läutete die Klingel.

„Nein, du amüsierst dich heute ohne mich. Ein junger Mann sollte unter seinesgleichen feiern. Könntest du bitte öffnen, Nikola? Ich denke, das ist deine Begleitung.“

„Meine Begleitung? Ich habe niemanden eingeladen.“ Mit einem verärgerten Seitenblick ging ich zur Sprechanlage. „Ich habe nichts dagegen, wenn Sie meine Kleidung auswählen oder mir Dinge zeigen, von denen ich nichts verstehe. Aber meine Freunde, mit denen ich feiere, suche ich mir immer noch selbst …“ Ich verstummte, als mein Blick auf den Bildschirm fiel, der den Bereich vor dem Tor zeigte. Ein junger Mann stand vor der Tür. Zuerst fiel mir das hellbraune, lange Haar auf, welches zu einem Pferdeschwanz zusammengebunden war.

„Das kann doch nicht sein“, flüsterte ich. Schnell drückte ich den Türöffner und stürmte die Treppen hinunter. Ich hatte keine Zeit, untätig im Fahrstuhl zu stehen, während Piero dort unten stand. Ich stürzte fast, als mein Körper schneller als meine Beine zum Tor eilte.

Ich erstarrte, als ich ihn in der Toreinfahrt stehen sah. Er war größer, als ich ihn in Erinnerung hatte.

„Piero“, rief ich und ein erleichtertes Lachen bahnte sich einen Weg aus meiner Brust.

Meinen Irrtum erkannte ich erst, als der Mann aus dem Schatten der Toreinfahrt in den Innenhof trat. Blaue Augen sahen mich an, statt der erwarteten Goldbraunen. Sofort zog sich mein Herz, das gerade noch vor Freude fast geplatzt wäre, zu einem harten schmerzenden Klumpen zusammen.

Ein amüsierter Zug umspielte die Lippen des Fremden. „Entschuldige, dass ich dich enttäuschen muss. Mein Name ist Gaspard. Du hast jemand anderen erwartet?"

„Nicht erwartet, nur erhofft." Die Niedergeschlagenheit drückte auf meine Stimme, so dass sie rau und tonlos klang.

„Das tut mir leid. Vielleicht kann ich dich aufmuntern? Wie ich sehe, musst du dich noch anziehen?" Sein Blick glitt über meinen Oberkörper. Ich hatte mir in der ganzen Eile nichts übergezogen.

„Ich weiß nicht, warum du hier bist, aber du wirst heute Abend garantiert nicht mehr gebraucht." Unmissverständlich zeigte ich auf die Tür, durch die er gerade eingetreten war.

„Nein", er schüttelte den Kopf. „So schnell lass ich mich nicht wegschicken. Monsieur Serafon hat mich herbestellt, und ich gehe erst, wenn ich diese Aufforderung aus seinem Mund höre. Persönlich!"

„Wie du willst." Ich drehte mich um und ging, ohne ihn weiter zu beachten, die Treppe wieder hinauf. Seine Schritte zeigten, dass er mir, wie befürchtet, folgte.

„Alain, ein gewisser Gaspard ist da. Ich geh derweil auf mein Zimmer und leg mich hin. Ich bin müde."

„Du bleibst hier!" Alains schneidender Ton ließ mich erstarren. „Ich möchte, dass du heute ausgehst, Spaß hast, was erlebst. Lass dir das Pariser Nachleben von jemandem zeigen, der sich damit auskennt. Ich möchte keine Widerworte hören! Zieh dich um. SOFORT!"

Ein Blick in sein verärgertes Gesicht ließ jeden Widerstand in mir erlahmen.

„Warum er?" Ich zeigte auf den jungen Mann, der unser Gespräch interessiert verfolgte.

„Du hast ihn dir ausgesucht. Weißt du nicht mehr? Der Tänzer im Moulin Rouge."

„Man kann Zuneigung nicht kaufen, das hast du selbst gesagt."

Alain schüttelte den Kopf. „Du sollst dich nur amüsieren. Nichts weiter. Deinen Kopf frei bekommen. Du hast in letzter Zeit zu viel gearbeitet. Sieh es als Geschenk. Er kann dir Dinge geben, die ich dir nicht bieten kann. Bitte! Nimm mein Geschenk an.“ Aus Alains Gesicht war jegliche Verärgerung gewichen. Eindringlich sah er mich an. „Mach mir die Freunde und erzähl mir später von deinen Abenteuern. Lass mich dadurch an diesen Dingen teilhaben.“

„Wenn Sie sich das wünschen, werde ich mich nicht weigern.“ Ich wendete mich ab, um mich in meinem Zimmer umzuziehen.

Ich konnte diesen beschwörenden und bittenden Ausdruck auf Alains sonst so erhabenem und ernstem Gesicht nicht ertragen. Ich wollte ihn so nicht sehen. Was machte es schon aus, wenn ich ein bisschen um die Häuser zog. Ich würde ihm später davon berichten und er würde zufrieden sein. Und dass mich dieser Gaspard so sehr an Piero erinnerte, war eh nur ein Zauber, der nach der ersten genaueren Betrachtung erloschen war.

„Trag die Hose und nimm das weiße Hemd, das am Schrank hängt.“

Alains Bemerkung, was ich heute zu tragen hatte, traf mich wie ein Tritt in die Kniekehlen. Doch er hatte recht. Was wusste ich schon, was man zu welcher Gelegenheit anzuziehen hatte. Ich hatte mich für dieses Leben entschieden, nun musste ich mich auch darauf einlassen.

Wenige Minuten später war ich ausgehbereit. Gaspards anerkennendes Grinsen zeigte mir, dass Alain bei der ausgewählten Kleidung wohl richtig gelegen hatte. Obwohl ich mich schon an die enge, unbequeme Lederhose gewöhnt hatte, fand ich das halboffene Hemd mit den Rüschen doch etwas übertrieben.

„Viel Vergnügen.“ Alain saß von uns abgewandt und starrte in die Flammen des Kamins. Er würdigte uns keines Blickes mehr.

„Zuerst zeige ich dir die hippeste Disco der Stadt“, erzählte Gaspard während der Taxifahrt. „Dort treffen sich die Reichen, die Schönen und die, welche dazugehören wollen. Dank deines Gönners müssen wir heute nicht mal vor dem Einlass warten und die Gesichtskontrolle über uns ergehen lassen.“

Er stieg aus und steuerte auf eine schwarze, glänzende Tür zu, vor der eine Menschentraube wartet. Er lief an ihnen vorbei, direkt auf den Eingang zu und redete kurz mit dem Türsteher. Dabei wies er auf mich. Dieser musterte uns und öffnete dann wortlos die Tür.

Rhythmische Musik quoll heraus und die Menschen hinter uns begannen zu drängen. Der Türsteher ließ uns eintreten und versperrte dabei für die anderen Wartenden den Eingang mit seinem breiten Körper.

„Als VIP-Gast macht es eindeutig mehr Spaß.“ Gaspard lachte, als wir die lange, mit rotem Teppich ausgelegte Treppe hinunter stiegen. Die Garderobe ließen wir links liegen und gingen gleich auf eine verschlossene Tür zu. Ein weiterer Türsteher öffnete sie uns schwungvoll.

Überrascht blieb ich stehen. Lichtblitze blendeten mich, während laute Musik wie eine Welle über mich hinweg rollte.

„Komm!“ Gaspard steuerte zielsicher eine Bar im hinteren Bereich an. Von den auf mich einstürzenden Eindrücken benommen, folgte ich. Die Tanzfläche war dicht gefüllt. Mein Blick schweifte über zuckende Leiber, die sich im Takt der Musik bewegten. Kleine Tische standen an den Seiten, an denen Gäste saßen, tranken und sich trotz der Lautstärke zu unterhalten versuchten. Neben dem DJ-Pult befanden sich zwei Käfige, in denen sich dürftig bekleidete Mädchen räkelten und vorgaben zu tanzen. Als ich endlich zu Gaspard an die Bar kam, stand schon ein Getränk für mich bereit.

„Auf den Abend“, prostete mir Gaspard zu. Er griff in seinen Nacken und zog den Haargummi heraus. Das hellbraune Haar ergoss sich über seine Schultern, und einen Augenblick musste ich dagegen ankämpfen, es nicht zu berühren.

Er lachte auf. „Ich gefalle dir!“

„Du erinnerst mich nur an jemanden.“ Ich fühlte mich ertappt und richtete meine Aufmerksamkeit auf eine Tänzerin, die nur mit einem Bikini bekleidet, an einer Stange tanzte.

„Mit dem Geld von deinem Gönner und dem Ruf, der dir vorauseilt, könntest du hier jede haben.“ Gaspard sah mich mit schief gelegtem Kopf an.

„Was für ein Ruf?“

Er lachte. „Dich interessiert dein Ruf? Nicht, was du damit bewirken kannst? Unglaublich!“

„Was soll ich denn bewirken? Ich will hier keine HABEN. Ich brauch so was nicht“, antwortete ich verärgert.

„Gut zu wissen“, zwinkerte er mir zu. „Und dein Ruf … du willst also, dass ich dir von deinem Ruf erzähle?“ Er ließ sich Zeit. Mit der Zunge befeuchtete er seine vollen Lippen. Dann sah er mir direkt in die Augen. „Du bist geheimnisvoll. Plötzlich warst du da, und keiner wusste, woher du kamst. Der erfolgreichste Modedesigner der Stadt engagiert dich und erklärt dich dann zu seinem Haustier.“ Er lachte, was mir augenblicklich die Röte ins Gesicht trieb. „Was hat das alles zu bedeuten? Und werde ich am Ende dieser Nacht wohl schlauer sein?“

„Sicher nicht!“, erwiderte ich.

Wieder lachte Gaspard. Seine Augen blitzten vergnügt. „Warten wir's ab! Willst du tanzen?“

Kaum hatte ich verneinend den Kopf geschüttelt, stand er schon auf. „Aber ich!“

Er ging auf die Tanzfläche, die von unten beleuchtet war und die Körper der Tanzenden dadurch besonders hervorhob. Er stellte sich so, dass ich ihn sehen konnte. Mit einem Lächeln, welches er sicher selbst als verführerisch bezeichnen würde, begann er zu tanzen. Man sah ihm seinen Beruf an. Die Bewegungen seines Körpers waren koordiniert, geschmeidig und kraftvoll. Dennoch verspürte ich bei seinem Anblick nicht das Gefühl, welches mich überfallen hatte, als ich noch dachte, es würde sich bei ihm um Piero handeln. Wenn er halb abgewandt tanzte, und das Haar in sein Gesicht hing, konnte mich mein Geist noch immer täuschen. Doch spätestens, wenn mich ein Blick aus seinen hellen Augen traf, verschwand die Illusion und ließ eine herbe Enttäuschung zurück.

„Hi.“ Eine dunkelhaarige Schönheit, mit einem offenherzigen Dekolleté, setzte sich neben mich. „Möchtest du mir was zu trinken spendieren?“

„Eigentlich nicht“, entgegnete ich spontan.

Sie lachte auf eine unnatürliche, hohe Art. „Na, du bist mir ja ein richtiger Charmeur."

Ich beachtete sie nicht weiter, sondern beobachtete lieber Gaspard, der scheinbar eine Show für mich abzog. Zwei Mädchen hatten sich zu ihm gesellt und tanzten mit aufreizenden Bewegungen um ihn herum. Ihr intensiver Körperkontakt wirkte im Stakkato des Lichtes wie eine Orgie. Als ein Mädchen ihr zuckendes Becken an Gaspard presste, sah er mich mit einem herausfordernden Grinsen an. Seine Hüften kreisten.

„Hast du heute schon was vor, Süßer?" Das Mädchen neben mir ließ nicht locker. „Ich könnte dir ein paar besondere Dinge zeigen."

Ihre Hand glitt meine Schulter hinauf und schlüpfte unter den Stoff meines Hemdes. Dabei begann sie über meine Brust zu streichen.

„Du bist hier unerwünscht", fuhr Gaspard sie von der Seite an. Er war blitzschnell bei uns aufgetaucht und riss ihre Hand mit einer heftigen Bewegung weg.

„Uh, eifersüchtig?", flötete sie. „Es ist doch genug für euch beide da."

„Verschwinde, Schlampe!" Seine Augen sprühten Funken. Sich das Handgelenk reibend und vor sich herschimpfend, trollte sich die Dunkelhaarige.

„Bei diesen Weibern muss man echt aufpassen."

„Wieso? Was hat sie denn anderes getan als diese Zwei?" Ich nickte in Richtung der beiden Mädchen, die noch immer tanzten und uns ab und zu einen Blick zuwarfen. „Sie warten doch nur darauf, dass es mit der ménage à trois auf der Tanzfläche weitergeht."

„Der Herr beherrscht aber ein elegantes Französisch", spottete Gaspard. „Die Schlampe eben, hat dich erkannt und wollte dich abschleppen. Morgen hättest du sicher ihren Bericht in der Zeitung lesen können. Die Zwei dort wollen nur ihren Spaß. Du solltest den Unterschied erkennen können, bevor du dich darauf einlässt."

„Ich erkenne den Unterschied, glaub mir. Ich habe dich schon von Anfang an richtig eingeschätzt."

Wie zwei Stiere, kurz vor dem Angriff, standen wir uns gegenüber. Die Luft zwischen uns schien elektrisch aufgeladen.

„Ich brauche keinen Aufpasser", zischte ich. „Du sollst nur dafür sorgen, dass ich mich unterhalte. Nichts weiter. Nur dafür bezahlt dich Alain. Los, amüsier mich!"

Ich hatte keine Ahnung, woher diese Wut kam, die plötzlich in mir aufstieg. Ich ballte unwillkürlich die Faust, bereit, sie diesem Typen ins Gesicht zu schlagen.

Gaspards Lippen verzogen sich zu einem belustigten Grinsen. „So gefällst du mir, Glutauge. So feurig und heiß. Bereit, zuzustoßen. Zzzz …" Er leckte seine Fingerkuppe und strich mir damit über das Schlüsselbein. Dabei tat er so, als würde sein Speichel verdampfen.

„Komm! Ich zeige dir etwas, was dich ganz bestimmt amüsieren wird." Mit einem geheimnisvollen Lächeln winkte er mich zum Ausgang.

„Es ist nicht weit, wir können laufen", meinte Gaspard und bog in eine Seitenstraße ab.

„Sag mal", begann er, als wir eine Weile stumm nebeneinander her gegangen waren. „Wie ist es denn, wenn man in einem Musikvideo von Elisbeth mitspielt?" Neugierig sah er mich an. „Weißt du, für einen Tänzer wie mich, wäre es die Krönung meiner Karriere."

Vor einiger Zeit hatte ich eine kleine Rolle in einem Video von Frankreichs derzeit angesagtesten Popsängerin erhalten. Obwohl es noch nicht ausgestrahlt wurde, hatte meine Teilnahme sich scheinbar rumgesprochen.

„Was soll ich dir erzählen?", erzählte ich zögernd. „Man sagt dir, was du tun sollst, und du tust es. Nichts Besonderes. Ich musste noch nicht einmal tanzen, nur rumstehen und verträumt auf die Seine schauen. Diese Elisbeth hat so getan, als würde sie singen, dabei kam die Musik vom Band. Wirklich keine Arbeit, die viel Können erfordert."

Gaspard sah mich mit einem neidischen Blick an. „Du hast gut reden. Ich würde ein Bein dafür geben, um so eine Chance zu bekommen."

„Behalte dein Bein lieber. Ohne das wärst du als Tänzer arbeitslos."

„Ja, da hast du wohl recht. – Nikola?" Er sah mich eindringlich an. „Könntest du mir helfen, da reinzukommen? Ein gutes Wort für mich einlegen? Die brauchen bei solchen Produktionen doch immer Leute, die tanzen können." Es schien ihm nicht wirklich unangenehm zu sein, mich darum zu bitten. Sein Wunsch auf Karriere war zu stark, um irgendwelche Hemmungen oder Bedenken zu haben.

Umso unangenehmer war mir jedoch die Antwort, die ich ihm geben musste. „Ich habe keine Ahnung, mit welchen Leuten man da reden muss. Ich habe für diese Sachen Alain. Er regelt das."

„Verstehe. So ein Mäzen ist unbezahlbar. Sprichst du vielleicht mal mit Alain?"

„Ich kann es versuchen", antwortete ich ausweichend. Ich wusste jetzt schon, dass ich es nicht tun würde. Nachdem ich mit Alain eh kaum sprach, würde so ein Thema sicher nie auf den Tisch kommen.

„Du bist so ein Glückspilz." Gaspards Stimme tropfte vor Neid.

„Alles hat seinen Preis", antwortete ich. „Ohne meine Vergangenheit wäre er sicher nicht auf mich aufmerksam geworden." Ich verstummte, als ich Gaspards neugierigen Blick auf mir spürte.

„Du wirst mir nichts erzählen", schlussfolgerte er nach einigen Sekunden. „Es muss schwer sein, mit so einem Mann zusammen zu leben und niemanden zum reden zu haben."

„Vielleicht." Meine Antwort fiel vorsichtig aus. Ich hatte schon viel zu viel preisgegeben.

„Wir sind fast da. Siehst du? Dort vorn."

Wir liefen gerade an der Uferpromenade der Seine entlang. Unter einer Brücke sah man eine regenbogenfarbene Neonschrift über einer unscheinbaren Tür leuchten.

„Ich zeige dir heute einen besonderen Insider-Club. Der wird dir sicher gefallen. Aber pass auf, lass dich nicht anquatschen und bleib an meiner Seite."

„Scheint gefährlich zu sein."

„Nur, wenn man will." Gaspard zwinkerte mir zu und klopfte an die Tür. Eine kleine Klappe wurde geöffnet und ein paar finstere Augen erschienen.

„Bonsoir", sagte Gaspard freundlich, worauf die Klappe wieder geschlossen wurde. Dafür öffnete sich die Tür. Gemeinsam traten wir ein. Der Gang, den wir entlangliefen, war schmucklos und kahl. Vereinzelt standen Leute umher und unterhielten sich. Mit jedem Schritt wurde ein rhythmisches Wummern lauter, das entfernt an Musik erinnerte. Der Gang erweiterte sich zu einem schlecht erhellten Vorraum. Als sich eine der abzweigenden Türen öffnete, quoll Musik heraus. Gaspard nickte mir zu und wir traten ein.

Dieser Club unterschied sich zu dem anderen höchstens darin, dass er nicht so übertrieben luxuriös ausgestattet war. Auch war das Licht hier etwas düsterer, nur eine Discokugel an der Decke verströmte kleine Lichtflecken. Ansonsten tanzten hier ebenfalls Menschen zu laut aufgedrehter Musik. An einer Bar, die sich über die eine gesamte Seite erstreckte, befanden sich Barhocker, auf denen man sitzen und den Tanzenden zuschauen konnte. In der Mitte der Tanzfläche erhob sich ein kleines Podest, auf dem ein Tänzer, nur mit einer engen Hose bekleidet, aufreizend tanzte.

„Und? Besser?“ Gaspard reichte mir ein Getränk und prostete mir zu. „Vielleicht fühlst du dich hier ja wohler.“

„Wieso sollte ich?“ Mein Blick blieb an einem Paar auf der Tanzfläche hängen, welches engumschlungen, in einen Liebesakt vertieft zu sein schien.

„Vielleicht deshalb.“ Gaspard grinste. Bei dem Paar handelte es sich um zwei Männer.

„Und? Zu viel versprochen?“

Weitere Tänzer fielen mir auf, die sich in eindeutigen Posen auf der Tanzfläche zu umwerben schienen. Auch bei den Paaren, die sich küssend an den Wänden herumdrückten, handelte es sich ausschließlich um Männer. Ein aufregendes Kribbeln breitete sich in meinem Unterleib aus.

„Hier ist alles erlaubt. Keine falsche Moral, keine festgesteckten Grenzen. Hier ist das Paradies. Genieße es, koste es aus.“ Er trank sein Glas in einem Zug aus und ich tat es ihm nach.

„Wirf alle Bedenken über Bord und lebe!“ Er zog mich auf die Tanzfläche und begann um mich herumzutanzen. Auch mich erfasste der Rhythmus. Ich schaltete meinen Kopf einfach aus und setzte die pulsierende Musik, ohne nachzudenken, in Bewegung um. Nur wenige Minuten später klebte der Stoff des Hemdes an meiner schwitzenden Haut.

Auf dem Podest in der Mitte tanzten jetzt zwei Männer. Oder hatte ich es vorhin nur nicht richtig wahrgenommen und mein Verstand hatte es ausgeblendet? Ich wusste es nicht. Der eine kniete vor dem anderen und schien ihn mit dem Mund zu verwöhnen, während der andere fickende Bewegungen zum Takt der Musik ausführte.

Ich rieb mir mit den Händen übers Gesicht und traute meinen Augen kaum. Doch ich konnte mich nicht weiter auf diese Szene konzentrieren. Gaspard zog gerade sein T-Shirt aus und warf es im hohen Bogen über die Tanzfläche. Kurz sah er mich mit seinen hellen Augen an, dann schloss er die Lider und gab sich wieder der Musik hin.

Hellbraune Haarsträhnen hafteten an seinem sehnigen Oberkörper. Ich verfolgte das Spiel seiner Muskeln unter der Haut. Jetzt, wo er so ungekünstelt und völlig vertieft tanzte, erinnerte er mich wieder extrem an Piero.

Unwillkürlich streckte ich meine Hand aus und strich ihm das feuchte Haar aus dem Gesicht. Er sah mich an und lächelte. Dann fasste er nach meinem Hemd und riss es mir ebenfalls mit einer schnellen Bewegung über den Kopf. Kurz musterte er mich. Dann schloss er die Augen und begann, mit seinen Händen über seinen Körper zu gleiten. Es wirkte, als liebkose er sich selbst. Gebannt beobachtete ich ihn. Es war ein erhebendes Schauspiel. Sein athletischer Körper zuckte unter seinen Berührungen, als wäre er Stromschlägen ausgesetzt. Plötzlich hob er den Kopf und lachte lauthals. Ich merkte erst jetzt, dass ich aufgehört hatte zu tanzen, einfach nur da stand und ihn anstarrte.

„Ich finde es nicht schlimm, wenn du etwas betrachtest, was du gern besitzen möchtest“, flüsterte er mir in Ohr. „Komm!“ Er zog mich zu einem Durchgang. Hier war es noch finsterer. Ich nahm die Menschen um mich herum eher körperlich wahr, als dass ich sie wirklich sah. Aber ich hatte sowieso nur Augen für Piero … nein, Gaspard, verbesserte ich mich erschrocken.

Was war nur los mit mir?

Gaspard drückte mich an die kühle Wand und legte seine weichen Lippen auf meine Schulter. Sanft küsste er die Kuhle meines Schlüsselbeins. Die Wirkung, die diese Berührung auf mich ausübte, konnte ich weder vor mir, noch vor ihm verheimlichen. Geübt fand seine Hand meinen Schritt und massierte mein schwellendes Glied. Seine Lippen wanderten über meinen Hals und saugten sich an der weichen Haut fest.

Meine Finger fuhren in sein langes Haar, und ohne darüber nachzudenken zog ich sein Gesicht zu mir heran und küsste ihn. Seine Zunge umspielte meine, während er weiter meinen Schwanz durch die Hose hindurch rieb. So etwas hatte ich noch nie erlebt. Er machte mich wild. Gierig stieß ich meine Zunge in seinen Mund und erkundete seine Mundhöhle.

„Oh, Piero", stöhnte ich zwischen den Küssen.

„Gaspard", verbesserte er mich murmelte. „Darauf muss ich schon bestehen, wenn hieraus mehr werden soll."

Diese Worte schalteten mein Gehirn wieder an. „Oh, entschuldige", stotterte ich.

„Kein Problem. Kann ja mal vorkommen." Dicht stand er vor mir und sah mir in die Augen. Ich konnte seinem Blick nicht ausweichen, und eine seltsame Befangenheit breitete sich in mir aus.

„Ich glaube, wir sollten gehen." Gaspard zog mich an der Hand Richtung Ausgang. Widerstandslos folgte ich ihm, unfähig zu verstehen, was gerade mit mir passiert war.

Draußen strich der warme Nachtwind über meine schweißnasse Haut. Gaspard zog mich zu einer Mauernische unter der Brücke.

„Wo waren wir gleich stehen geblieben?", flüsterte er und presste seinen Körper an meinen.

„Ich weiß nicht, ob …"

„Du weißt nicht, ob du mich scharf findest? Das sah vorhin ganz danach aus." Ein Windstoß fuhr in sein Haar und wehte es in sein Gesicht. Dies erweckte in mir erneut eine Illusion, von der ich schon so viele Nächte geträumt hatte. Als er mich wieder zu küssen begann, zögerte ich nicht, sondern entgegnete seinen Liebkosungen heißhungrig. Eine Gier ergriff Besitz von mir, die ich so noch nie gespürt hatte. Gaspards Hände fuhren über meinen Körper und entfachten diese Gier noch mehr. Willig drehte er sich um, als ich ihn an die Wand drückte und an seiner Hose zu zerren begann. Ich wollte mehr, ich wollte endlich alles. So lange hatte ich darauf gewartet.

Ich spürte seine heiße Haut unter meinen Händen, vergrub mein Gesicht in seinem Haar.

„Ich habe dich so vermisst, Piero", flüsterte ich heiser. Mein steifes Glied schmerzte vor Begehren, als ich es an ihn presste.

„Nicht Piero! Gaspard!", verbesserte er mich genervt. Schlagartig erlosch die Täuschung, der ich mich gerade eben noch bedenkenlos hingegeben hätte. Ich sah den jungen Mann, den ich erst heute kennengelernt hatte, roch seinen fremden Duft, spürte seine Haut …

Erschrocken sprang ich zurück.

„Was ist los? Warum hörst du auf? Mach doch weiter."

„Ich … ich kann nicht." Ein Zittern erfasste meinen Körper.

„Los, weiter!" Er zog mich an sich.

„Nein!"

Ich hatte die Wut, die mich jetzt wie ein Tiger ansprang, heute schon einmal erlebt. Unwillkürlich ballte ich meine Faust.

„Hol ihn raus und stoß' mich. Dafür bezahlt mich doch dein Gönner. Los! Tu es endlich!", forderte er.

Mein Gehirn schaltete sich aus. Zorn überflutete es, wie ein umgefallener Eimer mit roter Farbe. Ich hob die Faust und schlug sie ihm mit voller Kraft ins Gesicht.

Gaspard taumelte und hielt sich die Nase. Blut quoll zwischen seinen Fingern hervor.

„Scheiße, Mann. Was soll das denn?"

„Ich … ich hatte dich gewarnt. Ich hatte NEIN gesagt."

„Verdammt, und deshalb musst du mir gleich die Nase brechen? Gerade eben hast du es nicht erwarten können, mich zu ficken … He, warte, wo willst du hin?"

Ich hatte mich umgedreht und lief zur Treppe, die zur Straße hinauf führte.

„Ich ruf mir ein Taxi“, antwortete ich. In mir war keine Reue. Sollte er seine Nase doch von einem anderen willigen Typen richten lassen.

„Ich komm mit.“ Gaspard rannte hinter mir her.

„Vergiss es, der Abend ist gelaufen“, raunzte ich ihn unhöflich an.

„Dafür, dass du beinah deinen Schwanz in mich gesteckt hättest, bist du jetzt aber ganz schön unhöflich. Ich verlange einen Zuschlag. Dafür, dass du mir meine Visage demoliert hast, war das Honorar zu niedrig.“

Ich winkte ein Taxi und setzte mich hinein. Gaspard folgte mir unaufgefordert. Vor Alains Haus stiegen wir aus. Ich klingelte Sturm, bevor ich den Code eingab und die Tür öffnete. Dann stürmte ich die Treppe hinauf.

„Meine Verabredung möchte mit dir noch etwas Finanzielles regeln“, sagte ich zu Alain, der am riesigen Esstisch stand und arbeitete. Ohne Gaspard einen letzten Blick zu gönnen, rannte ich in mein Zimmer und warf die Tür ins Schloss.

Achtlos streifte ich mir die Kleidung ab und ging ins Bad.

Ich fühlte mich schmutzig, missbraucht, besudelt. Was war nur mit mir los gewesen, dass ich mich wie ein Tier aufgeführt und beinah einen Fremden gefickt hätte? Mein Gehirn hatte mir eine andere Person vorgegaukelt, und ich wäre beinah darauf reingefallen.

Mir war kalt und wieder erfasste mich ein Zittern, das meinen gesamten Körper beben ließ. Ich stellte mich unter die Dusche und drehte das Wasser so heiß, wie ich es aushielt. Es prasselte auf meinen Rücken. Dennoch hatte ich das Gefühl, dass der Schmutz noch immer an mir haftete, wie eine klebrige Paste.

Hektisch begann ich mich mit Seife abzuschrubben. Meine Finger fuhren über meinen Hals, wo mich Gaspards Lippen berührt hatten, über meine Schultern und ertasteten die unebenen Narben auf meinem Rücken, wo sie kurz verharrten.

Mea culpa, mea maxima culpa …

Eine Nacht voller Wörter

… Ideo precor beatam Mariam semper Virginem, omnes Angelos et Sanctos, et vos, fraters …

Hände berührten mich, glitten über meinem Körper, peinigten meine Seele.

“…ad Dominum Deum nostrum”, schluchzte ich.

Wann würde dieser Albtraum endlich aufhören? Hatte ich nicht schon genug gebüßt? Die Hände ließen mich nicht in Ruhe. Sie zerrten an mir, während der kalte Regen auf meinen Rücken prasselte und mein geschundener, gefesselter Körper, zu keiner Regung fähig, am Baum hing.

„Mea culpa, MEA MAXIMA CULPA“, schrie ich meine Qual heraus.

Ein Schlag traf meine Wange und fegte meinen Kopf gegen die Wand. Meine Augenlider flatterten. Eisblaue Augen sahen mich an.

„Ich habe nichts getan. Ich … ich … Mea culpa …“

„Nikola. Komm zu dir!“

Wieder traf mich ein Schlag. Abwehrend hob ich die Hände vors Gesicht. Wieso waren sie nicht gefesselt? Unkontrolliert begann ich, um mich zu schlagen. Ich hörte jemanden auf Französisch fluchen. Dann wurden meine Handgelenke gepackt.

„Nein, nein“, stammelte ich und verschluckte mich, als mir etwas kleines Rundes zwischen die Lippen gedrängt wurde. Eine Hand legte sich auf meinen Mund, damit ich es nicht ausspucken konnte. Eine zweite Hand hielt mir die Nase zu. Im Versuch den Händen auszuweichen, schluckte ich die Pille hinunter.

„Gleich wird es dir besser gehen.“

Der Regen versiegte mit einem quietschenden Geräusch und ein weiches Handtuch schmiegte sich um meinen Körper.

„Komm, komm ins Bett.“

Zitternd folgte ich der sanften Aufforderung. Weiche Decken umfingen mich und eine warme Hand strich mir das feuchte Haar aus der Stirn. Meine Aufregung legte sich. Das sich endlos wiederholende Gebet in meinem Kopf verstummte mit einem Schlag, und ein benommenes Gefühl, unendlicher Zufriedenheit gleich, legte sich über meinen aufgewühlten Geist.

„Es wird besser, spürst du es? Alles ist gut. Du konntest nichts dafür. Es war allein meine Schuld. Ich hatte dem Jungen gesagt, dass er dich aus der Reserve locken sollte. Ich hatte ihm eine Prämie versprochen, wenn er es schafft. Bei mir allein liegt die Schuld, dass der Abend so enden musste. Verzeih mir!"

Alain saß neben meinem Bett und hatte die Arme auf seine Knie gestützt. Sein Kopf hing müde zwischen seinen Schultern. „Ich hatte gedacht, ich könnte dich dazu bringen, wieder mehr Lebensfreude zu zeigen und Freude an erotischen Spielen zu finden. Du bist noch so jung. Du solltest Spaß haben. Nicht so wie ich. Ich habe mein Leben vergeudet. Meine besten Jahren habe ich vergeudet. Durch dich wollte ich einen Geschmack davon bekommen, wie es wohl gewesen wäre, wenn … Aber ich habe, wie immer, nur an mich gedacht …"

„Ich geb' dir keine Schuld", flüsterte ich. Das Wohlgefühl hatte sich noch weiter in mir ausgebreitet und erweckte den Eindruck, als würde ich schweben.

„Ich wollte dir eine Freude machen, dich mit diesem jungen Mann überraschen, an dem du doch eindeutig Gefallen gefunden hattest. Woher sollte ich denn ahnen, dass er so hartnäckig sein Ziel ansteuert?"

„Das war es nicht. Gaspard hat alles richtig gemacht. Der Fehler liegt bei mir."

Und dann berichtete ich das erste Mal einem anderen Menschen von meinen Erlebnissen. Emotionslos spulte ich sie ab, erzählte von Piero, von meiner Erkenntnis, dass ich keine Frauen lieben könnte, von der Aufdeckung meiner Vorlieben durch den Clan, meiner Bestrafung und Austreibung …

Während ich redete, beobachtete ich die psychedelischen Kreise, welche sich an der Decke drehten, ineinander liefen und seltsame Formen bildeten.

„Ist das nicht wunderschön?"

Alain hob den Kopf und sah mich irritiert an. „Was?"

„Diese Farben!“

Er strich mir über die Stirn. „Das ist die Tablette. Die Wirkung wird bald verfliegen.“

„Dann muss ich mich beeilen. Ich glaube nämlich, dass ich jetzt bereit bin.“

„Bereit für was?“

Ich fegte die Decke weg.

„Dafür.“ Ich strich mir mit einer Hand über meinem Körper. „Ich möchte, dass es aufhört. Willst du mir dabei helfen?“

Dann ergriff ich seine Hand und führte sie über meinen Bauch, hinab zu meinem steifen Glied.

„Weißt du, ich träume oft davon. Aber seit meiner Bestrafung habe ich es nie wieder versucht.“

Ich stöhnte enttäuscht auf, als Alain seine Hand zurückzog. Das Feuer in mir brannte viel zu heiß, als dass ich einfach aufhören konnte. Obwohl Alain seine Mithilfe verweigerte, saß er noch immer neben mir und beobachtete mein Tun.

Mit dem Bild, wie er in dem Sessel saß, die Beine lässig übereinander geschlagen, schloss ich meine Augen und begann mich zu stimulieren.

In dieser Nacht machte ich den ersten Schritt zur psychischen Genesung. Da war ich mir sicher. Das Ritual hatte keine Macht mehr über mich. Die Zeit, in der ich intime Berührungen nicht ertragen konnte, war ein für alle Mal vorbei.

Ich war mir durchaus bewusst, dass Alain mich beobachtete, als ich mich umdrehte und in die Matratze zu pumpen begann. Ich spürte seine Augen, wie Finger über meine Haut gleiten und an meinem Gesäß hängen bleiben.

Es war unglaublich, ihn in meiner Nähe zu wissen, ihn teilhaben zu lassen und zu ahnen, dass er die Bilder, die ich ihm lieferte, genau so genoss wie ich.

Unter atemlosem Keuchen krümmte ich mich und ergoss mich in die zerwühlten Laken. Still blieb ich liegen und spürte dem Zucken meines Schwanzes nach.

Während ich dalag, dämmerte ich weg. Ich fühlte mich wohl, gelöst, frei. Ich hatte nicht zu hoffen gewagt, dass ich mich in meinem verfluchten Leben noch einmal so wunderbar fühlen würde. Mit einem Lächeln auf den Lippen versank ich in einen traumlosen Schlaf.

Champs Élysées

„Ich warte jetzt schon seit einer halben Stunde“, sagte Christin mit einem tadelnden Unterton. Sie umarmte mich und gab mir auf jede Wange einen Kuss. Wir hatten uns in einem Straßencafé auf dem Les Champs verabredet.

„Tut mir leid. Mein Lehrer hat mich nicht weggelassen. Er hat darauf bestanden, dass ich die angefangene Lektion beende.“

„Dein Lehrer?“

„Alain zwingt mich lesen und schreiben zu lernen. Hab ich dir das noch nicht erzählt?“

„Nein, hast du nicht!“

Ich griff nach der Speisekarte und grinste Christin an. „Ich kann jetzt selbst entscheiden, was ich bestelle. Max sagt, ich mache großartige Fortschritte.“

„Max?“

„Na, mein Lehrer. Er sagt, wenn ich so weitermache, kann ich in wenigen Wochen die Führerscheinprüfung machen. Alain fiebert dem Augenblick schon lange entgegen.“

„Wirst du jetzt auch noch sein Chauffeur?“

„Alles, was er will.“

Ich grinste glücklich. Ich konnte einfach nichts dagegen unternehmen. Seit der Nacht, in der ich Alain alles erzählt hatte, fühlte ich mich wunderbar befreit. Es war, als wäre eine große Last von meinen Schultern genommen wurden.

„Du siehst gut aus.“ Christin sah mich skeptisch an.

„Danke, so fühle ich mich auch. Und, was gibt's Neues? Wir haben uns ja schon so lange nicht mehr gesehen.“

„Ja, du hast überhaupt keine freie Minute mehr.“

„Christin“, sagte ich. „Ich arbeite, das weißt du doch. Jetzt, wo Alain seine neue Kollektion vorbereitet, schickt er mich zu anderen Leuten, Fotografen, Künstlern, du weißt schon. Ich bin den ganzen Tag beschäftigt.“

„Und mit gewissen Hilfsmitteln schaffst du das auch, oder?“ Christin nickte wissend auf das Glas Champagner, was ich mir bestellt und schon zur Hälfte geleert hatte.

„Ach komm, ich brauche keine Hilfe. Du weißt doch, ich werde einfach nur fürs rumstehen und verträumt gucken bezahlt. Mehr wollen die nicht von mir. Das hätte ich früher nie für möglich gehalten."

„Das hier auch nicht. Alkohol am Vormittag. Es gab eine Zeit, da hast du nichts vertragen, erinnerst du dich?"

„Zeiten ändern sich eben."

„Ja, und Menschen auch. Weißt du noch, wie du mir aufgetragen hast, ich sollte dir sagen, wenn mir was an dir auffällt?" Besorgnis schwang, wie eine leise Glocke, in ihrer Stimme.

„Was soll ich denn tun?", erwiderte ich, und ignorierte ihre Frage einfach. „Jeder will mit mir arbeiten. Alain beschwert sich schon, dass ihm die Telefonate und Anfragen zu viel werden."

„Nun, eigentlich ist das Planen deiner Aufträge und Buchungen ja auch mein Job", antwortete sie. „Aber mein lieber Chef gibt die Angelegenheiten um sein persönliches Haustier nicht aus seiner Hand."

Ich ging auf ihre versuchte Kränkung nicht ein. Über diesen Punkt war ich längst hinaus. Was Alain in der Öffentlichkeit über mich sagte, war dermaßen gegensätzlich zu dem, was er mir in privaten Momenten zu verstehen gab, dass mich solche Dinge überhaupt nicht mehr berührten.

„Bist du nun doch eifersüchtig?" Ich zog ihre Hand zu mir heran und drückte ihr einen Kuss auf den Handrücken. Ein paar Mädchen am Nachbartisch schauten zu uns herüber und kicherten.

„Nein." Sichtlich verlegen, aber auch ein bisschen geschmeichelt, nahm sie meine Umwerbung entgegen. „Es ist nur so, dass ich über euch erstaunt und verwundert bin."

„Über uns?"

„Na, dich und Alain. Weißt du, ich kenne Alain nun schon eine ganze Weile als den eisigen, arroganten Kotzbrocken von einem Chef. Ich will nicht behaupten, dass er es nicht immer noch ist, aber er hat sich verändert. Er ist nicht wirklich sanfter geworden, aber doch irgendwie gelassener, ausgeglichener. Er lässt die Menschen um sich herum nicht mehr so knallhart auflaufen, wenn ihm etwas missfällt. Manchmal sieht er sogar lächelnd aus dem Fenster. Einfach so. Er sitzt da und träumt. Das habe ich vorher nie bei ihm erlebt."

Es war schön, so etwas aus dem Mund eines außen stehenden Beobachters zu hören.

„Tja, mein Einfluss", lächelte ich. „Obwohl ich nicht wirklich weiß, wie ich das geschafft haben soll. Ich sitze ihm oft stundenlang gegenüber, während er arbeitet und kein Wort mit mir redet. Letztens habe ich meine Kaffeetasse zwischen seine Skizzen gestellt, an denen er gerade saß. Er tat so, als würde er es nicht bemerken. Er ignoriert mich, so als wäre ich nur seine Katze oder irgend so was."

„Du hast wirklich keine Ahnung, oder?" Prüfend sah sie mich an. „Weißt du, was man munkelt?" Christin ließ sich Zeit. Sie musterte mein Gesicht genau, als sie weiterredete. „Man sagt, er hätte dich als seinen Erben eintragen lassen."

„Erben?"

„Na ja, er hat keine Kinder, keine Familie. Irgendjemand sollte sein Vermögen doch bekommen, wenn er nicht mehr ist. Hat er dir davon nichts gesagt?"

„Nein! Über solche Dinge reden wir nicht. Wir reden ja sowieso kaum. Und warum sollten wir auch? Alain und sterben? Was ist das denn für ein blöder Gedanke?" Verärgert lehnte ich mich zurück. „Geld! Das ist es, was die Leute interessiert, nichts weiter."

„Das sind eben die Gerüchte, welche so erzählt werden." Christin beugte sich noch ein wenig weiter vor, die Ellenbogen auf den kleinen Tisch gestützt. „Und weißt du, was man noch erzählt?" Sie machte eine effektvolle Pause.

„Noch mehr Quatsch?" Ich zerstörte die von ihr kunstvoll aufgebaute Spannung mit einem lauten Lachen.

„Tom hatte einen Unfall", platzte sie heraus.

„Tom?" Uninteressiert sah ich zur Seite. „Denkst du, dass will ich wissen?"

„Nun, es klingt alles sehr mysteriös", redete sie einfach weiter. „Es soll ihn richtig schlimm erwischt haben. Er hatte wohl Glück, dass er keine Narben im Gesicht zurückbehalten wird. Das hätte das Aus für seine Karriere bedeutet. Und das Komischste sind wohl die Geschichten, die er über den Hergang des Unfalls erzählt. Klingt alles sehr widersprüchlich."

Ein ungutes Gefühl breitete sich in mir aus. Tom hatte Alain doch mit der Freigabe von Informationen über mich erpressen wollen. Damals hatte Alain es mit einem Schulterzucken abgetan und gesagt, er würde sich darum kümmern. Und kurze Zeit später hatte Tom einen rätselhaften Unfall?

Sicher waren das nur verrückte Zufälle. Dummes Gerede, wie bei dem angeblich, an mich überschriebenen Erbe. Trotzdem machte mich diese Nachricht nachdenklich.

„Mir scheint, als ob Tom Feinde hat", begann Christin erneut.

„Wundern tät es mich nicht, bei diesem Arsch", antwortete ich und sah auf die dahinschlendernden Menschen. „Aber lass uns das Thema wechseln. Ich würde dir gern zeigen, dass ich noch immer der Alte bin. Luxus interessiert mich nicht … und das hier …" Ich trank den letzten Schluck Champagner aus. „Das ist mir auch nicht wichtig." Ich legte einen Schein unter den Aschenbecher und stand auf. „Komm, ich zeig dir etwas, dass dich aufmuntern wird."

Ich hatte schon eine Idee. Nun musste ich nur noch die richtige Person zum Mitspielen finden. Und die gab es hier auf der Champs Élysées zuhauf. Ich hatte es nicht auf die dahinschlendernden Touristen abgesehen. Die Zeit, wo ich mit denen Geschäfte gemacht hatte, war ein für allemal vorbei. Ich suchte nach jemand anderen.

Während wir den Gehsteig entlang bummelten, erblickte ich diesen Menschen in Form einer aufgedonnerten, blondierten Mittsechzigerin. Sie trug eine Handtasche am Arm, aus der ein winziges Hündchen herausschaute. An der anderen Hand trug sie mehrere vollgestopfte Einkaufstaschen. Die Frau stöckelte auf eine wartende Limousine zu. Ihr sonnenbebräuntes Gesicht versteckte sie hinter einer riesigen Sonnenbrille, die ihr das Aussehen einer Fliege mit Perücke gab.

„Bleib stehen und genieße das Schauspiel, das sich dir gleich bieten wird. Es ist eine Rarität, denn das Supermodel Nikola Sherkow -

das bin übrigens ich - tut so etwas eigentlich nicht mehr“, sagte ich. Dann steuerte ich auf die Blondine zu.

Als ich an ihr vorbeilief, rempelte ich einen Touristen an, der ihr vor die Füße stolperte. Der Mann lief nach einer gemurmelten Entschuldigung weiter. Doch die Frau geriet auf ihren hohen Absätzen ins Straucheln. Um nicht umzuknicken und hinzufallen, ruderte sie mit dem Arm, an dem ihre Einkäufe hingen. Die Tasche mit dem Hündchen drückte sie eng an sich. Schnell trat ich an ihre Seite und griff ihren Ellbogen.

„Pardon, kann ich Ihnen helfen?“

Die Henkel einer Tasche rissen und der Inhalt fiel auf den Bürgersteig.

„Diese unmöglichen Touristen“, schimpfte sie und sah auf die Bescherung zu ihren Füßen.

„Keine Sorge, ich helfe Ihnen.“ Ich ging vor ihr auf die Knie und reichte ihr die herausgefallenen Dinge hinauf.

„Merci beaucoup. Die Menschen sind heutzutage so unhöflich.“ Umständlich verstaue sie die Sachen in ihren anderen Einkaufstaschen. Es war unglaublich, was sie alles eingekauft hatte. Neben mehreren Parfüms, Cremes und anderen kosmetischen Produkten, reichte ich ihr einen seidenen Schal und Hundekuchen, die wie Pralinen verpackt waren.

„Ich glaube, wir haben alles“, sagte ich und lächelte sie an.

„Was hätte ich nur ohne Sie gemacht?“ Sie strahlte und reichte mir ihre Hand zum Abschied. Elegant hauchte ich ihr einen Handkuss darauf.

„Und? Was sollte das jetzt?“, empfing mich Christin. „Wolltest du mir damit beweisen, dass du auch bei reichen, alten Damen Chancen hast?“

Wortlos hielt ich ihr etwas Rotes entgegen, das entfernt wie ein Armband aussah. Es war mit Diamanten besetzt.

„Was ist das?“

„Für dich. Ich bestehle keine Menschen mehr. Aber ich fand, dass der Hund so ein Halsband eh nicht zu schätzen wusste.“

„Bist du verrückt? Du hast dem Schoßhündchen das Ding vom Hals geklaut?“

„Pst! Nicht so laut!“ Ich zog Christin lachend hinter mir her. „Ich konnte einfach nicht anders, das Hündchen war so süß. Es hat mir sogar die Hand abgeleckt. Jetzt sag noch einmal, dass ich mich verändert habe.“

„Ich werde mich hüten, irgendwas zu sagen. Wer weiß, was du dir sonst noch alles einfallen lässt. Das steh ich nicht durch!“ Nun lachte auch Christin. „Aber du bist echt gut. Direkt vor ihren Augen.“

„Dass ich gut bin, stand doch nie außer Frage.“

Sie umarmte mich beim Abschied. Sekundenlang hielt sie mich fest. „Pass auf dich auf! Und denke immer daran, ich bin dein Freund.“

„Das weiß ich doch. Was du dir immer für Sorgen machst …“

Der Opernbesuch

Alain sah von seinem Berg Skizzen und Stoffproben auf. „Wir gehen heute noch aus." Sein Gesicht wirkte müde.

„Bist du dir sicher? Wir könnten das auch auf morgen verschieben", versuchte ich ihn umzustimmen.

„Nein, wir haben Karten für die Oper. Ziehe dich entsprechend an. Wir gehen in einer Stunde los."

„Du überlässt mir die Auswahl der Kleidung?", fragte ich überrascht. Das war das erste Mal. Ansonsten gab er mir immer detaillierte Anweisungen oder hatte die entsprechenden Kleidungsstücke schon in mein Zimmer hängen lassen.

„Ich vertraue dir. Trag, was dir gefällt. Überrasch mich." Er lächelte mich an.

Wenige Minuten später stand ich vor meinem Kleiderschrank und überflog den Inhalt. Im Laufe der Monate hatten sich Unmengen von Outfits angehäuft. Zwischen geschmackvollen Anzügen hingen extravagante Hemden und Pullover. Alain hatte scheinbar große Freude daran, mich auszustatten.

Zur verabredeten Zeit trat ich ins Wohnzimmer. Alain stand gedankenverloren am Fenster und sah auf die Lichter von Paris. Ich hatte beim Eintreten kein Geräusch verursacht, trotzdem schien er meine Anwesenheit zu spüren. Langsam drehte er sich um. Stumm musterte er mich. Ich widerstand seinen eisblauen Augen. So oft schon hatte er mich wortlos betrachtet. Mittlerweile ertrug ich es ohne aufkommende Zweifel. Es war einfach seine Art. So, wie er einen Sonnenaufgang oder einen neuen Entwurf ansah, so betrachtete er auch mich.

„Du bist wunderschön."

Diese Worte ließen mich zusammenzucken. Noch nie hatte er so ein direktes Urteil verlauten lassen.

Er kam auf mich zu, hob seine Hand und verharrte mit seinem Handrücken über meiner Wange. Ich bebte. Gleich würde er sich zu einer intimen Berührung herablassen. Es wäre das erste Mal. Unwillkürlich atmete ich ein. Der Duft seines Aftershaves überflutete mich, machte mich benommen.

Doch bevor es zu einer Berührung kommen konnte, zog Alain seine Hand zurück.

„Komm, das Taxi wartet."

Wir hielten vor einem großen, hell angestrahlten Gebäude. Weiße, hohe Säulen, goldene Verzierungen und Figuren gaben ihm ein prachtvolles, majestätisches Aussehen. Wir liefen die breite Treppe hinauf und betraten das Foyer. Alles strahlte in weißem Marmor und Gold. Die lange gewundene Treppe war wie leergefegt. Nirgends waren Opernbesucher zu sehen. Ein riesiger Spiegel zeigte mir Alain, gewohnt weltmännisch und elegant. Neben ihm ein junger Mann in einem glänzenden, dunkelblauen Anzug und schwarzem Hemd mit Stehkragen. Das lockige dunkle Haar umrahmte sein staunendes Gesicht. Erst auf den zweiten Blick erkannte ich mich selbst in diesem Spiegelbild. Ich konnte dieses gepflegte, kultivierte Äußere noch immer schwer mit meiner Person in Verbindung bringen.

„Monsieur Serafon." Ein livrierter Concierge trat auf uns zu. „Wir haben Sie schon erwartet. Würden Sie mir bitte folgen. Die Vorstellung beginnt in wenigen Minuten." Er führte uns die Treppe hinauf, an der riesige goldene Kerzenleuchter angebracht waren. Beeindruckt sah ich mich im Laufen um.

„Diese Gebäude ist auf den alten Pariser Katakomben erbaut worden. In dem labyrinthartigen Kellern soll ein Phantom hausen. Ich rate dir, nicht von meiner Seite zu weichen." Alain lächelte mir zu. „Das Phantom der Oper liebt Schönheit über alles. Ich wäre untröstlich, wenn ich dich verlieren würde."

Wir schritten durch menschenleere Gänge, deren Prunk mich atemlos machte. Alains Spazierstock gab ein hartes Klacken von sich, wenn er ihn auf dem kostbaren Boden aufsetzte. Das Geräusch hallte durch die leeren Gänge.

Der Concierge öffnete eine schmale, zweiflüglige Tür. „Es wird gleich beginnen, Monsieur Serafon. Ich wünsche Ihnen und Ihrer Begleitung viel Spaß."

Wir traten in eine Loge. Zwei kunstvoll geschnitzte, mit rotem

Samt bezogene Stühle befanden sich als einziges Inventar in dem kleinen, nach vorne offenen Raum. Alain setzte sich und stützte sich auf dem silbernen Knauf seines Stockes ab. Ich trat derweil an die Brüstung und sah in den weiten, sich vor uns öffnenden Raum.

Wie versteinert hielt ich den Atem an. Ein großer, goldener Saal erstreckte sich vor mir. Stuhlreihen voller Menschen waren von uns abgewendet, auf einen purpurnen Vorhang ausgerichtet. Ringsum erhoben sich bauchige, goldene Balkone, unserem gleich, die randvoll mit Menschen besetzt waren. Erst jetzt nahm ich das monotone Gemurmel war. Als die Lampen am Kronleuchter gedimmt wurden, verstummte es augenblicklich. Einen Moment herrschte Stille, nur durch einzelnes Räuspern unterbrochen, dann erklang die Musik.

Ähnlich wie aus Alains Stereoanlage zu Hause oder damals bei der ersten Modenschau, die ich für ihn gelaufen war. Doch hier war sie um ein Vielfaches eindrucksvoller, da ich die Quelle der Musik sehen konnte. Unter mit, in einem Graben, direkt vor dem Samtvorhang, sah ich das Orchester. Gemeinsam zauberten die vielen Instrumente diesen beeindruckenden Klangteppich.

Alain zupfte mich am Ärmel. „Setz dich und genieße. Umschauen kannst du dich später noch."

Von der himmlischen Musik gefangen genommen, setzte ich mich kerzengerade auf die Stuhlkante. Als sich der Vorhang hob, seufzte ich leise auf. Ein strahlendes Bühnenbild überraschte mich und ließ mich gebannt den Auftritt der Sänger beobachten.

Alain beugte sich zu mir herüber und erzählte mir in kurzen Sätzen, dass es in der Oper um die Liebe des Kaisers Nero zu der wunderschönen Poppea ging. Doch ich hörte nur mit halbem Ohr zu. Ich verstand die italienische Sprache genügend, um dem Handlungsverlauf und den Intrigen zu folgen. Die hohen, klaren Stimmen der Sänger, die von Liebe und Leidenschaft erzählten, verzauberten mich und trugen mich in eine wunderbare Traumwelt.

Als der Vorhang fiel, wachte ich, wie aus tiefem Schlaf, auf. Alain stand schon an der Tür und winkte mir zu.

„Komm, während der Pause möchte ich dich in die Katakomben

entführen.“ Er lächelte leise über seinen kleinen Scherz.

Vor unserer Loge wartete schon der Concierge. „Folgen Sie mir. Monsieur Jaroudas und Monsieur Van Campen erwarten sie.“

Schnell eilte ich hinter Alain her, der sich vom Concierge geführt, einen Weg durch die Besucher bahnte.

Wir schlüpften durch eine kleine Tür und betraten die Räumlichkeiten hinter der Bühne. Hier war von dem ganzen Prunk nichts mehr zu sehen. Rohes Holz dominierte. Ein Wirrwarr von gespannten Seilen, zog sich bis unter die hohe Decke. Verwundert sah ich mich in dieser, mir unbekannten Welt der Illusionen um, die sich hier eröffnete. Der Bedienstete führte uns zu einem Tisch, auf dem ein Champagnerkühler und gefüllte Gläser bereit standen.

„Die Monsieurs sind gleich bei Ihnen“, sagte er und trat dezent zur Seite.

„Was tun wir hier?“, fragte ich und sah mich um.

Alain hob seinen Spazierstock und betrachtete den Knauf. „Ich möchte dir etwas zeigen. - Oh, da kommen sie ja schon.“

Er lächelte über meine Schulter hinweg und ich drehte mich eilig um. Fast verschluckte ich mich an dem Champagner, als Nerone und Poppea in ihrer ganzen Bühnenpracht auf uns zukamen.

„Monsieur Serafon, es freut uns, Sie begrüßen zu dürfen.“ Ein großer Mann, der mich fast um einen Kopf überragte, reichte Alain die Hand. Er trug das Kostüm des Kaisers Nero, das ich gerade eben noch auf der Bühne bewundern durfte.

„Nikola, darf ich dir vorstellen, Monsieur Jaroudas.“

„Oh, Sie singen göttlich“, flüsterte ich atemlos. „Aber ich bin über Ihre tiefe Sprechstimme erstaunt.“

Alle drei lachten.

„Unsere Kunst überrascht viele Menschen.“ Die Zähne des Sängers blitzten, als er mich anlächelte.

„Gleich wirst du noch mehr staunen“, entgegnete Alain. „Das hier ist Monsieur van Campen, der die Rolle von Nerones Geliebter singt.“

Jetzt erst sah ich, dass sich hinter dem Make-up der schönen Frau mit dem langen blonden Haar, ein junger Mann verbarg.

„Man nennt unser Gesangsfach Countersopran“, erklärte er mir mit einer sanften, tiefen Stimme und reichte mir lächelnd die Hand. „Es handelt sich um eine besondere Stimmtechnik und keine Abartigkeit der Natur, wie so viele Menschen gern glauben.“

„Nein … niemals … ich würde doch nicht …“, stammelte ich.

Wieder lachten sie. Alle drei schienen sich über meine Verblüffung köstlich zu amüsieren.

„Es ist immer wieder schön, wenn wir überraschen können. Hat Ihnen die Oper bis jetzt gefallen?“ Der junge Mann verwirrte mich noch immer mit seiner weiblichen Aufmachung. Obwohl seine Stimme sowie seine Gestik eher männlich war, wirkte sein Gesicht zart und mädchenhaft.

„Ja … sicher. Es ist das erste Mal, dass ich eine Oper besuche.“

„Dann hat Ihr Freund Sie zur Einführung genau in das richtige Meisterwerk mitgenommen. Es ist eine Premiere, dass zwei Männer die Hauptrollen in dieser Monteverdi-Oper singen. Wir mussten sehr darum kämpfen, unser Vorhaben durchzusetzen. Aber es hat sich gelohnt. Ich finde, man muss etwas für die Toleranz der Menschen tun, nicht wahr?“ Er zwinkerte mir zu.

„Ganz bestimmt“, antwortete ich, obwohl ich keine Ahnung hatte, wovon er sprach.

„… vielen Dank noch einmal für Ihre Unterstützung bei den Kostümentwürfen“, sagte der andere Sänger gerade zu Alain. „Ohne Ihre Hilfe hätten wir sicher mit mehr Schwierigkeiten rechnen müssen.“

„Ich tue in solchen Angelegenheiten, was ich kann. Unsereins sollte sich gegenseitig unterstützen.“

„Da haben Sie vollkommen recht. Wir wünschen Ihnen noch einen schönen Abend und viel Vergnügen.“

Alain nickte den zwei Sängern wohlwollend zu, fasste mich am Arm und führte mich zurück ins Foyer.

„Und? War es lehrreich für dich?“

„Ja, ich habe gelernt, dass man seinen Augen und Ohren nicht immer trauen kann.“

„Das hatte ich mir bei dir damals auch gedacht.“ Alain lachte. „Ich hoffe, der barocke Gesang langweilt dich nicht zu sehr."

„Nein, wie kommst du darauf?"

„Ich wollte nur sicher gehen. Jetzt kommt nämlich das Beste."

„Das Phantom?", ich riss in gespielter Panik die Augen auf.

„Ich hoffe doch nicht. Es hat die unschöne Angewohnheit, die zu entführen, die es begehrt, und ich würde deine Anwesenheit zu gern weiterhin genießen."

Wir liefen nebeneinander her, und ich spürte Alains Blick wie Finger auf mir. Dennoch berührte er mich nicht.

So war es immer. Er streichelte mich mit Blicken, mit Worten, Gesten und Geschenken, jedoch nie körperlich. Es war fast so, als versuche er es immer zu verhindern. So manches Mal hatte ich mich ihm, in der Erwartung einer Liebkosung, zugewendet. Doch das flüchtige Berühren meiner Hand oder Schulter waren das Einzige, zu dem er sich herabließ.

Doch eines hatte er sich zur Angewohnheit gemacht. In manchen Nächten kam er in mein Zimmer. Leise setzte er sich auf den Sessel neben mein Bett und beobachte mich beim Onanieren. Er griff nie in meine Handlungen ein, noch sagte er auch nur ein einziges Wort. Still saß er da, beobachtete, wie ich meinen Höhepunkt erreichte und wartete, bis ich eingeschlafen war. Am Morgen zeugte nichts mehr von seinem nächtlichen Besuch. Ich hatte mich an die seltsame Eigenart gewöhnt, dass er mich nie berührte oder zu etwas drängte. Ich hatte von ihm weder mehr zu erwarten, noch zu erhoffen. So dachte ich jedenfalls, bis zu diesem Tag.

Es wurde still, als der Vorhang sich zum zweiten Mal hob. Augenblicklich vertiefte ich mich in die Liebesgeschichte, die sich vor uns auf der Bühne abspielte. Ich glaubte, die tiefe Liebe zwischen Nerone und Poppea sehen und spüren zu können. Denn diese zwei Menschen spielten dies nicht nur, sie lebten ihre Zuneigung zueinander sogar auf der Bühne aus. Und dann begannen sie ein Duett zu singen. Zärtlich schmiegten sie sich aneinander. Ihre Stimmen schwebten gemeinsam empor. „Pur ti miro, pur ti godo."

Auf mich wirkten sie, als hätten sie die Zuschauer vergessen. Ich wurde heimlicher Zeuge ihrer unendlichen Liebe zueinander.

Und dann … ergriff Alain meine Hand. Es war das erste Mal, dass er dies ohne einen ersichtlichen Grund tat. Er nahm sie zwischen seine trockenen, warmen Hände und führte sie an seine Lippen. Sekunden verharrte er so, hielt mich und sah auf die Bühne. Dann entließ er meine Hand, als wolle er mich nicht zu sehr einengen. Das alles geschah, ohne dass er mich auch nur einmal angeschaut hatte.

Ich indessen blieb verwirrt und aufgelöst zurück. Ich glaubte zu schweben. Die himmlische Musik unterstützte diese Empfindung noch. Das Herz schlug mir bis zum Hals, und ich hatte Mühe zu atmen. Die Stelle meines Handrückens, auf die Alain seine Lippen gepresst hatte, brannte wie Feuer. Nur mit Mühe gelang es mir, mich wieder auf die Aufführung zu konzentrieren.

Pur di miro

Ich fühlte mich den Rest des Abends wie ein gespannter Bogen. Alain hatte mit dieser kleinen, unerwarteten Liebkosung eine Sehne in mir zum Sirren gebracht, die jeden Nerv ergriffen hatte. Ich spürte, dass heute noch etwas geschehen würde. Irgendetwas musste geschehen. Alain tat nie Dinge, die nicht irgendeinen Zweck erfüllten oder irgendwohin führen sollten. Doch er machte während der gesamten Rückfahrt keine Anstalten, mit mir zu sprechen oder etwas zu erklären. Wie immer saß er stumm neben mir und sah aus dem Fenster.

Es regnete. Die Wassertropfen glitzerten auf der Scheibe. Still verließ er das Taxi und betrat sein Haus. Als ich den Weg in mein Zimmer einschlagen wollte, ließ mich seine Stimme innehalten.

„Kommst du bitte mit, Nikola? Ich möchte dir etwas zeigen."

Er trat in den Fahrstuhl und wartete, bis ich bei ihm war. Wir fuhren bis unters Dach, durchquerten das Studio und betraten Räumlichkeiten, die ich noch nie zuvor gesehen hatte, aber sofort als sein Schlafzimmer erkannte.

Der Raum war riesig, genauso groß wie das Studio nebenan. Auch hier bestand das Dach aus Glas. Über uns prasselte der Regen auf die dunkle Glasfläche und lief in dünnen Rinnsalen daran herab. Der Boden war aus beige, glänzendem Marmor. Ansonsten war dieses Zimmer fast genauso eingerichtet wie meines, nur viel weitläufiger. Auch das Bett war größer und beeindruckender. Rund und riesig stand es da und dominierte den hinteren Teil des Zimmers.

Ein beklemmendes Gefühl breitete sich in mir aus, als ich es erblickte. Doch als Alain diesen Bereich des Zimmers ignorierte, entschloss ich mich, es ihm gleichzutun. Ich würde mich überraschen lassen, was jetzt folgen würde. Und irgendetwas würde geschehen …

Alain ging zur Couch und öffnete eine bereitstehende Flasche Champagner. Sein auffordernder Blick ließ mich neben ihm Platz nehmen. Wir prosteten uns zu, dann griff er nach der Fernbedienung.

„Der heutige Abend mit dir war wundervoll – genauso wundervoll, wie die Zeit, die ich mit dir verbringen durfte. Ich hatte es mir gewünscht, aber ich hatte es eigentlich nicht zu hoffen gewagt, dass solch eine Harmonie zwischen uns herrschen würde."

Er verstummte kurz. Ich hörte das Prasseln der Regentropfen auf dem Dach und wartete, dass er weitersprechen würde.

„Ich dachte, mit derartigen Dingen in meinem Leben abgeschlossen zu haben."

Auf meinen fragenden Blick reagierte er nicht. Stattdessen begann er nervös die Fernbedienung zwischen seinen Händen zu drehen. „Es fällt mir nicht leicht, darüber zu sprechen. Du weißt, ich gehe mit Worten eher sparsam um … Deshalb lass es mich dir so sagen."

Er betätigte einen Knopf auf der Fernbedienung und Musik erklang. Nach wenigen Sekunden erkannte ich das Duett aus der Oper.

„Pur ti miro, pur ti godo, pur tu stringo, pur t'annodo", begann Alain den Text leise mitzusprechen. „Verstehst du die Worte?"

„Ich bin der italienischen Sprache mächtig", antwortete ich und trank mein Glas mit einem Zug leer. Augenblicklich wurde mein Mund wieder trocken.

„Hörst du die Sehnsucht mitschwingen? *Ich schau dich an, erfreu mich an dir*", übersetzte er. „Das tue ich jetzt schon seit Monaten. *Drück dich an mich, umschlinge dich.*"

Einen Moment wurde er wieder still. „Das ist etwas, dass ich niemals wieder zu wünschen gehofft hatte … Aber ich tue es. Ich denke daran, täglich."

Er sah mich an und Leidenschaft flackerte in seinem Blick. „Du hast dieses Gefühl wieder in mir geweckt. Ich hatte gedacht, es wäre gestorben."

Unsicherheit überkam mich. Ich wusste plötzlich nicht mehr, was ich sagen, wohin ich schauen sollte. Machte Alain mir gerade eine Liebeserklärung?

„Ich weiß, was ich dir damals versprochen hatte. Ich habe es nicht vergessen. Ich werde dich nicht bedrängen, belästigen oder zu etwas nötigen, was du nicht auch möchtest." Er stand auf und ging ins Bad.

Ich fühlte mich zu ihm hingezogen, doch seine unnahbare Art machte es mir unmöglich, ihm meine tiefen Gefühle zu offenbaren.

Wusste er denn nicht, was es zu bedeuten hatte, dass er mir Nacht für Nacht zusehen durfte? Ganz bestimmt hätte ich auch nichts dagegen gehabt, wenn er mich berührt hätte.

Warum nur machte er es uns so schwer?

Ich stand auf und folgte ihm. Verloren stand Alain vor dem großen Spiegel. Mit den Fingern strich er über die Einfassung des Waschbeckens. „Beiger Marmor. Schon das erste Mal, als ich dich sah, hat der Ton deiner Haut mich daran erinnert. Dass du nicht aus Spanien kamst, habe ich erst später erfahren."

„Ich bin, was du möchtest", sagte ich auf Spanisch. „Was immer du willst."

„Du weißt nicht, wovon du redest. Nachts, wenn du schläfst, murmelst du den Namen eines anderen Mannes."

Die Worte trafen mich, wie ein schmerzhafter Hieb. Ich hatte schon lange nicht mehr an Piero gedacht ... Manchmal, kurz bevor ich einschlief, wanderten meine Gedanken zu ihm, und ich fragte mich, ob er jemals kommen und sein Versprechen einlösen würde. Doch ich hatte mich fast damit abgefunden, ewig hier zu bleiben. Ohne Piero.

„Das ist nur mein Unterbewusstsein", sagte ich. „Ich bin glücklich bei dir. Ich habe alles, was ich brauche."

Behutsam trat ich an ihn heran und umfing ihn mit meinen Armen. Noch nie war ich ihm so nah gewesen. Ich spürte seinen Körper, bemerkte, wie er sich kurz verspannte, dann jedoch wieder weich wurde.

„Du bist jung, du weißt nicht, was du brauchst."

„Doch, ich weiß es. Und ich werde es dir sagen." Ich legte meinen Kopf auf seine Schulter und sah in den Spiegel, wo sich unsere Blicke trafen. „Schau mich bitte nicht nur an. Berühre mich! Ich bin ein Mensch aus Fleisch und Blut, genau wie du. Umarme mich!", forderte ich.

Noch immer stand er unbewegt da. Langsam begann ich sein Hemd aufzuknöpfen. Als ich es ihm abstreifte, atmete ich erstaunt auf. Meine Hände ruhten auf einem straffen, festen Körper. Man sah ihm sein Alter nicht an. Nur das graue Haar, welches sich aus der Hose zu seinem Bauchnabel hinauf wand, zeigte, dass es sich hier um einen reifen Mann handelte. Überrascht ließ ich meine Hand über seinen Oberarm, die Schulter und seinen Rücken gleiten.

„Bitte, Nikola. Ich bin alt. Bring mich nicht in Verlegenheit."

„Ich weiß nicht, was du meinst." Ich trat einen Schritt zurück und wartete, dass er sich zu mir umdrehte. Dann begann ich mich ebenfalls auszuziehen. Ich warf einen prüfenden Blick in den Spiegel und musste unwillkürlich grinsen. „Ja, du hast recht."

„Womit?" Seine Augen verfinsterten sich.

„Ich passe perfekt in dein Schlafzimmer."

„Du passt perfekt in mein Leben … aber wie gesagt …", er wies auf mich und mein langsam erwachendes Glied. „Für solche Dinge brauche ich inzwischen Hilfe."

„Ich helfe dir gern."

Alain lachte. „Nein, das meine ich nicht." Er trat an den Spiegelschrank und holte eine Packung Tabletten heraus. Eine rautenförmige, blaue Pille fiel in seine Handfläche. Mit einem Glas Wasser spülte er sie herunter. „Das hier meine ich."

„Hast du auch etwas für mich?"

Er blickte mich an und schüttelte den Kopf. „Nein, glaub mir, so etwas brauchst du bestimmt nicht."

„Nein, du missverstehst mich. Könnte ich eine von den Weißen bekommen? Die, welche du mir nach dem Abend mit Gaspard gegeben hast?"

„Du hast Bedenken?"

„Nein, nur schlechte Erfahrungen."

Ohne ein weiteres Wort hielt er mir ein Päckchen hin.

Schnell drückte ich mir eine kleine, weiße Tablette in die Hand und warf sie in den Mund.

Ich wollte es vor mir selbst nicht zugeben, aber ich hatte Angst. Angst davor, was passieren würde, wenn wir uns nahe kamen. Angst davor, ob ich bei intimen Berührungen wieder ausrasten würde, wie die Male davor? Ich wollte es nicht darauf ankommen lassen. Dafür war mir Alain zu wichtig. Ich wollte ihn endlich spüren, nicht nur seine mentale Präsenz, sondern auch seine körperliche.

„Leg dich auf das Bett", forderte er mich auf.

Noch immer war er bekleidet und noch immer war die Kälte in seinen Augen vorhanden. In seiner Hand hielt er den Spazierstock mit dem schweren silbernen Griff. Wenn ich ihn nicht so gut gekannt, und die Tablette mich nicht schon leicht neblig gemacht hätte, ich hätte sicher längst die Flucht ergriffen.

„Vertraust du mir?", fragte er und trat näher.

„Ja", hauchte ich und streckte mich auf dem Bett aus.

Der silberne Knauf senkte sich über mich. Behutsam begann er mich mit dem harten Metall zu streicheln. Erst fuhr er sanft über meine Schultern, dann die Brust hinab, über meine angespannten Bauchmuskeln. Die Kälte des Materials zauberte mir eine Gänsehaut auf den Körper.

Als sich der Knauf meinem Schwanz näherte, stöhnte ich gequält auf.

„Ich möchte dich nicht peinigen. Nichts liegt mir ferner. Ich will nur deine Lust sehen."

Alain warf den Stock zur Seite. Mit einem Poltern fiel er zu Boden. Dann beugte er sich über mich. Gebannt beobachtete ich, wie sich jetzt seine Hand ihren Weg über meinen Körper bahnte. Von der Temperatur war fast kein Unterschied zu dem Metall zu spüren. Sie waren zwar weich, jedoch genau so kalt.

Während er mich berührte, beobachtete er konzentriert meine Reaktionen. Und die gab ich ihm zur Genüge. Ich warf den Kopf hin und her, während sich Schauer über meinem Körper ausbreiteten.

„Du hast Erfahrung", stellte ich keuchend fest.

„Ich habe nie das Gegenteil behauptet. Ich habe sie nur schon sehr, sehr lange nicht mehr nutzen wollen."

Die Gefühle, die sein Handeln in mir weckten, waren unbeschreiblich. Lust stieg in mir hoch, eine Empfindung, die ich so noch niemals erlebt hatte. Selbst das, was ich damals auf der Straße, bei meinen Freiern gespürt hatte, war nur ein schwacher Schatten von dem, was mich jetzt überrollte. Ohne mir dessen bewusst zu sein, wand ich mich wie ein Fisch auf dem Trockenen und bot ihm meinen Körper schamlos an. Doch Alain ließ sich Zeit. Nur mit seinen Händen verschaffte er mir diese unglaubliche Lust.

„Oh … bitte. Hör auf. Ich komme gleich“, stöhnte ich und presste die Augenlider zusammen.

„Dann komm. Niemand hindert dich.“

Ich spürte etwas Weiches, Feuchtes an meinem Schwanz. Ich stützte mich leicht hoch und sah Alains graues Haar über meiner Körpermitte. Er sah zu mir auf, während mein Schwanz zwischen seinen Lippen verschwand.

Jetzt, in diesem Augenblick, sah ich das erste Mal so etwas wie Glut in seinen blauen Augen leuchten. Eine kalte, aber dennoch lebendig lodernde Glut.

Bis zum Anschlag nahm er mich in sich auf. Ich spürte meine empfindsame Eichel an seinem Gaumen entlang gleiten und gegen seinen weichen Rachen stoßen. Mein Unterleib zog sich zusammen, und dann explodierte die Welt um mich herum. Wie ein gewaltiges Feuerwerk entlud sich meine ganze Anspannung in einen unglaublichen Orgasmus. Noch niemals hatte mich ein Höhepunkt so von den Beinen gerissen. Die Angst, dass alte Erinnerungen auftauchen und mich in einen schwarzen Strudel reißen würden, war vergessen. Mein Körper krampfte und pumpte und mein Geist jubelte.

Schwer atmend nahm ich Alain neben mir wahr. Er hatte sich auf dem Ellbogen aufgestützt und sah mich an.

„Es macht mir Freude, dich so zu sehen, weißt du das?“

Ich drehte verlegen das Gesicht von ihm weg.

„Schäm dich nicht. Lebe, was du fühlst und genieße jeden Augenblick.“ Seine Hand zwang mein Gesicht mit sanfter Gewalt zu sich. Als er seine Lippen auf meine senkte, erwiderte ich den Kuss. Dass ich meinen Samen in seinem Mund schmecken konnte, machte mir nichts aus.

„Stopp, nicht so wild“, keuchte er und brachte einige Zentimeter zwischen unsere Gesichter. „Behalte die Kontrolle, sonst bist du nichts weiter als ein Tier.“

„Dein Haustier", flüsterte ich.

Er lächelte. „Ummantele deine Leidenschaft mit Besonnenheit und Raffinesse. Zähme deine Wildheit und lass sie erst später zu, wenn das Feuer brennt."

Und dann küsste er mich noch mal. Wieder überließ ich ihm die Führung. Wie bei einem Tanz folgte ich den Bewegungen seiner Zunge und erwiderte die Liebkosungen seiner Lippen. Es war wie das wundersame Umwerben zweier Schmetterlinge. Auf den ersten Blick folgte das Geflatter keiner Regel, doch wenn man sich darauf einließ, und sich dem Spiel hingab, erlebte man die Schönheit und Erregung des Augenblicks.

Ich war so in unser Tun vertieft, dass ich nicht bemerkt hatte, wie Alain sich den Rest seiner Kleidung entledigt hatte. Plötzlich spürte ich sein hartes Glied an meinem Oberschenkel. Ich zuckte zurück, als ich seine Größe erkannte.

„Du hättest die Hilfsmittel weglassen können. Die Hälfte hiervon hätte mir völlig gereicht." Obwohl ich einen scherzhaften Ton anschlug, vibrierte eine neu erwachte Angst in meiner Stimme.

„Willst du, dass ich aufhöre?"

„Nein, nein, mach weiter." Ich begann mich auf den Bauch zu drehen, um ihm meine Rückseite anzubieten, doch er hielt mich zurück.

„Bleib so! Genau so, ich will dir dabei in die Augen sehen."

Er kniete sich über mich. Atemlos betrachtete ich seinen erstaunlich jugendlichen Körper und den langen, erschreckend dicken Schwanz, der vor ihm aufragte.

„Tu mir nicht weh", flüsterte ich, und war augenblicklich wütend auf mich selbst. Ich benahm mich wie eine Jungfrau. Und trotzdem konnte ich die Aufregung und Angst nicht leugnen.

Alain griff nach einer Tube Gleitgel.

„Ich habe zwar schon lange keinen Gebrauch mehr von meiner Waffe gemacht, aber ich denke, du kannst mir vertrauen."

Er drückte meine Beine auseinander und legte sich zwischen meine Schenkel. Sein Gesicht war meinem sehr nah. Kurz sah ich seine Hand, die sein Glied in die richtige Position brachte. Dann blickte ich ihm wieder in die Augen. Sein stechender Blick durchbohrte mich, so wie es auch gleich sein Schwanz tun würde. Ich sah zur gläsernen Decke hinauf, beobachtete die außen herab perlenden Regentropfen und wartete.

Sekundenlang passierte nichts. Dann - überraschend sanft durchbrach er die Barriere. Ich entspannte mich, als ich sein Bemühen spürte, mir keinen Schmerz zuzufügen. Ich atmete scharf ein, als sein Glied tief in mich eindrang. Sofort hielt er inne, gewährte mir eine Pause. Dann schob er sich Zentimeter für Zentimeter weiter vor.

Ich hatte dem nichts entgegenzusetzen. Ausgeliefert lag ich unter ihm, nicht nur körperlich, auch mit meiner ganzen Seele. Ich gehörte ihm. Er konnte tun, was er wollte. Er hatte es ja schon immer getan, nun gab es absolut keine Grenze mehr, die ich ihm setzen konnte.

Meine Finger krampften sich in das Laken, doch Alain missbrauchte mein Vertrauen nicht. Er nahm mich zwar in Besitz, doch er tat es sanft, voller Zärtlichkeit.

„Du gehörst mir", flüsterte er heiser, dicht an meinem Ohr, als er ihn ganz in mich versenkt hatte. Mein Muskel war bis aufs äußerste gedehnt. Obwohl er wirklich behutsam vorgegangen war, schmerzte es dumpf. Lange blieb er unbewegt in mir. Sein Körper drückte meinen in die weiche Matratze. Ich fühlte mich aufgespießt und machtlos, unfähig mich zu bewegen.

„Mein Schöner, sag es! Sag, dass du mich liebst."

Ich warf den Kopf in den Nacken, als er noch ein Stück tiefer eindrang.

„Ich liebe dich", keuchte ich.

Der Regen rann in dicken Bächen über die Glasscheiben.

„Sag es noch einmal, und sieh mich dabei an."

Sein fester Körper auf meinem, sein Gesicht so dicht über mir, seine forschenden, kalten Augen, die mich bannten. Alains Präsenz war unglaublich. Er nahm mein ganzes Denken gefangen. Nichts hatte mehr neben ihm Platz. Meine Welt schien nur noch aus seiner Existenz zu bestehen.

„Ich … ich liebe dich", stammelte ich.

„Oh, du glutäugiger Gott", murmelte er. Dann begann er sich in mir zu bewegen. Kraftvoll nahm er mich in Besitz, ohne seine Augen von mir zu wenden.

Ich stemmte ihm mein Becken entgegen, um seinen Stößen genügend Widerstand zu bieten. Er war unglaublich, er riss mich mit, peitschte mich erneut an die Grenze der Lust, dicht zum Wahnsinn. Und dann glaubte ich den Verstand zu verlieren. Ich driftete davon, während es um mich herum zu tosen und zu donnern begann. Lichtblitze zuckten, so dass man glauben konnte, die Welt gehe unter. Meine Persönlichkeit war auf einen vor Lust zitternden, heftig nach Atem ringenden Körper zusammen geschrumpft, der sich in der neu aufbrandenden Leidenschaft suhlte und mit den Donnerschlägen, die das Haus erschütterten, um die Wette schrie.

Ich erreichte meinen gewaltigen Höhepunkt gemeinsam mit dem tosenden Gewitter, welches über der Stadt tobte und die Scheiben klirren ließ.

Treffen mit Tom

„Siehst du? Hier!" Christin schob mir eine Zeitschrift über den Schminktisch. „Jetzt ist es offiziell."

Alain Serafons Haustier und Muse erbt Millionen, prangte als große Überschrift auf dem Cover. Darunter war ein Foto von mir und Alain zu sehen. Es zeigte uns, wie wir eng zusammen saßen und lachten. Es musste irgendwann ohne unser Wissen gemacht worden sein, denn ich erinnerte mich nicht an diese Situation.

„Du weißt, dass mich das Geld nicht interessiert. Außerdem wird Alain nicht so bald sterben. Er ist für sein Alter äußerst fit."

Das bewies er mir mittlerweile mehrmals die Woche. Dank seiner blauen Pillen blieb er nun nicht mehr nur der passive Beobachter, sondern war ein potenter, ausdauernder Liebhaber geworden. Und ich … ich war ihm durch die Hilfe meiner kleinen, weißen Freunde ein würdiges Gegenstück.

„Pardon." Die kleine Visagistin hielt schon seit einiger Zeit die Puderquaste vor mein Gesicht.

„Aber bitte", ich schloss die Augen, damit sie ihre Arbeit erledigen konnte.

„Hast du Tom schon gesehen? Er ist heute auch wieder dabei."

Ich zuckte unwillkürlich zusammen. „Tom? Nein. Den hatte ich schon fast vergessen."

„Wenn man vom Teufel spricht …" Christin stand auf und gab vor, ihre Listen durchzuchecken.

Tom nahm neben mir Platz. Die kleine Visagistin war mit meinem Make-up fertig und drehte sich zu ihm um.

„Du musst doch nicht gleich die Flucht ergreifen", sagte er, als ich ebenfalls aufstehen wollte. „Oder kennt mich der feine Herr jetzt nicht mehr?"

„Tom, bitte. Wir waren nie beste Freunde."

„Und trotzdem habe ich eine Nachricht für dich. Ein gemeinsamer Freund kommt nächste Woche nach Paris und möchte dich sehen."

„Piero kommt?“

Tom schloss die Augen und ließ sich das Gesicht eincremen. Minutenlang, so schien es mir, ließ er mich auf eine Antwort warten.

„Wann kann ich ihn treffen?“, drängte ich.

„Ich sag doch, nächste Woche. Er kommt zu mir nach Hause, dort wartet er auf dich.“

„Zu dir?“

„Ja klar, oder hast du vergessen, wo das ist?“

„Nein, natürlich nicht. Aber ich hätte ihn gern allein gesehen.“

„Das kann ich mir vorstellen.“ Ein Lächeln verzerrte seinen Mund zu einer Grimasse. „Aber so haben wir es nicht vereinbart. Er kommt zu mir, und ihr trefft euch da. Basta!“ Tom stand auf. „Lass ihn nicht warten! Du würdest es bedauern.“ Mit einem seltsamen Grinsen sah er mich an.

Als er mir den Rücken zudrehte und zu den Kleiderständern ging, hatte ich den Eindruck, als würde er humpeln. Doch als ich zwinkerte, war es verschwunden.

„Du traust ihm doch etwa nicht? Ich komme mit, wenn du zu ihm gehst.“ Christin kam wieder heran und sah Tom misstrauisch hinterher.

In meinen Gedanken spielte sich eine Szene ab, wie ich Piero traf, Christin neben mir, uns eifersüchtig musternd.

„Nein, das kommt nicht in Frage. Ich muss da allein hin. Was soll mir denn schon passieren? Ich habe Wochen bei Tom gewohnt und es überlebt. Du machst dir wirklich zu viele Sorgen.“

Christin zuckte mit der Schulter. „Wie du meinst. Du bist erwachsen und hast noch andere Menschen um dich herum, welche dir einen Rat geben können.“

„Christin, bist du etwa sauer auf mich? Hab ich dir irgendetwas getan?“

„Nein, Nikola. Du hast mir nichts getan, du hast ja kaum noch Zeit. Aber ich beobachte dich und mache mir Gedanken.“

Sie bückte sich und hob die Flasche hoch, die neben meinem Stuhl stand. „Ich habe das Gefühl, Alain tut dir nicht mehr gut. Während er aufblüht und strahlt, pusht du dich mit so was, um zu tun und zu sein, was er will." Sie stellte die Flasche hart vor mir auf dem Tisch ab.

„Christin, das ist Wasser."

„Vielleicht glaubt dir Alain, aber bei mir kannst du dir diese Ausflüchte sparen, Nikola. Erinnere dich, wer du wirklich bist, bevor es zu spät ist."

Sie drehte den Verschluss der Wasserflasche auf und hielt ihre Nase darüber.

„Ich weiß nicht, was du meinst", sagte ich lahm und widerstand gerade noch dem Impuls aufzuspringen, als sie zum Waschbecken ging, um den Wodka wegzukippen.

Alltagsroutine

Die Show zog sich unendlich hin. Erst mussten wir warten, bis ein paar geladene Gäste endlich eintrafen, dann gab es ein kleines Malheur, weil irgendjemand die Sonnenbrillen nicht fand, die wir alle tragen sollten. Gegen Mitternacht kam ich ausgepowert und gleichzeitig aufgepeitscht nach Hause. Ich würde so bald nicht schlafen können, da war ich mir sicher. Der Gedanke, dass ich Piero schon bald wiedersehen würde, kreiste in meinem Kopf und blockierte fast mein ganzes Denken.

Ob er unser Treffen genauso herbeisehnte wie ich? Hier nagte ein gewisser Zweifel in mir, den ich nicht einfach so wegwischen konnte. Warum nur hatte er mich so lange warten lassen?

Ich trat zu dem kleinen Kühlschrank, der sich in meinem Zimmer befand und holte eine neue Flasche Wodka heraus. Ohne mir dessen bewusst zu sein, drehte ich den Verschluss auf und setzte sie an, ohne mir die Mühe zu machen, nach einem Glas zu greifen.

Du bist ein Idiot, schimpfte ich. Ich durfte nicht so egoistisch sein! Hatte ich mein früheres Leben denn ganz vergessen? Piero konnte nicht frei über seine Zeit oder das Ziel entscheiden, wohin er fuhr. Er war noch immer Mitglied des Clans, anders als ich. Er musste tun, was Paco wollte und was im Sinne der Familie war. Und er musste ziehen, wohin auch immer es die Sippe verschlug.

Ich drehte die Flasche in meinen Händen. Ich sollte Alain erzählen, dass Piero kam. Vielleicht hatte er eine Lösung. Er hatte mich damals, ohne einen Funken Eifersucht, mit diesem Gaspard zusammengebracht. Vielleicht dachte er genauso über Piero. Vielleicht konnten wie alle Drei hier gemeinsam …

Ich zuckte zusammen, als Musik erklang und die Räume des Hauses durchflutete. Es waren die Klänge des Opernduettes, das mittlerweile so eine Art Geheimzeichen zwischen Alain und mir war.

Ich ging ins Bad und zog die Packung Tabletten aus dem Schränkchen über dem Waschbecken. Mit einem großen Schluck Wodka spülte ich eine davon hinunter.

Ich nahm die Tabletten nur, um auf Nummer sicher zu gehen, redete ich mir jedes Mal ein. Ich wollte Alain nicht verletzen, falls meine Abwehrreaktionen noch immer aktiv waren. Aber das waren sie natürlich eindeutig nicht mehr. Ich lächelte meinem müden Spiegelbild zu. Ich hatte mich wieder im Griff. Alles war gut.

Und der Alkohol? Er machte mich nur wach. Egal, was Christin dachte. Ich wusste, was ich tat und ich wusste noch immer, wer ich war.

Ich streifte meine Schuhe ab und stieß sie im Gehen von den Füßen. Ich würde nicht duschen. Alain liebte den Geruch meines Körpers. Das hatte er mir schon einige Male zu verstehen gegeben, genauso wie er einige andere Dinge liebte, die ich mir für ihn angewöhnt hatte.

Als ich sein Schlafzimmer betrat, stellte er die Musik augenblicklich leiser. Ansonsten blieb er in seinem Sessel sitzen, den Blick auf mich gerichtet, eine Hand auf dem Knauf seines Spazierstockes, wartend.

Doch ich wusste, was ich zu tun hatte. Ich blieb vor ihm stehen, öffnete langsam mein Hemd, Knopf für Knopf, fast genüsslich, und ließ es zu Boden fallen. Dann entledigte ich mich genauso langsam meiner Hose. Ich hatte eine Möglichkeit entwickelt, dies äußerst elegant zu machen, ohne Bücken oder Rumgehampel auf einem Bein. Alain quittierte meinen eleganten Strip, denn nichts anderes war dies hier, mit einem wohlwollenden Nicken. Unterwäsche trug ich keine. Auch das hatte ich mir angewöhnt. Ich stand vor ihm und gab ihm die Zeit, die er brauchte. Es machte mir nichts mehr aus, betrachtet zu werden. Es war Teil meines Jobs, außerdem wusste ich, dass es Alain scharf machte, mich anzusehen und mich warten zu lassen.

Ich hörte die leise Musik, untermalt vom Säuseln der Palmenblätter im Hof. Meine Gedanken schweiften zu Piero. Ich musste mit Alain über ihn reden, aber nicht jetzt.

Über uns am Himmel stand der halbe Mond und sah durch das Glasdach zu uns herunter. Endlich erhob sich Alain. Mit den Fingerspitzen fuhr er die Narben auf meinem Rücken nach. „Benutzt du regelmäßig die Creme, die ich dir besorgt habe?“

Ich nickte.

„Es soll eine neue Lasermethode geben. Ich möchte, dass du sie probierst. Ich habe schon einen Termin für dich vereinbart."

„Meine körperlichen Narben verblassen mit der Zeit, genau wie meine psychischen."

„Narben verschwinden nie. Glaub mir. Man behält sie ein Leben lang – und zwar hier." Er wies mit dem Zeigefinger auf meine Schläfe. „Doch man kann etwas tun, dass sie für andere nicht mehr sichtbar sind. Mit kosmetischer Korrektur", erneut fuhr seine Hand über die unebenen Stellen meines Rückens, „und mit Zuneigung und Liebe."

Er nahm mein Gesicht in seine Hände und zog mich zu sich heran. Zärtlich berührten sich unsere Lippen. Als ich seine Erektion an meinem Bein spürte, wusste ich, dass er bereit war. Ich bewegte mich rückwärts zum Bett und ließ mich darauf sinken. Alain folgte mir und legte sich zwischen meine Schenkel.

„Sag, dass du mich liebst. Sag, dass du mir gehörst", seine Stimme hatte einen rauen Klang. In seinen Augen spiegelte sich der kalte Glanz des Mondes.

„Ich liebe dich, und ich gehöre dir, für immer!", flüsterte ich, einem regelmäßigen Ritual folgend.

Mit einem kräftigen Stoß drang er in mich ein. Ich stöhnte auf, als er sich in mir zu bewegen begann. Obwohl ich müde und erschöpft war, erwachte mein Schwanz zum Leben.

Auch Alain bemerkte diese Auferstehung. „Du bist göttlich! Zeig mir, welche Macht du hast."

Ich begann, unter seinem gierigen Blick meinen Schwanz zu pumpen, während er mich weiterfickte.

Obwohl ich an anderen Abenden die gemeinsame Zeit mit Alain genoss, drifteten meine Gedanken heute immer wieder weg, hin zu Piero. Sein Bild, wie er mich spöttisch ansah, während er sich sein braunes Haar aus dem Gesicht strich, drängte sich in meinen Kopf. Vielleicht hatte ich ja Glück, und Alains Bemühungen würden nicht so lange wie sonst dauern. Dann konnte ich mich in den Schlaf flüchten und davon träumen, was in einer Woche geschehen würde. Vielleicht lag schon bald Piero neben mir. Alles war möglich. Und ich war dafür bereit.

In der Höhle des Löwen

Ein mulmiges Gefühl beschlich mich, als ich eine Woche später vor Toms Haus stand. Hier hatte ich die schlimmsten Wochen meines Lebens verlebt. Doch heute würde sich das ändern. Heute würde dieser Ort sein Gesicht wandeln und der Schönste meines Lebens werden. Die ganzen letzten Tage hatte ich von diesem Augenblick geträumt. Aufregung und Vorfreude verdrängten das ungute Gefühl, als ich den Code in das Zahlenfeld neben der Tür eingab.

Ob Piero schon da war? Er und Tom verstanden sich blendend, sicher hatten sie eine Menge zu bereden.

Ein winziger Stich Eifersucht durchzuckte mein Herz. Piero würde sich heute zwischen Tom und mir entscheiden müssen.

Mit einem leisen Summen sprang die Tür auf, und ich flog wortwörtlich die Treppe hinauf. Oben angekommen versuchte ich mich, einige tiefe Atemzüge nehmend, zu beruhigen. Dann drückte ich den goldenen Klingelknopf. Hinter der Tür vernahm ich Lachen. Es ließ meine Knie weich werden.

Er war schon da. Nur noch ein paar Sekunden - nur noch ein paar Meter trennten mich von ihm.

Die Tür öffnete sich, und ich sah in Toms Gesicht. Ich wartete nicht ab, dass er mich herein bitten würde, sondern drängte ihn einfach zur Seite.

„Ist er da?“ Mit schnellen Schritten ging ich ins Wohnzimmer.

Auf der weißen Ledercouch saßen zwei Typen, die ich nicht kannte. Sie tranken Bier, direkt aus der Flasche, und musterten mich. Von Piero war keine Spur zu sehen.

„Er kommt in einer halben Stunde“, sagte Tom, der hinter mir hereinkam. „Setz dich erst mal.“

Er zeigte auf einen Sessel und setzte sich mir gegenüber. Tom machte keine Anstalten, mich den zwei Typen vorzustellen. Sie schienen jedenfalls keine Modelkollegen zu sein. Der eine war dafür zu klein und gedrungen, der andere hatte eine schiefe Nase.

Stattdessen wies er auf mich und sagte: „Und, habt ihr euch Serafons Wunderknaben so vorgestellt?“

„Na ja, eine angenehme Visage hat er schon“, meinte der eine.

„Für meinen Geschmack zu durchtrainiert“, sagte der andere.

Tom lachte. „Hast wohl Angst, dass er mit seinem kleinen Arsch deine Nüsse knackt? Mach dir da mal keine Sorgen. Ich weiß, wie man ihn anpacken muss.“

Irritiert sah ich von einem zum anderen. „Was soll das? Wovon redet ihr?“

„Von dir, Nik, und ob du es bringen kannst. Ich habe ja dagegen gewettet.“

„Was soll ich bringen?“

Die drei jungen Männer lachten grölend. „Wollen wir's ihm sagen?“

„Wohl lieber zeigen.“

Mir wurde es zu blöd, und ich stand auf.

„Ich warte unten auf Piero“, sagte ich und ging zur Tür.

Sofort sprang auch Tom auf und stellte sich mir in den Weg. „Nicht so schnell!“

Er stieß mir seine Hand vor die Brust. Aus dem Augenwinkel bemerkte ich, dass auch seine zwei Freunde aufgestanden waren.

„Piero ist gar nicht in der Stadt. Das war nur ein Vorwand, mich herzulocken“, schlussfolgerte ich.

„Vielleicht, vielleicht auch nicht“, sagte Tom. rätselhaft. „Aber mit der einen Sache hast du recht, ich habe dich hergelockt. Wir haben doch noch eine Rechnung offen.“

„Ich habe keine Ahnung, was du meinst.“ Ich ging einige Schritte rückwärts, um ihn auf Distanz zu halten.

„Dein alter Daddy hat mir zu verstehen gegeben, dass ich dich in Ruhe lassen und keine Dinge über dich erzählen soll. Und dann hat er mir ein paar bezahlte Schläger auf den Hals gehetzt. Wusstest du das?“

„Alain?“

„Genau! Der Drecksack. An manchen Tagen humple ich immer noch. Aber das werde ich euch heimzahlen. Euch beiden!“

Bevor ich etwas dagegen unternehmen konnte, legte sich ein Arm von hinten um meinen Hals und nahm mich in den Schwitzkasten.

„Heute ist der Tag der Abrechnung, Nik. Heute wirst du zahlen!“ Tom sah mich hasserfüllt an.

Der Schweiß brach mir aus allen Poren. Ich war in eine Falle getappt. Wie hatte ich nur so dumm sein können? Christin hatte mich davor gewarnt, allein zu Tom zu gehen. Ich hatte ja nicht auf sie hören wollen.

Doch so schnell gab ich nicht auf. Mit dem Ellbogen holte ich aus und stieß ihn nach hinten, dem Typ, der mich festhielt, genau in den Magen. Ächzend lockerte er den Griff. Ich wollte gerade unter ihm wegtauchen, als mich Toms Faust traf. Diese Mal war ich derjenige, der ächzte. Vornüber gebeugt rang ich nach Atem. Als mich ein Schlag in die Nieren traf, ging ich zu Boden. Tritte attackierten meinen Rücken und meinen Kopf. Schutzsuchend krümmte ich mich zusammen.

„Passt doch auf! Nicht sein Gesicht, hab ich gesagt“, rief Tom. „Los! Stellt ihn auf die Beine!“

Hände griffen nach mir und rissen mich hoch. Mein Körper schmerzte. Doch viel schlimmer war das Schwindelgefühl, das mir ein Tritt gegen die Schläfe verschafft hatte. Mir war übel, und alles drehte sich um mich.

„Weißt du, ich will dich nicht verletzen. Ich vergelte nicht Gleiches mit Gleichen. Für dich habe ich mir etwas anderes ausgedacht. Was ganz Besonderes.“

Meine Arme wurden nach hinten gerissen und mit einem Kabelbinder zusammengebunden. Scharf schnitt er mir in die Haut. Dann wurde ich zum Sessel gestoßen. Ich taumelte gegen die Lehne. Einer der Kerle packte mich wie einen jungen Hund im Nacken und zwang mich dazu, mich vornüber zu beugen.

„Richtig so, Tom?“

„Perfekt!“ Er hockte sich neben den Sessel, so dass sein Gesicht in meiner Höhe war. „Ahnst du schon, was dir jetzt blüht?“

„Du Schwein“, spuckte ich ihm ins Gesicht. „Das wirst du nicht wagen.“

„Und wie ich es wagen werde“, kicherte Tom. „Ich habe mir extra

Freunde eingeladen, damit nicht nur ich etwas davon habe. Wir werden hier eine richtige Orgie veranstalten. Und du wirst unsere Hauptattraktion sein."

„Unser Fickstück", feixte der Kleine.

„Nee, unser Bückstück", lachte der andere.

„Was auch immer", ging Tom dazwischen. „Ich bin auf jeden Fall der Erste. Bereitet ihn schon mal vor."

Ich hing bewegungsunfähig über der Rückenlehne des Sessels und wollte am liebsten tot sein. Grobe Hände begannen, an meiner Hose zu zerren.

„Wie praktisch."

„Was?", blaffte Tom.

„Er trägt keine Unterwäsche."

„Ist dein Daddy so geizig, dass du dir noch nicht mal die leisten kannst?" Tom trat von hinten an mich heran. „Könnte sein, dass es jetzt ein bisschen weh tut. Aber sicher bist du derart Behandlung gewöhnt. Serafon soll ja auch nicht zimperlich sein."

„Los, fang schon an. Ich will auch" – „Gib's der Fotze endlich!", feuerten die anderen Typen Tom an.

Und das tat er dann auch.

Mit einem brutalen Stoß trieb er mir sein steifes Ding rein. Ich schrie vor Schmerz auf. Irgendjemand stopfte mir einen Knebel in den Mund, so dass ich kaum noch Luft bekam. Mein Unterleib wurde taub, als er brutal zu ficken begann. Und dann schaltete sich gnädigerweise mein Bewusstsein aus.

Ich hing an einem Baum und schaukelte sacht im Nachtwind - *Mea culpa, mea maxima culpa.*

Zwischendurch flackerte mein Verstand immer wieder auf. Dann nahm ich wahr, dass mein Körper noch immer missbraucht und gedemütigt wurde. Erst von Tom. Als er seine Ladung in mich gepumpt hatte, kam der mit der schiefen Nase dran - *Mea maxima culpa.*

Dann war der Kleine an der Reihe. Sein Schwanz war genau so gedrungen wie sein Körper. Ich glaubte zu zerreißen.

„Das fühlt sich ja wie eine geschmierte Möse an", beschwerte er sich, als das Sperma seiner Kumpels meine Beine hinunterfloss.

„Jammer nicht rum. Nimm ihn halt härter ran."

Das ließ er sich nicht zwei Mal sagen. Er griff in mein Haar und riss meinen Kopf nach hinten. Mein Rückrat bog sich durch, und mein Hintern streckte sich ihm schutzlos entgegen - *Mea culpa, mea maxima culpa.*

Als ich das nächste Mal erwachte, lag ich auf dem Boden, der weiße Flor des Teppichs genau vor meinem Auge. Jemand lachte wie irre.

„Schaut euch das mal an …"

„Es reicht, Max", schimpfte Tom. „Da verstehe ich keinen Spaß. Der blutet gerade meinen teuren Teppich voll." - *Mea maxima culpa.*

Ich schreckte hoch. Kaltes Wasser trommelte auf meinen Körper und floss mir in Augen und Mund. Benommen lag ich in Toms Dusche. Ich war allein. Mühsam rappelte ich mich auf alle Viere und kroch aus der Duschkabine raus. Das Wasser ließ ich laufen. Für derartige Kleinigkeiten wie Wasserhähne bedienen, hatte ich keine Kraft. Mein Körper fühlte sich an, als wäre ich von einem Mähdrescher überfahren worden. Zitternd griff ich nach einem Handtuch und schlang es um meinen Körper. Minutenlang saß ich auf dem kalten Boden, während sich die altbekannten Worte des Schuldbekenntnisses in meinem Kopf drehten.

Irgendwann wurden sie leiser. Ich griff mir meine Kleidung, die zerknautscht auf dem Boden lag. An meiner Hose fehlte ein Knopf und der Kragen meines Hemdes war zerrissen.

Mich unsicher an den Wänden entlang tastend, ging ich durch den Flur. Als ich am Wohnzimmer vorbei kam, hob Tom den Kopf.

„Hat es dir gefallen? Besser als dein alter Daddy, oder? Kannst gern bleiben. Deine Kammer ist noch frei."

„Sei vorsichtig, Tom. So wie der die Behandlung genossen hat, nimmt er dein Angebot bestimmt an. Ich hab noch nie einen Kerl so oft abspritzen gesehen."

„Du wirst eine Samenbank aufmachen können."

„Ach komm, wer will denn schon dem seinen Likör?"

Grölendes Lachen begleitete mich bis ins Treppenhaus. Auf der

Straße stützte ich mich auf ein parkendes Auto und winkte ein Taxi. Als ich mich auf den Rücksitz sinken ließ, stöhnte ich auf. Diese Kerle hatten mich kaputt gefickt. Aber das würden sie mir büßen. Obwohl ich mich nicht an Einzelheiten erinnern konnte, reichten mir die Fetzen, welche sich in mein Hirn eingebrannt hatten.

Wie kam Tom nur darauf, dass er mich auf diese Weise benutzen konnte, ohne dass Alain ihm eine gerechte Strafe zukommen ließ? Hatte er keine Angst, dass dieses Mal sein Gesicht dran sein würde? Er würde nie wieder einen Job bekommen, dafür würde ich sorgen. Er war raus aus dem Geschäft. Für immer!

Und wenn Alain mich fragte, würde ich darauf bestehen, dass dieses Mal nicht nur ein kurzzeitiges Hinken zurück blieb. Er sollte auf dem Boden kriechen und seine Zähne ausspucken. Und dann würde ich lachen. Er würde bereuen, dass er jemals so eine Idee gehabt hatte.

Ich schluchzte auf, als ein Zittern meinen Körper erfasste.

„Geht es Ihnen gut?", fragte der Fahrer und sah mich durch den Rückspiegel an.

„Alles bestens", antwortete ich krampfhaft um eine normale Aussprache bemüht und setzte mich schräg. So konnte ich die Schmerzen am ehesten ertragen.

Piero

Ich ließ das Taxi in einer Seitenstraße halten. Das Letzte was ich jetzt brauchte, war ein neugieriger Reporter, der unschöne Fotos machte. Den Kragen hochgeschlagen, die Hände tief in den Hosentaschen vergraben, lief ich mit gesenkten Kopf die Straße entlang.

„Pardon." Im Vorbeigehen streifte mich jemand an der Schulter.

Obwohl ich diese Stimme vorher noch nie Französisch sprechen gehört hatte, erkannte ich sie, als hätte ich sie erst gestern vernommen.

Wie vom Blitz getroffen, blieb ich stehen und drehte mich um. Ein junger Mann eilte mit schnellen Schritten den Gehweg entlang. Obwohl er eine Kapuze über den Kopf gezogen hatte, schaute eine Strähne seines hellen Haars hervor.

„Piero?" Obgleich meine Stimme leise war, hatte sie die Wirkung eines Peitschenknalls auf den jungen Mann.

Er zuckte zusammen und blieb ruckartig stehen. Langsam, wie in Zeitlupe drehte er sich um. Fast wirkte es, als überlege er, ob er nicht meinen Ruf ignorieren und einfach weiterlaufen sollte. Aber das bildete ich mir sicher nur ein.

Als er mich sah, erhellte sich seine Mimik von einem Wimpernschlag zum anderen. Gerade noch war Pieros Gesicht ernst gewesen, mit einer steilen Falte auf der Stirn, nun strahlte er.

„Nikola? Was tust du denn hier?" Wir liefen aufeinander zu und fielen uns in die Arme. Es war so wundervoll, ihn zu spüren. Der ganze Zorn, die Verzweiflung und die Demütigung fielen mit einem Mal von mir ab und machten einer solchen Wiedersehensfreude Platz, dass mir die Tränen in die Augen schossen.

„Ich habe gedacht, ich seh' dich niemals wieder", schluchzte ich und drückte ihn an mich. Ich grub meine Nase in seine Kapuze und zog seinen Geruch tief ein.

„Als Tom sagte, dass ich dich heute bei ihm treffen würde, war ich überglücklich. Als du dann aber nicht kamst, ging die Welt für mich unter."

„Du warst heute bei Tom?"

„Ja, aber es war nur eine Falle, um mich zu ihm zu locken. Tom ist ein Schwein! Du weißt nicht, was er mir angetan hat. Er und seine zwei Freunde …“ Wieder schluchzte ich und spürte erneut die Panik und Verzweiflung in mir aufsteigen.

„Ich muss nach Hause. Ich brauche dringend meine Medizin. Kommst du mit?“ Flehend sah ich ihn an. „Es ist gleich um die Ecke.“

Verunsichert sah Piero sich um. „In Ordnung. Da kannst du mir auch erzählen, wie es dir die ganze Zeit ergangen ist. Ich dachte, ich könnte Tom vertrauen. Wir hatten eine Abmachung. Ich tue etwas für ihn, und er kümmert sich um dich. Aber das scheint ja nicht sonderlich gut funktioniert zu haben.“

„Du kannst deinen Teil der Abmachung ja rückgängig machen“, flüsterte ich. „Das hat er sich mit dieser Tat gerade eben wirklich verdient.“

„Wenn das so einfach wäre.“ Piero löste meine Arme von seinem Hals, da ich ihn immer noch umklammert hielt. „Komm, ich bring dich heim.“

Arm in Arm liefen wir die Straße entlang, in die Richtung, aus welcher Piero mir gerade entgegen gekommen war.

„Ich bin so froh, dass ich dich gefunden habe. Ich habe Alain schon so viel von dir erzählt. Er wird dich mögen.“

„Alain Serafon?“ Piero wirkte überrascht.

„Ja, kennst du ihn? Das ist der Mann bei dem ich wohne, und der mir geholfen hat, als Tom sich zum Arschloch entwickelt hat.“ Ich hatte mich mittlerweile wieder einigermaßen im Griff, so dass ich wenigstens ohne zu schluchzen reden konnte.

„Hier wohnst du also?“ Pieros Stimme hatte einen dunklen Klang, als ich vor dem Tor stehen blieb.

„Ja, hier. Zusammen mit Alain.“

Piero wirkte nachdenklich, verärgert, überrascht – alles in einem. Die verschiedenen Emotionen huschten über sein glattes Gesicht wie Schatten. Doch ich nahm dies nur halb wahr. Eine unglaubliche Aufregung nahm mich gefangen und steigerte sich von Sekunde zu Sekunde. Ich würde heute die zwei Menschen zusammenbringen, die mein Leben grundlegend verändert hatten.

Ob sie sich verstanden? Ob sie sich mochten? Ich stolperte fast, als ich eintrat und die Hofeinfahrt entlanglief.

Ich steuerte zielstrebig auf den Fahrstuhl zu.

„Wolltest du nicht erst deine Medizin nehmen?" Piero hielt mich am Arm fest und sah mich seltsam an.

„Meine Medizin? Ach ja …" Die Tabletten warteten in meinem Nachtisch auf mich. Ich hatte ihm ja davon erzählt. Runtergespült mit einem halben Glas Wodka würden sie meine Nerven beruhigen und mich den ganzen Abend in einem klareren Licht sehen lassen. Ich schlug den Weg zum Treppenhaus ein, über das man mein Zimmer erreichen konnte.

„Schön hast du's hier", sagte Piero, als wir dort ankamen. Er ging zum Fenster und öffnete es.

Die Nachtluft strich zu uns herein. Piero, vor der nächtlichen Kulisse von Paris, wirkte auf mich wie ein Zauber. Ich starrte ihn an und konnte mich gar nicht satt sehen. Er war noch genauso schön, wie in meiner Erinnerung.

„Ich liebe Paris. Es ist eine schöne Stadt. Aber ich habe dich vermisst." Ich lächelte schüchtern, als ich sah, dass ihm mein Starren unangenehm wurde. „Du wirst es nicht glauben", redete ich weiter, „aber ich habe fast kein Fernweh mehr. Ich bin ein richtig Sesshafter geworden."

„Das kann ich mir vorstellen." Er beobachtete, wie ich eine Tablette nahm. „Tust du mir einen Gefallen?"

„Welchen?" Mein Herz blieb fast stehen, als er zu mir kam und meine Hand fasste.

„Nimm noch eine!"

„Wieso?"

Er sah mich nur mit einem bittenden Ausdruck an, in dem eine seltsame Besorgnis mitschwang.

„Es geht mir schon viel besser. Ich bin gut im Vergessen, weißt du." Ich zwinkerte ihm zu.

„Trotzdem!" Er nahm mir die Packung aus der Hand und drückte mir eine weitere Pille heraus.

„Ich konnte deinen Bitten noch nie widerstehen“, sagte ich und schluckte sie mit einem weiteren Schluck Wodka herunter.

Die Wirkung setzte augenblicklich ein. Meine Umgebung rückte ein Stück in den Hintergrund und Pieros Bewegungen schienen langsamer zu werden. Fast sinnlich strich er durch mein Zimmer, besah sich das glänzende Bad, nahm die Zeitschriften in die Hand, die Christin mir mitgebracht hatte und auf denen mein Titelbild prangte.

„Du bist berühmt“, stellte er nüchtern fest.

„Kann ich dich damit wenigstens beeindrucken?“ Ich lag auf der Couch und beobachtete ihn, während sich Müdigkeit, wie ein schwarzer Zylinder, über mich stülpte. Ganz leise vernahm ich Gesang. *Pur ti miro, pur ti godo.* Ich schreckte hoch. Kerzengerade saß ich da und lauschte in die Nacht.

„Alain ruft mich“, flüsterte ich fast unhörbar.

„Was redest du?“ Erschrocken sah Piero mich an. Nachdenkliche Falten zogen sich über seine Stirn.

So einen Ausdruck hatte ich noch nie auf seinem Gesicht gesehen. Die Zeit hatte auch ihn verändert. Doch es gefiel mir. So ernst, so männlich. Die knabenhafte Weichheit war völlig aus seinen Zügen verschwunden.

Benommen schüttelte ich den Kopf. Ich hatte doch gerade noch an etwas anderes gedacht, aber an was? Alain – fiel es mir wieder ein. Ich stand auf und ging zur Tür.

„Wo willst du hin?“ Piero sprang in die Höhe.

„Ich gehe zu Alain.“

„Schau dich an! So kannst du nicht gehen.“

Er hatte recht. Ich hatte noch immer das zerrissene Hemd und die kaputte Hose an.

„Hilfst du mir? Ich schaffe das nicht allein“, lallte ich. „Ich hatte es dir doch gesagt, zwei Tabletten sind zu viel.“

Piero ging an den Kleiderschrank. Er zuckte zurück, als er die Massen von Kleidungstücken sah.

„Alles geschenkt bekommen“, erklärte ich.

Irgendwie hatte ich das Gefühl, meine Worte nicht mehr unter Kontrolle zu haben. Auch auf meine Augen konnte ich mich nicht mehr verlassen. Warum nur wirkte Piero die ganze Zeit so, als fühle er sich schuldig. Dieser beschämte Gesichtsausdruck, der immer wieder über seine Züge huschte, war mir an ihm völlig unbekannt. Nicht einmal damals, als wir meiner Großmutter einen frisch gebackenen Kuchen gestohlen hatten und erwischt worden waren, hatte er so schuldbewusst ausgesehen.

„Was hast du zu verbergen?“, gluckste ich.

„Wieso? Ich habe nichts getan.“ Er sah mich prüfend an. „Ich fühle mich in diesem ganzen Luxus nur nicht so wohl. Das kannst du sicher verstehen.“

Warum klangen diese Sätze wie Ausflüchte?

„Man gewöhnt sich schneller an den Reichtum, als man am Anfang glaubt“, antwortete ich.

Piero half mir, das Hemd zu schließen, da ich mich immer wieder verknöpfte.

„Bist du dir sicher, dass du heute noch zu Alain musst?“ Piero hielt mich an der Tür zurück. „Es geht dir nicht gut.“

„Dank meiner kleinen weißen Freunde bin ich fast wie neu. Glaub mir! Außerdem möchte ich, dass ihr euch kennenlernt. Ich habe so lange darauf gewartet, meine zwei besten Freunde miteinander bekannt zu machen.“

Ich wankte die Treppe hinauf. Dass Piero kurz zögerte und einen Blick zurück warf, bemerkte ich nicht.

Die Musik war leiser als sonst. Sie hallte nicht durch die Flure, sondern war nur ein leises Hintergrundgeräusch. Auch schien immer wieder dasselbe Duett in einer Endlosschleife zu laufen. Vielleicht war Alain eingeschlafen? Ich hatte ihn ja lange genug warten lassen.

Als wir durch das Studio liefen, hörte ich, wie Piero etwas hinter mir zurück blieb. Das fand ich sehr zuvorkommend. So konnte ich Alain vorbereiten, dass ich heute nicht allein kam.

Verzweiflung

Als ich die Tür zu Alains Schlafzimmer öffnete, fiel mir als erstes auf, dass die Markisen heruntergelassen waren und den Ausblick durch das Glasdach verhinderten. Das war ungewöhnlich. Alain genoss die Weite des Himmels, genauso wie ich. Dass sie mich an mein altes Leben erinnerte, hatte ich ihm nie sagen müssen.

„Alain?“

Er antwortete nicht. Der große Flachbildfernseher lief und erhellte den Raum. Verwundert registrierte ich, dass, trotz der ausgeschalteten Lautstärke, eine Quizshow lief. Seit wann sah Alain derart Triviales? Im Hintergrund hörte ich noch immer die Musik. Die beiden Liebenden sangen und verschmolzen zu einer gemeinsamen Stimme.

Der hohe Sessel, in dem Alain fern sah, stand von der Tür abgewendet. Das Bett war unbenutzt. Dass er vor dem TV eingeschlafen sein sollte, konnte ich mir irgendwie nicht vorstellen. Ich grinste bei dem Bild, das mir dabei in den Sinn kam: Alain, mit auf die Brust gesunkenem Kinn.

Ich lächelte. Wenn ich nachdachte, hatte ich ihn eigentlich noch nie schlafend gesehen. Dafür war er mit viel zu viel Energie gesegnet.

„Alain?“, versuchte ich es noch einmal. Ein leises Klirren erklang, als ich über etwas stolperte. Sein Spazierstock, mit dem schweren Knauf, lag auf dem Boden. Im bläulichen Licht des Bildschirms erkannte ich, dass etwas Dunkles an dem Silber klebte.

Ich bückte mich und hob ihn auf. Als ich das Dunkle als Blut und Haare identifizierte – kurze, graue Haare, ließ ich ihn sofort wieder fallen. Eine Gänsehaut überzog meinen Körper.

„Alain?“ rief ich jetzt, ohne auf meine schrille Stimme zu achten. Angst krallte sich in meinen Magen. Ich stürzte zum Sessel und taumelte entsetzt zurück. Den Anblick, der sich mir bot, verkraftete mein überspanntes Gehirn nicht.

Das Zimmer begann sich um mich zu drehen.

Alains aufgedunsenes Gesicht – das kleine, blutige Rinnsal auf seiner Stirn - das Kabel, das sich in die Haut seines Halses geschnitten hatte - der blutverkrustete Stock - Piero, der auf mich zueilte und irgendetwas rief – alles zerfloss in dem Strudel, der mich zu ersticken drohte.

Ich schlug hart auf dem Boden auf. Mein Kopf schmerzte. Dunkelheit verschlang alles um mich herum. Hände, die mich schüttelten. - Nein, ich wollte nicht wach werden. Lass mich in Ruhe, ich will schlafen. Ich träume nur.

Alles wird gut. *Mea culpa.* Habe ich nicht gewollt. *Omnes Angelos et Sanctos.* Ich versprech' dir … wird er büßen. *Mea maxima culpa.* Versprech' ich dir. *Beatam Mariam semper Virginem.* Niemals mehr allein. *Ad Dominum Deum nostrum.* … hole Hilfe. *Mea culpa.* Sind bald da. - … Ihr Name? *Omnipotenti et vobis.* Wer sind sie? ... Was machen sie hier? *Mea maxima culpa.* … sofort in ein Krankenhaus. - Verwirrenden Worte, die sich in schnell zusammenziehenden Kreisen um mich drehten.

Kamen sie von Außen oder aus meinem Inneren?

Ich wusste es nicht. Trotzdem bäumte ich mich auf. „Nein, nein … kein Krankenhaus. Ich will hier bleiben.“ Ich stammelte, versuchte mühsam aufzustehen.

Hände drückten mich herunter. Etwas blendete meine Augen und stach in mein Hirn.

„Was hat er genommen?“

„Keine Ahnung, die Tabletten liegen in seinem Zimmer. Ich hol sie.“

Schritte entfernten sich. Eine undeutliche Stimme redete auf mich ein, hielt mich wach. So gern würde ich wieder in die Dunkelheit eintauchen, vergessen.

Vergessen? Hatte ich irgendetwas, das ich vergessen sollte? Es war doch gerade noch so schön gewesen. Piero war endlich da.

„Zwei davon? Mit Alkohol?“ Etwas stach in meine Armbeuge. Ich versuchte meinen Arm wegzuziehen. Doch eine Klammer hielt ihn fest.

„… braucht Ruhe. … auf sein Zimmer… Spurenaufnahme …“

Hände packten mich, hoben mich hoch. Mein Kopf wankte unkontrolliert hin und her, kraftlos gaben meine Beine nach. Pieros Stimme, die mich aufforderte zu gehen, wach zu bleiben, zärtlich, erwärmte sie mein Herz.

„Ich liebe dich, Piero“, flüsterte ich und versuchte ihn anzusehen. „Schon immer habe ich dich geliebt.“

„Ich weiß, aber jetzt musst du uns helfen.“

Ihm zuliebe sammelte ich meine Kräfte und setzte einen Fuß vor den anderen. Trotzdem strauchelte ich und hing ich wie ein nasser Sack zwischen Piero und dem jungen Mann auf meiner anderen Seite. Mühsam schafften wir es die Treppe hinunter, in mein Zimmer, wo ich mich auf das Bett fallen lassen konnte. Ich grub mich unter die Decke und zog mir das Kissen über en Kopf.

„... mitkommen, zum Verhör.“

„... will nicht allein lassen.“

„... wird schlafen.“

Stimmengemurmel lullte mich ein. Ich fühlte mich, als würde ich auf einem fliegenden Teppich schweben. Über mir der sternenübersäte Himmel, unter mir tiefste Schwärze. Und dann stürzte der Teppich ab. Schlingernd fiel ich in einen schwarzen Strudel aus Tod und Vergessen. Ich schrie. Meine Lunge schmerzte. Mein Körper wurde auf den Boden gepresst. Ein erneuter Einstich in meinen Arm. Und dann - endlich - gnädiges Vergessen.

Verwirrung

„Er ist jetzt wach. Der Kommissar kann kommen."

Schritte entfernten sich und jemand zog die Vorhänge auf. Ein bleigrauer Himmel hing über Paris und schien auf die Stadt niederzudrücken. Genau so fühlte ich mich auch, niedergedrückt, müde, leer, ohne Emotionen.

Warum lag ich hier? Was machte der fremde Mann in meinem Zimmer? Ein Krankenpfleger?

„Bleiben Sie liegen. Ihr Kreislauf ist nicht stabil", sagte er und machte meine Anstrengungen aufzustehen, mit einem sanften Druck auf meine Schulter zunichte.

Die Tür schwang auf und ein magerer Mann mit einem grauen Gesicht und einem schlecht sitzenden Anzug trat ein. Er hielt mir eine Polizeimarke vor die Nase.

„Mein Name ist Marais. Ich leite die Ermittlungen und habe ein paar Fragen an Sie."

Fragen, was für Fragen? In meinem Kopf begann es sich wieder zu drehen.

„Seine Aussage wird vor Gericht nicht anerkannt", hakte der junge Mann ein.

„Ich weiß ...", unterbrach der Kommissar unwirsch. „Wir wollen uns ja auch nur ein bisschen unterhalten und die Aussagen des Freundes mit seiner abgleichen."

„Meines Freundes?"

„Monsieur Piero Cingarowič. Er ist doch Ihr Freund?"

„Ja." Das Wort war nur ein Hauch.

Piero - ich hatte ihn getroffen. Und dann ... meine Gedanken irrten hin und her, auf der Suche nach einem Anhaltspunkt. Irgendetwas Schreckliches war passiert. Oder täuschte ich mich?

„Als Sie nach Hause kamen, war die Haustür da verschlossen?"

„Ja, sicher."

„Ihnen ist nichts Verdächtiges aufgefallen?"

„Nein, wieso?"

„Wer war bei Ihnen?“

„Piero, ich hatte ihn getroffen.“

So ging die Fragerei unendlich weiter. Ich hatte Kopfschmerzen und Mühe, mich zu konzentrieren. Immer wieder flog mein Blick zum Fenster, auf den mit Wolken verhangenen Himmel.

„Hat den Spazierstock noch jemand anderes angefasst, außer Ihnen?“

Spazierstock? Was meinte er? Das Bild des blutbesudelten, silbernen Knaufes tauchte vor meinen Augen auf.

„Ich … ich weiß nicht … er fiel mir aus der Hand … Piero war hinter mir …“ Tränen stiegen mir in die Augen und liefen meine Wangen hinunter.

„Was hat Ihr Freund in dem Zimmer getan? Was hat er angefasst?“

„Er war tot. Einfach so.“ Ich schluchzte auf. „Er saß da, ohne zu atmen. … so schrecklich!“ Ein erneuter Weinkrampf begann mich zu schütteln.

„Sie sollten jetzt gehen. Er braucht Ruhe.“

„Eine letzte Frage.“ Der Kommissar beugte sich über mich. „Wo ist das Testament?“

„Ich … ich weiß nicht … Alain ging es … ging es immer gut … er hat nie mit mir darüber … darüber geredet …“ Meine Worte waren unverständlich. Hemmungsloses Schluchzen unterbrach sie immer wieder. Ein Kloß saß in meinem Hals und drohte, mir den Atem zu nehmen. Stoßweise holte ich Luft. Panik ergriff mich. Ich ballte die Fauste und presste sie in die Matratze, während ich nach Atem rang.

„Es reicht.“ Der Pfleger drängte den mageren Mann zur Seite und begann, an meinem Arm zu hantieren. Mein Blick fiel auf eine Kanüle, die in meinem Unterarm steckte und durch die er jetzt etwas in meine Venen spritzte.

„Atme langsam aus und ganz langsam wieder ein.“ Seine Worte waren drängend, so dass ich ihnen Folge leisten musste. Langsam bekam ich wieder Luft, die Panik wich und eine seltsam, schwebende Entspannung breitete sich in mir aus.

Wo war Piero?

Was war vorgefallen?

Als ich mich zu erinnern versuchte, was mit Alain passiert war, breitete sich ein Nebel in meinem Geist aus und die herumirrenden Gedanken verstummten allmählich.

Das war doch alles gar nicht wichtig. Ich schwebte in eine wundervolle Dunkelheit hinein und fühlte mich wohl. Alles andere konnte warten…

Keimende Zweifel

Die nächsten Tage schlich ich wie ein Gespenst durch das große Haus. Ich vermied es, ins Dachgeschoss zu gehen, denn dort war Alains Schlafzimmer und wartete nur darauf, mich an unseren grausamen Schicksalsschlag zu erinnern.

Die Polizei hatte mich mehrfach befragt, aber keinen Grund gehabt, mich des Hauses zu verweisen. Inoffiziell war ich Alains Erbe, auch wenn das Testament noch immer nicht aufgetaucht war. Diese Tatsache war es auch, die mich weniger verdächtig erscheinen ließ.

„Da wird noch ein ganz schöner Erbschaftsstreit auf dich zukommen“, hatte mir Christin prophezeit. „Die Ratten werden aus den Löchern kriechen und auch ein Stück vom Kuchen abhaben wollen. Das ist immer so.“

Glücklicherweise hatte sie sich bei mir einquartiert, sodass ich wenigstens nicht allein war.

Piero war wieder verschwunden. Er hatte mir nur einen zerknitterten Stadtplan von Paris dagelassen, auf dem ein schwarzes Kreuz, in einem der Außenbezirke eingezeichnet war.

„Du wirst ihn doch nicht etwa dort besuchen?“ Christin erwischte mich, wie ich den ausgebreiteten Stadtplan studierte. „Das ist ein berüchtigtes Pariser Getto. Wenn du dort hinfährst, verlierst du, wenn du Glück hast, nur deine Brieftasche.“

„Du vergisst, wer ich bin. Eigentlich gehöre ich genau dort hin. Vor allem jetzt, wo Alain nicht mehr für mich da ist. Aber der Clan hat mich ja eh verstoßen und vergessen.“

„Ich wäre mir da nicht so sicher. Zeig ihnen deine Kontoauszüge, und du wirst, bevor du dich versiehst, ein König unter ihnen sein.“

Christin könnte sogar recht haben. Daran hatte ich nie gedacht. Würden sie mich wirklich wegjagen, wenn ich im schwarzen Jaguar vorfuhr, mit Goldketten behängt? Doch ich wusste auch, was dies für mich und Alains Hab und Gut bedeuten würde. Wollte ich es wirklich meiner Sippe zum Fraß vorwerfen und mich später, wenn es verprasst war, wieder unterordnen?

Wollte ich das wirklich? Und hatte meine Sippe diesen Reichtum verdient, nachdem sie mich so behandelt hatte?

Nein! Ich würde ihnen niemals verzeihen. Meine Hand ballte sich spontan zur Faust.

„Hast du das von Tom gehört?"

„Was? Ist er wieder verprügelt worden? Oder war es wieder nur ein Unfall, bei dem er sich den Fuß verstaucht hat?"

Christin sah mich mit seltsam schwarzen Augen an. „Nein, er ist tot."

Starr stand ich da, zu keiner Regung fähig. In meinem Hinterkopf pulsierte ein Satz. *Ich versprech' dir, das wird er büßen.* Irgendjemand hatte das einmal gesagt, vor gar nicht all zu langer Zeit. Aber wer?

„Er wurde mit einem Kabel erdrosselt in seiner Wohnung gefunden. Man vermutet, dass es ein paar seiner üblen Saufkumpane waren, mit denen er gern feierte. Es fehlen nämlich Geld und Wertgegenstände."

Mit einem Kabel? Wie Alain?

„Hat man sie schon festgenommen?", fragte ich schnell.

„Ja, sie verstricken sich gerade in widersprüchliche Ausreden und beschuldigen sich gegenseitig. Aber … ich glaube nicht, dass sie es waren. Die Ähnlichkeit zu Alains Tod ist zu offensichtlich."

Christin hatte es also auch erkannt.

„Du glaubst, es war derselbe?"

„Was glaubst du?" Sie sah mich mit zusammengezogenen Augenbrauen an. „Tom war in unseren Kreisen dafür bekannt, Intrigen zu schmieden. Da scheint irgendetwas anders gelaufen zu sein, als er geplant hatte, würde ich sagen."

„Hast du jemanden bestimmtes in Verdacht?" Ich hatte vor ihrer Antwort Angst und wollte sie eigentlich nicht hören. Trotzdem sah ich sie auffordernd, fast trotzig an.

„Ich werde keinen Namen nennen, aber du weißt, an wen ich denke."

„Bitte, Christin! Die Polizei hat Piero gehen lassen."

„Ja, mit der Auflage, dass er Paris nicht verlässt."

„Das hat doch nichts zu bedeuten. Ich darf Paris auch nicht verlassen.“ Verärgert faltete ich den Stadtplan zusammen. „Du wirst mich nicht gegen den letzten Menschen aufwiegeln, an dem mir noch etwas liegt!“

„Nein, natürlich nicht.“ Christin setzte sich neben mich und stützte ihr Kinn in die Handfläche. „Du weißt aber schon, dass seine Fingerabdrücke überall waren.“

„Und wenn schon. Ich hatte ihn selbst ins Haus gelassen.“

„… sogar auf der Tatwaffe?“

„Wir hatten sie beide angefasst. Und denkst du vielleicht auch, dass ich es war? Wie hätte er denn ins Haus kommen sollen? Kaum einer kennt den Code.“

Sie zuckte mit den Schultern. „Wenn ich es wüsste, würde ich sicher bei der Polizei arbeiten. In den Zeitungen steht etwas von einem Stricher, den er mit nach Hause genommen haben soll.“

„Bullshit! Alain war mir treu.“

„Es heißt, er soll nicht der erste Stricher gewesen sein, den er mitgenommen und mit dem er Verkehr gehabt haben soll.“

„Ich habe keine Ahnung, was er in seiner Jugend gemacht hat. Wir haben nie darüber gesprochen …“

„Nikola“, unterbrach sie mich. „Sie meinen damit dich!“

Beschämt drehte ich den Kopf weg. „Hat es Tom also doch noch geschafft, Schlechtes über mich zu verbreiten. Er hat den Tod verdient.“ Bitter stiegen die Worte hoch, wie Galle.

„Ich denke nicht, dass du dir Sorgen um dein Image machen musst. Die Zeitungen schreiben viel. Aber du bist beliebt. Sie nennen dich den Jungen, der aus dem Nichts kam und Millionen erbte. Sie mögen dich, egal was erzählt wird.“

„Das ist mir egal, und bringt mir Alain nicht zurück.“

Christin verstummte. Sie wusste, dass Worte mir nicht halfen. Ich musste mit meinem Schmerz allein fertig werden. Dabei konnte sie mir nicht helfen.

Christin fasste meine Hand. „Komm, es wird Zeit.“ Sie richtete liebevoll den Kragen meines Hemdes. „Schwarz ist nicht deine Farbe.

Es macht dich blass.“

„Es zeigt nur, wie ich mich fühle.“

„Wir trauern alle.“ Eine Träne hing an ihrem unteren Wimpernkranz und zitterte. „Es tut mir so leid!“

Schnell wendete ich mich ab und griff nach meiner Jacke aus schwarzer Wildseide. Ich hatte das Gefühl, wenn ich erst einmal mit weinen anfing, würde ich so bald nicht mehr aufhören können. Wir würden gleich auf Alains Beerdigung gehen, und ich gedachte nicht, die trauernde Witwe zu geben, die alle zu erwarten hofften. Ich würde mich bedeckt halten, denn ich wollte mich morgen nicht schon wieder als Schlagzeile auf dem Titelblatt der Zeitungen finden.

Die Beerdigung

„Das ist ja der reinste Menschenauflauf." Christin saß neben mir. Ihre Augen waren, genau wie meine, hinter dunklen Gläsern verborgen. „Alain hätte sich eine stille Beisetzung gewünscht."

Obwohl auf dem Vorhof immer noch Unmengen von Menschen warteten, platzte die Trauerhalle mittlerweile fast aus allen Nähten.

„Er kann sich nun nicht mehr beschweren." Es tat mir weh, den Coolen, Unberührten nach außen zu kehren. Doch die vielen Kameras zwangen mich dazu. Überall standen sie und beobachteten jede unserer Regungen mit ihren schwarzen Augen. Sie lauerten auf eine Sensation oder einen Zusammenbruch. Doch keines von beidem würde ich ihnen heute bieten.

Ich hätte Père Lachaise gern mit Alain zusammen besucht, so wie Christin es mir damals vorgeschlagen hatte. Er hätte es sicher geliebt. Doch nun erwies ich ihm mit vielen anderen gemeinsam diese letzte Ehre. Ein Redner nach dem nächsten trat nach vorn, erzählten, wie wichtig ihnen Alain gewesen war, wie er sie beeinflusst hatte und was für ein toller Künstler und Mensch er gewesen war. Keinen davon hatte ich in meiner Zeit bei Alain je zu Gesicht bekommen. Ich hatte das Gefühl, sie machten sich nur wichtig, wollten zeigen, wie nah sie diesem unnahbaren Menschen gestanden hatten.

Ich hörte nicht zu. Mein Blick klebte an dem geschlossenen silbernen Sarg, der im Hintergrund der Halle stand und vor Blumengebinden und Buketts kaum zu sehen war.

Alain hatte glücklicherweise den ganzen Ablauf der Bestattungszeremonie vorab notariell festgelegt. Ich musste mich um nichts kümmern. Andere, fremde Menschen regelten diese letzte, große Show in seinem Auftrag.

Er hatte also doch an seinen Tod gedacht. Er hatte nur nie mit mir darüber reden wollen.

Ob er mich damit nicht belasten wollte? Oder hätte er es mir nicht zugetraut?

Meine Gedanken wanderten zu Piero und dem seltsamen Zeitpunkt unseres Wiedersehens. Ob das alles Zufall gewesen war? Immer wenn ich mir den betreffenden Abend noch einmal vor Augen führte, bekam ich Kopfschmerzen. Ich wusste einfach nicht, was ich denken sollte. Es war zum Verzweifeln.

Ein neuer Redner trat an das Pult. Ich nahm ihn nur am Rande war.

„Oh, Felipe Jaroudas. Hast du gewusst, dass er auch kommt?“, flüsterte Christin andächtig neben mir.

Ich schüttelte nur den Kopf, als ich den berühmten Sänger sah, den mir Alain damals hinter der Bühne der Oper vorgestellt hatte. Auch er sagte einige Worte, und ich wollte schon wieder in meiner morbide Lethargie versingen, als er plötzlich seine Stimme erhob und zu singen begann.

„Oh, der Cold Song“, hauchte Christin tränenschwanger neben mir.

Und nach den ersten Tönen wusste ich, was sie meinte. Auch mir schossen plötzlich Tränen in die Augen und strömten über mein Gesicht. Ich wollte sie zurückhalten, doch die Anstrengung ließ meinen Körper nur noch mehr verkrampfen und beben. Schon spürte ich die ersten schwarzen Kameraaugen auf mich gerichtet.

„Ich muss hier raus“, flüsterte ich und erhob mich.

„Soll ich mitkommen?“

„Nein, ich muss allein sein.“

Ich stolperte durch die Sitzreihen und verließ die Trauerhalle unbehelligt durch einen Hintereingang. Zum Glück hatten die Journalisten genügend Anstand, mich nicht aufzuhalten. Ich vermied es durch die wartenden Trauergästen zu gehen, die keinen Einlass erhalten hatten, und nahm stattdessen den Weg über den alten Teil des Friedhofes. Ich musste nachdenken. Ich musste mir klar darüber werden, was ich wollte, und vor allem, wer ich überhaupt noch war.

Was war von mir noch übriggeblieben?

Ich rannte wie ein Irrer über den Friedhof. Die neugierigen und empörten Gesichter der Touristen und Besucher bemerkte ich nicht. Ein Geistesblitz war mir erschienen. Endlich wusste ich, wo ich hin musste. Endlich hatte ich ein Ziel.

Ich lief zur Metrostation und stieg in die U-Bahn. Den Standort auf dem Stadtplan hatte ich mir wieder und wieder eingeprägt. Einige Male musste ich umsteigen. Doch ich kam meinem Ziel näher. Immer mehr Schwarzafrikaner bevölkerten die Bahn, Mütter mit kleinen Kindern, Jugendliche, die Alkohol zwischen sich kreisen ließen und ordinäre Scherze machten, Männer mit Rastalocken und ausgelatschten Schuhen.

Immer öfter streiften Blicke über meinen schwarzen Anzug und meine blank polierten Schuhe. Ich zog die Jacke aus und legte sie neben mir auf den Sitz. Mein Hemd knöpfte ich auf, so dass mein nachwachsendes Brusthaar zu sehen war.

Ich rasierte meinen Körper seit Alains Tod nicht mehr. Wozu auch? Ich hatte keinen Job, ging kaum außer Haus, ich war in Trauer. Mein Gönner, Liebhaber und Vertrauter war tot.

Und man ließ mich in Ruhe. Mittlerweile hätte wohl sowieso niemand mehr den Mut, mich zu derart persönlichen Dingen wie einer Rasur aufzufordern. Alain hatte mich in den Olymp erhoben. Ich war der, von ihm Auserwählte gewesen. Einzigartig. Außergewöhnlich. Ich hatte es geschafft, das Eis des großen Meisters zu schmelzen und ihm näher zu kommen, als je ein Mensch vorher.

Doch was war ich jetzt, wo er nicht mehr war?

Ich beugte mich nach vorn, als würden mich unsägliche Schmerzen quälen. Meine Finger gruben sich in mein glatt zurückgekämmtes Haar.

War ich in den Augen der Leute überhaupt mehr als sein Spielzeug? War ich überhaupt noch irgendetwas wert?

Die vielen Fotos, die von mir während der Trauerzeremonie gemacht worden waren, zeigten wenigstens noch das Interesse der Öffentlichkeit. Doch wie lange würde es anhalten? Was blieb davon übrig, wenn sich in ein paar Wochen die Aufregung gelegt hatte? Wer war ich dann noch? Und wo würde ich dann hingehören? Die Fragen kreisten und drohten, meinen Kopf zu sprengen.

Die Bahn hielt, und ein junger Mann mit zerrissener Kleidung, griff sich meine nachlässig hingelegte Jacke und stürzte aus der Tür. Instinktiv hob ich die Hand, um ihn zurückzuhalten, zog sie jedoch müde wieder zurück. Sollte er doch damit glücklich werden. Ich hatte von diesen Jacken Dutzende. Und wozu brauchte ich sie? Ich nahm die Sonnenbrille ab und wischte mir über die brennenden Augen.

Als die Bahn in die Banlieues einfuhr, stieg ich aus.

Mein Weg führte mich über Straßen, zwischen deren rissigem Asphalt Unkraut wucherte. Ich lief durch heruntergekommene Plattenbauten und an Spielplätzen vorbei, auf denen Junkies sich in der Dunkelheit einen Schuss setzten und ihr Besteck achtlos liegen ließen. Längst vergessene Autowracks standen verrostet herum. In einer Telefonzelle, deren Tür herausgerissen worden war, lag eine junge Frau mit ihrem neugeborenen Baby auf einer zerfetzten Matratze und sah mich aus glanzlosen Augen an.

Auch das war Paris.

Ein bitteres, hässliches Paris, vor dem Alain mich die ganze Zeit bewahrt hatte. Gehörte ich vielleicht hier her? Das faltige Gesicht einer alten Frau, die mir entgegen kam, gab mir keine Antwort darauf.

Als ich auf einen großen, leeren Platz trat, der sich zwischen hohen grauen Mauern erstreckte, brach schon der Abend an. Meine Füße liefen lautlos über die staubige Erde, auf das kleine Dorf aus alten, heruntergekommenen Wohnwagen zu. Mein Herz begann zu stolpern, während meine Schritte immer langsamer wurden. Kinder spielten in einiger Entfernung mit einem kaputten Fußball.

Ich lehnte mich an einen toten Baum und sah ihnen zu. Wie oft hatte ich genau so mit meinen Freunden gespielt, ohne mir Gedanken über das Morgen zu machen. Das war das Gute an der Kindheit - die Sorglosigkeit. Doch die ging irgendwann abhanden, so wie alles verloren ging.

„He, du", rief ich einem Jungen zu, der müde dem Ball hinterher rannte. „Kennst du Piero?"

„Wer will das wissen?", fragte er frech.

Statt einer Antwort hielt ich ihm einen Geldschein hin. „Sag ihm, dass ich hier auf ihn warte, und du bekommst noch mal so viel. Aber nur, wenn du schweigen kannst. Sonst prügle ich dir das Geld wieder heraus."

Der Junge zupfte mir grinsend den Schein aus den Fingern und rannte davon.

Zu Hause?

Es wurde dunkel. Zwischen den Wohnwagen flackerten die ersten Feuer. Ich hatte mich auf den staubigen Boden gesetzt, den knorrigen Stamm des toten Baumes im Rücken, und wartete.

Der Anblick meines alten Zuhauses rief in mir die widersprüchlichsten Gefühle hervor. Ich vermisste meine Großmutter und das Leben als freier Zugvogel. Doch das, was mir die Gemeinschaft angetan hatte, würde mich nie wieder einen Fuß in ihr Dorf setzen lassen. Die Wunden waren zu tief und hatten zu viel in mir verletzt und aufgerissen. Wut empfand ich nicht mehr für sie. So waren ihre Regeln und Traditionen, nach denen sie lebten – nach denen ich einmal gelebt hatte. Doch nun gehörte ich nicht mehr dazu. Ich würde mich nie wieder daran halten oder unterordnen müssen.

Ein Schatten huschte auf mich zu. Dann baute sich der Junge vor mir auf und hielt mir fordernd seine Hand entgegen. „Wo bleibt meine Belohnung?"

„Wo bleibt Piero?", entgegnete ich.

„Du musst dich nur umdrehen." Die Worte erklangen hinter meinem Rücken und ließen mich aufspringen. Geistesabwesend drückte ich dem Jungen das Geld in die Hand. Dass es zu viel war, bemerkte nur er. Lachend lief er davon.

„Du bist gekommen", flüsterte Piero.

„Ich muss mit dir reden."

„Wirklich?"

„Ja, wir haben einige Dinge zu klären."

Pieros Augen funkelten in der Dunkelheit, als er mich ansah. Dann senkte er den Blick. Seine Hand strich fast zärtlich über die raue Borke des Stammes.

„Es tut mir leid." Seine Stimme zitterte. „Ich hatte das mit Serafon und dir nicht gewusst."

„Nicht gewusst?" Meine Stimme tropfte plötzlich vor beißendem Hohn. „Ganz Paris hat gewusst, mit wem ich zusammen lebe. Es steht immerhin täglich in den Zeitungen."

„Zeitungen? Hast du vergessen, wer wir sind?"

„Nein, ich habe nicht vergessen, wer wir waren. Beste Freunde! Erinnerst du dich? Die würden sich so etwas nie antun."

„Ich kann es nur wiederholen: Ich wusste es nicht!" Pieros Stimme war leise, Bedauern schwang mit. „Es war eine Vereinbarung gewesen, die ich nicht brechen konnte. Tom hatte dir geholfen, und ich würde zu gegebener Zeit tun, was er verlangte."

„Und da begehst du einfach einen Mord?" Meine Stimme begann zu beben.

„Was ist das schon? Du hast keine Ahnung, was Paco Tag für Tag von mir verlangt. Dagegen ist ein Mord fast eine Bagatelle. – Und trotzdem tut es mir leid", setzte er schnell nach. „Wenn ich gewusst hätte, wo du bist und bei wem du wohnst, hatte ich mich dagegen entschieden. Doch ich kann es nicht mehr rückgängig machen."

Er trat dichter an mich heran. „Nur für dich habe ich das getan."

„Wieso bist du an dem Abend, als wir uns trafen, mitgekommen? Du hast doch gewusst, was mich in Alains Haus erwartet. Warum hast du mich trotzdem begleitet?"

„Ich wollte dir beistehen, wenn du ihn findest…"

„Und deine Spuren verwischen."

„Bitte, Nikola! Was kann ich tun, dass du mir verzeihst? Ich habe Tom büßen lassen. Was soll ich noch machen?"

„Das mit Tom warst du also auch!" Ich wich einen Schritt zurück.

„Das war das Mindeste, was ich dem Scheißkerl antun konnte. Weißt du, er hat über den Streich gelacht, den er uns gespielt hat. Er war auf seine Intrigen mächtig stolz und hat mir erzählt, wie er dich mit seinen Freunden ran genommen hat …"

„Kein Wort mehr!", unterbrach ich ihn scharf.

„Er hat gewinselt und um Gnade gebettelt. Du hättest ihn hören sollen."

„Das ändert auch nichts mehr. Alain ist tot …" Wieder stiegen mir heiße Tränen in die Augen. Alles, was ich in den letzten Tagen zurückgehalten hatte, schien heute wie durch einen gebrochenen Damm hervorzusprudeln.

„Aber wir zwei leben noch“, seine Hand strich mir über die tränennasse Wange. Dann nahm er mir die Sonnenbrille ab, und steckte sie sich ins Haar. „Weißt du noch? Du hast mir schon einmal so ein Ding geschenkt. Ich habe sie immer noch. Sie erinnert mich an dich. Du hast mein Leben die ganze Zeit lebenswert gemacht. Wegen dir hatte ich ein Ziel. Wegen dir habe ich all die hässlichen Dinge ertragen, die ich tun musste. Nur du warst in meinen Gedanken.“ Fast beschwörend flüsterte er die Worte. Sie klopften an die Mauer in meinem Kopf und ließen Risse entstehen.

„Wusstest du denn nicht, dass ich dich liebe? Die ganze Zeit schon?“

„Aber du … du bist ein Mörder …“ Meine Stimme versagte. Die Trauer um Alains und dem, was aus Piero geworden war, überstieg das Maß, das ich ertragen konnte.

„Ich bin das, was ich sein muss, um zu überleben“, sagte Piero eindringlich.

„Du … du bist ein Stricher. Du gaukelst anderen Menschen Liebe und Lust vor, und gibst dich ihnen hin.“

Piero senkte beschämt den Kopf. „Denkst du, das mache ich aus Freude? Ich hasse es! Ich habe mir immer vorgestellt, dass du derjenige wärst … Das hat es mir leichter gemacht. Deine Lippen, deine Zunge, dein Schwanz in mir …“

Der Blick, den er mir nun zuwarf, ließ die Mauer aus Schmerz und Trauer endgültig bersten.

Tränen liefen über mein Gesicht. „Warum hast du das nie gesagt oder wenigstens irgendwie gezeigt?“

„Was hätte das geändert? Paco hat seine Augen überall. Keine Vergnügungen für mich, keine privaten Freuden. Ich gehöre den Männern, die dafür zahlen. – Aber das wird sich ändern.“ Seine Hände umfassten meine Wangen. Seine Lippen kamen mir sehr nah. Sie glänzten sanft im matten Licht der Straßenlaternen. Behutsam berührten sie meine Wange.

„Ich möchte deine Tränen trocknen. Ich möchte deine Trauer lindern. Diese Nacht gehört nur dir.“

Er sah mich ein paar Sekunden lang an, fasste dann meine Hand und zog mich hinter sich her. Ich wusste nicht, wohin. Doch ich folgte ihm mit tränenverschleiertem Blick.

Wir liefen zwischen Autowracks und Bergen von Müll hindurch. Der verwitterte Asphalt der Straßen war aufgeworfen, und die Häuser wuchsen wie hässliche, dunkelgraue Schatten in den Himmel. Er zog mich zu einem baufälligen Haus, einen Kellerabgang hinunter. In der Dunkelheit stolperte ich über die Stufen, auf denen Schmutz und Abfall lag. Piero eilte vor mir her, riss eine Tür auf und verschwand in der Finsternis.

Ich hörte nur meinen eigenen, keuchenden Atem. Vorsichtig tastete ich mich an den Wänden entlang. Piero umfing mich von hinten mir den Armen. Sein warmer Körper drückte gegen meinen.

„Es ist so dunkel hier." Ich konnte meine eigene Hand nicht erkennen.

„Es ist genau richtig für uns", flüsterte mir Piero ins Ohr. „Lass mich dir heute das Paradies zeigen. Ich habe so lange darauf gewartet."

Seine Hände schlüpften unter mein Hemd und zogen es über meinen Kopf. Begehren breitete sich in mir aus, wurde aber von einer aufkommenden Angst fast verdrängt.

„Piero … ich …"

„Warte!" Er ließ mich los. Einige Schritte von mir entfernt hörte ich ihn hantieren. Ein Streichholz flammte auf, mit dem er einen Kerzenstumpf anzündete.

Die Flamme schaffte es kaum, die Umgebung zu erhellen, doch ich konnte beschmierte Wände und eine Matratze in der Ecke erkennen. Piero stand vor mir und sah mich an. Auch er hatte sein Hemd abgelegt. Die Kerzenflamme warfen lebendige Schatten auf die helle Haut seines hageren Oberkörpers.

„Hierher komme ich, wenn ich Ruhe brauche. Das ist mein Ort der Stille. Niemand kennt ihn – außer dir." Er lehnte sich mit der nackten Schulter an die raue Betonwand. „Ich weiß nicht, ob unser Weg zusammen weitergehen wird. Du bist ein anderer Mensch geworden. Du gehörst nicht mehr hierher." Er machte eine kleine Geste mit der

Hand, die den ganzen Raum umfasste. „Aber ich möchte, dass diese Nacht unsere ist, so als gäbe es nur uns zwei auf dieser Welt.“

Er stieß sich von der Wand ab. Wie eine geschmeidige Katze glitt er auf mich zu. Sein langes Haar fiel ihm über die Schulter, was ihm ein verführerisches Aussehen verlieh. Er lächelte, als er sah, welche Wirkung er auf mich hatte.

Nun trat auch ich einen Schritt auf ihn zu, umfasste sein Gesicht und berührte mit meinen Lippen die seinen. Sanft erkundeten wir uns auf diese Weise minutenlang, während eine seltsame Spannung in mir anwuchs.

„Ich habe von dir geträumt, so oft“, flüsterte ich.

„Zeig mir, was du mit mir in deinen Träumen getan hast. Halte dich nicht zurück. Ich habe alles verdient, was du mir zu geben hast, deine Verlangen, deine Begierde, deinen Hass. Gib es mir! Ich werde es ertragen.“ Er riss meine Hose herunter und ging vor mir auf die Knie. Die seidige Wärme, die mich umfing, machte mich rasend.

„Nein, nicht so!“, stieß ich hervor, packte ihn grob an den Haaren und zog ihn hoch.

„Was immer du möchtest.“

Mit einem kräftigen Ruck drehte ich ihn um. Er half mir beim Ausziehen seiner Hose. Trotzdem zerriss sie. Ich presste ihn an die kalte Wand. Noch immer hielt ich seine Haare zwischen meinen Fingern und riss seinen Kopf zurück. Obwohl ihm diese grobe Behandlung ganz bestimmt Schmerzen bereitete, gab er keinen Ton von sich.

„Ich habe davon geträumt, wieder und immer wieder“, keuchte ich, als ich mein Glied an ihn drängte.

Entgegenkommend drückte er sein Becken nach hinten und bot sich mir an, gewährte mir bereitwillig Einlass. Als ich brutal in ihn eindrang, schrie er dennoch leise auf. Doch die Wut, die Erbitterung und die Trauer, die noch immer in mir tobten, ließen Zärtlichkeit jetzt nicht zu.

Ich setzte die ganze Pein, alle Qualen und allen Kummer der letzten Tage in die Stöße, die ich in ihn trieb. Er presste die Zähne aufeinander und nahm sie lautlos hin.

Seine Passivität machte mich rasend.

Warum wehrte er sich nicht? Warum ertrug er diese Demütigung durch mich?

Ich riss seinen Kopf noch stärker zurück. Sein entblößter Hals leuchtete im Kerzenlicht. Ich legte eine Hand um seine Kehle und drückte zu, während meine Stöße hart auf ihn einhämmerten.

Als ich sein krampfhaftes Röcheln nach Luft hörte, kam es mir so heftig, dass ich wie ein verletztes Tier aufschrie.

Mein Orgasmus war freudlos, mit einem Übelkeit erregenden Nachgeschmack. Ich löste meine Hand von seinem Hals und ließ mich erschöpft auf die Matratze sinken.

Piero sackte vornüber an der Wand zusammen. Er würgte und hustete trocken. Sein Rücken bebte, während er nach Atem rang. Als ich meinen Blick senkte, sah ich dunkles Blut an meinem Glied - Pieros Blut.

Ich hob die Hände und presste sie auf mein Gesicht. Ein Weinkrampf stieg in mir hoch und drohte mich zu verschlingen. Ich krümmte mich auf der Matratze zusammen, umfasste meinen Körper mit den Armen und gab mich diesem alles verschlingendem Gefühl hin.

Ich konnte nicht sagen, wie lange ich da lag. Irgendwann kamen keine Tränen mehr.

Ich spürte Piero neben mir. Beruhigend strich er mir über das Haar.

„Wie kannst du mir noch immer Trost spenden, nachdem ich dich gerade so behandelt habe?“ Meine Stimme klang fremd und kalt.

„Ich habe alles davon verdient. Du hättest mich töten können, ich hätte mich nicht gewehrt.“ Seine Augen waren schwarz vor Traurigkeit.

„Dich töten? Oder meinst du eher, dich erlösen?“ Ich lachte hart auf. „Nein! Ich vergelte niemals Gleiches mit Gleichen.“

Benommen richtete ich mich auf und zog mich an. Dann drehte ich mich um. Ohne einen Blick zurück, verließ ich Piero und den stinkenden Kellerraum.

Wer bin ich?

Mehr denn je verschanzte ich mich in den nächsten Tagen in Alains Domizil. Nachdem die TV-Sender sich mit Bildern von der Beerdigung gegenseitig übertrafen, die zeigten, wie ich Hals über Kopf die Trauerfeier verließ, wagte ich keinen Fuß mehr vors Haus. Ich saß im Hof, im Schatten der Palmen, die mir leise säuselnde Lieder sangen und dachte nach.

Mehrmals stündlich läutete das Telefon. Doch ich ging nicht ran. Es waren eh nur Journalisten, die ein Exklusivinterview wollten. Christin erzählte mir von den Angeboten und den haarsträubenden Honoraren bei unserem gemeinsamen Abendessen. Noch immer brachte uns Jean alles, was wir brauchten. Ein Anruf bei dem kleinen Restaurant genügte, und wenig später stand es auf unserem Tisch.

Es hatte sich fast nichts geändert. Fast nichts – außer die Leere und Traurigkeit, die mich erfüllte, wenn ich den großen, leergefegten Esstisch sah, an dem Alain immer gearbeitet hatte. Christin hatte die Sachen mit den Worten: „Das Haus erinnert dich schon genug an ihn" weggeräumt.

Doch nicht nur das Haus erinnerte mich an Alain. Auch die stillen, einsamen Nächte raubten mir den Schlaf. Mein Alkohol- und Tablettenkonsum erlebte einen enormen Aufschwung.

Hätte Christin dies bemerkt, wäre mir eine Standpauke sicher gewesen. Doch ich tat es heimlich, nachts, wenn ich allein in meinem Zimmer stand und aus dem Fenster starrte.

„Es wird Zeit, dass du dich mal wieder draußen blicken lässt", überfiel mich Christin eines Abends und zog mich zum Kleiderschrank. „Hier, anziehen", forderte sie und drückte mir einen dunkelgrauen Anzug in den Arm.

„Ich bin noch immer in Trauer, Christin."

„Deshalb ja auch die gedeckte Farbe. Los komm, mach schon. Es ist nur ein kleiner Empfang. Ein junger Künstler stellt seine Bilder vor und hat ein paar Gäste eingeladen. Es wird dir gut tun, und dir zeigen, dass dich die Leute nicht fressen wollen."

Widerwillig zog ich mich um. Wenn Christin sich etwas in den Kopf gesetzt hatte, blieb mir eh keine andere Wahl, als ihr nachzugeben.

Wir fuhren zu einer Galerie am Ufer der Seine. Bei dem kleinen Empfang, wie Christin es genannt hatte, handelte es sich um eine ausgewachsene Vernissage. Hochgestellte Persönlichkeiten aus der Mode- und Künstlerbranche standen umher, tranken Champagner und betrachteten gelangweilt die Bilder. Bei diesen handelte es sich ausnahmslos um wässrig hingeworfene Landschaften. Ich konnte ihnen schon auf den ersten Blick nichts abgewinnen.

Als wir eintraten, wandten sich alle Augen in unsere Richtung.

„Christin", flüsterte ich und umfasste ihr Handgelenk.

„Sie schauen doch nur. Lass sie", flüsterte sie zurück und setzte ein Lächeln auf. „Komm, ich stell dich dem Künstler vor."

Dieser war ein bärtiger, schüchterner Typ, der die ganze Zeit nervös seine Finger knetete.

„Ich freue mich, Sie zu meiner Ausstellung begrüßen zu dürfen, Monsieur Sherkow", haspelte er schnell herunter.

Ich zuckte bei diesem Namen zurück. Ja, unter dem Namen war ich hier bekannt. Alain hatte dafür gesorgt.

„Darf ich Ihnen ein paar meiner Werke zeigen?"

Der Bärtige zog mich zu einer Wand und begann auf mich einzureden. Seine Stimme war zittrig und schrill. Jemand hielt mir ein Tablett mit Champagner entgegen. Ich griff mir gleich zwei Gläser.

„… und das ist ein Hauch von Morgenröte über dem Baikalsee."

Ich horchte auf. „Sie waren schon einmal am Baikalsee?"

„Ähm, nein", antwortete der Künstler schnell. „Aber ich habe mal eine Reportage darüber gesehen, die mich sehr inspiriert hat. Wenn Ihnen das Bild gefällt, würde ich mich freuen, es Ihnen als Leihgabe zu übergeben."

Ich trank das zweite Glas aus und stellte es auf einem Tisch ab. „Nein, danke. In Natura ist der Baikal um einiges beeindruckender. Ich bevorzuge den direkten Anblick."

Ich wendete mich von ihm ab und suchte zwischen den Besuchern nach Christin. Sie stand bei einer Gruppe Frauen und lachte.

„Christin. Ich will gehen“, flüsterte ich ihr eindringlich ins Ohr.

„Oh, Monsieur Sherkow … oder darf ich Nik sagen?“ Eine rothaarige Mittvierzigerin lächelte mich an. „Ich bin ja so froh, dass Christin es geschafft hat, Sie zu einem Besuch in der Öffentlichkeit zu bewegen. Wir haben Ihren Anblick so vermisst. Ich möchte Ihnen mein Beileid aussprechen. Aber ich will die Gelegenheit auch gleich nutzen, Sie zu fragen …“

Ich ließ sie nicht ausreden. „Christin, bitte!“ Ich drehte der Rothaarigen den Rücken zu und sah Christin flehend an. „Ich kann das nicht!“

„Okay. Wir gehen kurz raus. Entschuldigen Sie uns“, sagte sie an die Frauen gewandt. Diese nickten uns pikiert zu. Die Rothaarige strafte mich mit einem Blick, den sie sicher als vergebend bezeichnet hätte. Mir war er egal.

„Was ist dein Problem? Vermisst du Alain?“, fragte Christin, als wir vor der Tür standen.

„Er hat mich nie solchen Menschen ausgesetzt. Ich … ich will das nicht …“

„Dir wird nichts anderes übrig bleiben. Du lebst in Paris. Alain hat dich in diese Gesellschaft eingeführt, du erbst seinen Nachlass, seinen Namen, das, was er aufgebaut und geschaffen hat. Und jetzt wird so etwas von dir erwartet. Ich helfe dir doch dabei.“

„Indem du mich zu solchen Leuten schleppst und mich dann stehen lässt?“

„Was ist denn an diesen Leuten auszusetzen?“ Christin sah mich an. „Ich versteh dich nicht, Nikola. Du hast alles, was du brauchst. Du musst es nur noch packen und etwas daraus machen.“

„Und wenn ich das nicht will?“

„Ja, was willst du denn dann?“ Diese Frage schrie sie mir fast ins Gesicht.

Einen Moment sahen wir uns sprachlos an.

„Auf jeden Fall nicht so etwas!“ Ich drehte mich weg und lief über die Straße.

Ich ignorierte Christins Rufe.

Ich musste nachdenken.

Was war eigentlich von Nikola, dem Zigeuner, noch übrig geblieben? Oder war ich mittlerweile eine Marionette, deren Fäden gerade von niemand geführt wurden, weil der Marionettenspieler heimgegangen war? Ich sollte mich entscheiden, was ich wollte, und mich nicht mehr von dem Willen Anderer hin und her schubsen lassen.

Meine Schritte führten mich an die Uferpromenade. Hier war ich schon einmal gewesen, erinnerte ich mich. In der Ferne blinkte ein buntes Schild. Ich steuerte darauf zu.

AZUEL flackerte regenbogenfarben über der Tür, an die ich jetzt kräftig klopfte. Die eingelassene Klappe wurde geöffnet. Ein Paar Augen sahen mich an.

„Bonsoir“, sagte ich.

„Bist du Mitglied?“

„Das letzte mal war ich mit Glied“, antwortete ich zweideutig.

Die Klappe wurde geschlossen und dafür die Tür geöffnet. Ich trat ein, ging durch den langen Flur. Die Pärchen an den Wänden beachtete ich nicht. Ich strebte zur Tanzfläche, zur dröhnenden Musik. Ich musste meinen Kopf frei bekommen und das ging schon immer am leichtesten mit tanzen. An der Garderobe gab ich nicht nur meine Jacke, sondern auch mein Hemd ab. Dann steuerte ich die Bar an, bestellte einen doppelten Wodka. Er war zu warm, doch das störte mich heute nicht im Geringsten. Mit einem Schluck stürzte ich ihn hinunter.

Dann begab ich mich zwischen die Tanzenden und begann mich ebenfalls zu bewegen. Ich gab mich mit geschlossenen Augen der lauten Musik hin. Nur wenige Minuten später war ich schon schweißgebadet. Doch das reichte mir noch lange nicht. Ich würde heute tanzen, bis ich wusste, wer ich war oder bis ich vor Erschöpfung zusammenbrach. Die Musik war mir egal. Wichtig war mir der Rhythmus, und dass ich mich verausgaben konnte. Ich spürte Blicke auf mir, doch auch die waren mir einerlei. Ich tanzte, als ob mein Leben davon abhängen würde.

„Wenn du so fickst, wie du tanzt, sollten wir schon mal einen

Krankenwagen rufen“, sagte jemand neben mir. Er musste schreien, damit ich ihn bei der Lautstärke verstand. Ein schlanker, junger Typ mit schwarzem Haar und tätowiertem Oberkörper tanzte neben mir und sah mich bewundernd an. „Tanzt du oder kämpfst du?“

„Wie man’s nimmt“, antwortete ich und konnte mir ein Lächeln nicht verkneifen.

Einander zugewandt tanzten wir weiter. Der Typ musterte mich, schien mich abzuschätzen.

„Gefällt dir, was du siehst oder habe ich was an der Nase?“, fragte ich leicht genervt.

„Ersteres, ich könnte dir sogar zeigen, wie sehr.“

Ich stockte in der Bewegung. „Machst du mich an?“

„Warum nicht? Oder willst du, dass ich dich nicht nur an, sondern richtig heiß mache?“ Sein Lächeln forderte mich heraus.

„Wenn du das schaffst, hast du einen Wunsch frei“, antwortete ich und folgte ihm an den Rand der Tanzfläche. Ich wusste nicht, warum ich das tat. Ich hatte keine Lust auf ein sexuelles Abenteuer. Aber ich wusste momentan ja eh nicht, was ich überhaupt wollte. Vielleicht brauchte ich jemanden, der es mir zeigte?

Der Junge baute sich provokant vor mir auf. Die Tätowierungen auf seiner Haut schienen sich zu bewegen.

„Einen Wunsch frei, he? Na, das klingt doch mal richtig gut.“ Um seinen Mund spielte ein Grinsen.

„Thoma, hast du mit dem da etwa heute noch was vor?“, fragte jemand.

„Ja, klar. Oder hast du was dagegen, Gaspard?“ Neben dem tätowierten Jungen tauchte ein alter Bekannter von mir auf. Er funkelte mich mit wütenden Augen an.

„Wenn du dich mit dem einlässt, riskierst du eine gebrochene Nase, wenn nicht sogar Schlimmeres. Weißt du denn nicht, wer das ist?“ Gaspard trat zwischen uns und baute sich vor mir auf.

„Natürlich weiß ich, wer das ist. Lass mich nur machen“, flüsterte der Junge ihm ins Ohr. Ich las die Worte mehr von seinen Lippen, als dass ich sie hören konnte.

„Vergiss ihn, Thoma. Der Typ ist verrückt. Egal wie viel Geld er dir später gibt, es lohnt sich nicht. Halt dich lieber fern.“ Gaspard warf mir einen angeekelten Blick zu und drehte sich um. Sein langes Haar fiel ihm über den Rücken, und erinnerte mich schmerzhaft an jemanden anders.

„Mach dir nichts draus. Gaspard ist momentan etwas …“, mit dem Zeigefinger machte Thoma eine kreisende Bewegung neben seiner Schläfe. „Warte hier. Ich hol nur schnell was.“ Er lief Gaspard hinterher und redete auf ihn ein.

Ich jedoch ging zur Garderobe, holte meine Sachen und machte, dass ich weg kam. Ich brauchte keine Freunde, die mich nur wegen meiner Bekanntheit oder meines Geldes mochten. Auch wollte ich den hasserfüllten Blick, den Gaspard mir zugeworfen hatte, nie wieder sehen müssen. Vielleicht hatte ich ihn ja verdient. Dennoch musste man schon sehr masochistisch veranlagt sein, um sich dem weiter freiwillig auszusetzen.

Ich lief in der Dunkelheit die Seinepromenade entlang. Die Laternen spiegelten sich im Wasser und zogen mich magisch an. Ich trat näher. Schwarz und still lag der Fluss vor mir und schien mich zu rufen. Noch einen Schritt und die Spitzen meiner Schuhe ragten über den Rand der Steine heraus. Nur noch einen Schritt weiter, und ich hätte endlich eine Entscheidung gefällt. Vielleicht war ja das meine Lösung. Einfach versinken, ohne Gedanken - ohne zu kämpfen – aufgeben – Frieden finden.

„Ich würde das nicht tun.“ Eine tiefe Stimme erklang hinter mir.

„Alain?“ Fassungslos drehte ich mich um und geriet augenblicklich ins Taumeln. Eine starke Hand griff nach meinem Hemd und bewahrte mich davor zu fallen.

„Nein, nicht Alain. Nur jemand, der scheinbar zur rechten Zeit am rechten Ort ist.“

Der Mann, zu dem die Stimme gehörte, ließ mich los, blieb jedoch dicht bei mir stehen. Die Nacht verschluckte die Züge seines Gesichtes, so dass er jeder oder auch niemand sein konnte.

„Ich hatte nicht vor, zu springen“, antwortete ich.

„Nein? Umso besser. Alain hätte es nicht gewollt.“

„Sie kannten Alain?“ Ich wusste nicht, warum ich diese dumme Frage stellte, doch sie kam mir einfach über die Lippen.

„Niemand würde wollen, dass ein junger Mensch sein Leben einfach so wegwirft.“

„Aber ich wollte doch gar nicht …“

„Jeder hat eine Aufgabe in seinem Leben. Bevor er diese nicht wenigstens zu erfüllen versucht hat, sollte er nicht das Recht haben, diese Welt zu verlassen.“

Obwohl der Mann behauptet hatte, jemand anders zu sein, konnte ich mich des Eindrucks nicht erwehren, dass Alain zu mir sprach. Die Stimme, die Silhouette … und dann wehte mir der Wind den Geruch seines Aftershaves entgegen. Gequält stöhnte ich auf.

„Warum?“, presste ich hervor. Dieses eine Wort beinhaltete so viele Fragen. Doch der Mann entschied sich für eine Antwort, die mich wie eine Faust in den Magen traf.

„Weil dich jemand braucht. Geh und hilf dem Menschen, für den du die Welt bedeutest.“

„Aber du warst für mich die Welt, Alain.“ Ich fühlte mich wie in einem Traum.

Der Mond tauchte zwischen den Wolken hervor und bestrahlte alles mit einem seltsam silbernen Licht. Im Hintergrund pulsierten die LEDs des Eifelturms, als wäre er ein lebendiges Wesen und würde, sobald er aus seiner Starre erwachte, die Reise auf seinen vier gespreizten Beinen fortsetzen.

„Nein“, flüsterte der Mann. „Ich habe dich nur auf einem kleinen Teil deines Weges begleitet.“

Dass er plötzlich in die Sprechrolle Alains schlüpfte, merkte ich gar nicht. Für mich war dieser Fremde mein verstorbener Liebhaber. Wieder lebendig, obwohl ich ihn doch mit eigenen Augen leblos gesehen hatte. Ermordet durch die Hände meines besten Freundes.

„Siehst du deinen Weg?“ Er wies auf das Pflaster, in dem sich matt die Lichter der Straßenlaternen spiegelten. „Geh und mache jemanden glücklich, der am Boden zerstört ist. Geh und werde endlich selber glücklich.“

Ich stand da und starrte auf die unebenen Platten, die wie mein Leben waren – schief, mit Schmutz zwischen den Fugen – dennoch im diffusen Licht der Nacht glänzend.

„An Pieros Händen klebt das Blut von Menschen“, meine Stimme war wie ein Hauch.

„Wir haben alle unsere Fehler.“

„Aber wird Piero mir verzeihen? Und werde ich ihm je wieder vertrauen können?“

„Das musst du allein herausfinden.“

Der warme Nachtwind blies mir ins Gesicht und wirbelte Staub auf. Sandkörnchen verirrten sich in meine Augen. Ich rieb sie unter Tränen heraus.

Als ich mich umblickte, war der Mann verschwunden. Die Uferpromenade lag leer vor mir. Nirgends war ein Zeichen von meinem nächtlichen Gesprächspartner zu sehen. Ich schüttelte benommen den Kopf und machte mich gedankenverloren auf den Heimweg.

Aufbruch

„Was tust du da?“ Christin überrasche mich, als ich gerade mit dem Kopf im Schrank des Wohnmobils steckte.

„Ich packe.“

„Was?“ Ihre Stimme klang schrill.

„Du hast richtig gehört. Ich werde eine Reise unternehmen. Du weißt doch, es steckt mir im Blut. Ich habe schon viel zu lange gewartet.“ Ich klopfte an die Wand des grauen Ungetüms. „Dieses Gefährt ist genau das Richtige für mein Unternehmen.“ Ich stieg aus und trat prüfend gegen einen Reifen.

„Du willst doch nicht etwa allein los?“ Christins Augen wirkten riesig in ihrem kleinen Gesicht. „… nein, du wirst doch nicht etwa mit … mit diesem Piero fahren? Nikola, er hat Alain umgebracht.“

„Das wurde nicht bewiesen.“

„Das ist nur eine Frage der Zeit.“

„Und die werden wir der Polizei nicht geben.“

„Nikola, überleg dir genau, was du tust, du kannst ihm nicht trauen.“

Ich reagierte nicht darauf, sondern öffnete die Motorhaube, um den Ölstand zu prüfen.

„Ihr werdet nicht mal über die Grenze kommen.“

„Für unsereins gibt es keine Grenzen.“ Als ich das sagte, breitete sich plötzlich ein unfassbares Glücksgefühl in mir aus. Es kribbelte mir vom Magen bis unter die Kopfhaut.

„Wie willst du dein Leben bestreiten? Willst du Alains Konto abräumen und mit diesem … diesem Mörder verprassen?“

„Daran habe ich auch schon gedacht.“ Ich wischte mir meine ölverschmierten Hände an der Hose ab. „Aber ich habe mich dagegen entschieden. Ich möchte, dass du dich um alles kümmerst. Du kennst dich aus, du warst schon immer die gute Seele von Alains Geschäft. Und wegen den Konten … ich habe nicht vor, sie leer zuräumen. Ich werde mir auch so zu helfen wissen.“

„Du willst wieder stehlen?“

Ich zuckte mit der Schulter. „Wir werden sehen. Es gibt viele Möglichkeiten für uns. Wir werden die Richtige finden."

„Denk doch daran, was du hier aufgibst, was du hier hast. Gestern warst du der heimliche Star auf der Vernissage. Du hättest neue Kontakte knüpfen können. Alle wollen dich kennen, mit dir reden und mit dir zusammen arbeiten. Hast du das nicht gemerkt?"

„Es ist mir nicht entgangen. Doch sie wollten nicht mich – sie wollten das, was Alain aus mir gemacht hat. Wenn ich in Paris bleibe, werde ich keine ruhige Minute mehr haben. Und das war nie etwas, was ich mir gewünscht habe."

„Wir bekommen eben nicht immer, was wir uns wünschen!" Christin schrie mir diese Worte ins Gesicht. Tränen füllten ihre Augen, doch sie sah nicht weg. Sie wollte, dass ich ihr Leiden mit ansehen musste.

„Nein, wir bekommen nicht immer, was wir uns wünschen", flüsterte ich, beugte mich zu ihr herab und küsste sie auf den Mund. Wie eine Ertrinkende umfing sie mich mit ihren Armen.

„Nikola. Nimm mich mit. Ich tue alles, was du willst, nur lass mich nicht allein."

„Christin, du bist mir wichtig, aber ich werde dich nie lieben können."

„Das macht doch nichts", flüsterte sie. „Ich möchte nur in deiner Nähe sein."

Ich löste ihre Hände mit Gewalt von meinem Hals und schüttelte leise den Kopf. „Das würde nicht funktionieren. Ich werde gehen. Ohne dich."

„Mit Piero?"

„Ja."

„Du warst dir noch gar nicht sicher, oder? Du hast nur mit mir geredet, um herauszufinden, was du tun wirst."

Ich lächelte ihr traurig zu. „Unser Schicksal ist vorbestimmt. Wir können es sowieso nicht beeinflussen."

„Ach, was du wieder redest." Ihr niedergedrücktes Lächeln zerschnitt mir das Herz. „Wirst du wiederkommen?"

„Sicher. Irgendwann. Weißt du, ich will dieses Leben nicht. Diese Berühmtheit. Der Ruhm ließ sich nur an Alains Seite ertragen. Er war wie ein Schutzschild, welches die größte Wucht von mir abgehalten hat. Ohne ihn bin ich nichts. Ich würde zerquetscht werden. Es tut mir wirklich leid."

Mit Tränen im Gesicht begann sie den Boden des Wohnmobils zu fegen. „Versprich mir, dich zu melden."

„Ich werde dir aus allen Ländern, die ich durchreise, Postkarten schicken. So hat diese ganze Schinderei, lesen und schreiben gelernt zu haben, wenigstens einen Sinn."

Ihr Lächeln, welches ihr Gesicht jetzt erhellte, war so süß, ich schwöre, wenn mein Herz nicht schon jemand anders gehört hätte, ich hätte mich in diesem Augenblick in sie verliebt.

Jeder ist zu kaufen

Ich brauchte mehrere Anläufe, bis der Motor des riesigen Wohnmobils ansprang. Eine weitere Schwierigkeit brachte die enge Toreinfahrt mit sich. Wie nur hatte Alain es geschafft, dieses Monstrum hier herein zu bugsieren?

Beim Versuch den Wagen in einen rechten Winkel zum Tor zu bringen, fuhr ich mehr als eine Kübelpflanze um. Mit halber Schrittgeschwindigkeit schlich ich durch die Einfahrt. Ein schrilles Kreischen erklang, als die rechte Seite des Wohnmobils an der Mauer entlang kratzte.

„Jetzt kann ich mit dieser Luxuskiste getrost nach Osteuropa fahren. Ein paar Kratzer und Dreck sind nur in meinem Sinne“, grinste ich Christin zu, die vor Entsetzen zwischen ihren gespreizten Fingern hindurch sah.

Ich hatte die letzten Tage darauf verwendet, mit einem Notar alle rechtlichen Dinge zu regeln. Das Testament war im letzten Moment überraschenderweise in Alains Atelier, in der Rue Étienne Marcel, zwischen den Entwürfen einer neuen Herrenkollektion aufgetaucht. Er hatte mir wirklich alles überschrieben. Sein Haus, seinen Besitz, das Modelabel, welches unter seinem Namen lief und noch weitere Dinge, von denen ich keine Ahnung hatte. Christin hatte mir versprochen, sich um alles zu kümmern, und ich vertraute ihr.

Sollte sie wenigstens in ihrer Arbeit aufgehen können. Vielleicht verschaffte ihr das ein wenig Zufriedenheit und Glück. Anders konnte ich ihr nicht helfen.

Sie hatte in der vergangenen Nacht einen erneuten Anlauf gestartet, mich davon zu überzeugen, bei ihr zu bleiben. Sie hatte nur erreicht, dass die Zweifel, ob ich Piero überreden konnte, mit mir zu fahren, um einiges größer wurden, mein Wunsch danach jedoch im gleichen Maß stärker. Die zwiespältigen Gefühle der Hoffnung und Unsicherheit kämpfen in mir sowieso schon derart heftig, dass sie mich allmählich zu verschlingen drohten.

Heute würde sich endlich zeigen, ob ich meine Reise allein machen musste. Ich hatte einige Vorkehrungen getroffen, falls man uns aufhalten wollte. Jetzt lag alles nur noch an Pieros Entscheidung.

Konzentriert fuhr ich durch die schattige Ausfahrt, hinaus auf die sonnenüberflutete Straße und ordnete mich in den fließenden Straßenverkehr ein. Obwohl ich wegen des großen Wenderadius kurzzeitig zwei Spuren blockierte, hupte keiner der Verkehrsteilnehmer. Das riesige, graue Monstrum von einem Wohnmobil hatte ihnen sicher die Sprache verschlagen. In ihm fühlte ich mich wie in einer fahrenden Burg. Was konnte mir schon passieren?

Doch je näher ich den Vororten kam, umso mehr nahm die Furcht wieder Besitz von mir. Meine Hände waren schweißnass, und ich musste das Lenkrad fest umklammern, um bei Kurven nicht abzurutschen. Als ich auf den großen staubigen Platz einbog, an deren Seite die Wohnwagensiedlung meiner ehemaligen Sippe stand, überkam mich jedoch eine seltsame Ruhe.

Es war später Nachmittag, und über das trostlose Stadtviertel legte sich bereits eine Dämmerung, die alle Farben zu schlucken schien, so dass nur noch verschiedenen Schattierungen von Grau zurückblieben.

Ich fuhr mein silbernes Ungetüm von einem Auto dicht an die Wohnwagen heran, bevor ich den Motor ausschaltete. Die ersten Sippenmitglieder waren aufmerksam geworden und kamen mir neugierig entgegen. Die Menschen, welche jetzt einen Halbkreis um den Wagen bildeten, kannte ich seit meiner Kindheit. Trotzdem hatte ich nicht den Eindruck, als würden sie mich freundlich empfangen. Die Gesichter waren unbewegt, fast feindlich.

Tief atmete ich durch. Dann öffnete ich die Wagentür, stieg aus und stellte mich breitbeinig vor die Kühlerhaube. Selbstsicherer als ich mich fühlte, sah ich über die versammelten Menschen. Mir fiel die zerschlissene Kleidung ins Auge, die sie trugen. Auch die Wohnwagen, in denen sie wohnten, hatten ihre besten Zeiten schon hinter sich. Die Farben waren verblichen und der Lack hatte an vielen Stellen Risse oder war in großen Stücken abgeplatzt. Früher war mir das nie aufgefallen.

„Ich suche Piero“, rief ich mit lauter Stimme.

Noch mehr Menschen strömten herbei. Eine gebeugte Gestalt eilte auf mich zu. Unter dem bunten Kopftuch hingen wirre, graue Haarsträhnen hervor.

„Junge, dass meine alten Augen dich noch einmal sehen, macht mich so glücklich."

Meine Großmutter umarmte mich. Ihre hagere, kleine Gestalt, und der Geruch nach ungewaschenem Körper schnürte mein Herz zusammen. Sie schien in meiner Abwesenheit geschrumpft zu sein.

„Gut siehst du aus. Wie ein feiner Herr." Sie strich mit ihrer gichtverkrüppelten Hand über meine Brust. Dann eilte ihr Blick über die Umstehenden, so als erinnere sie sich, wo wir waren. „Es ist nicht gut, dass du hier bist, Nikolito. Geh, solange du noch kannst. Du gehörst nicht mehr hierher."

Sie wich zurück, als ein großer, dunkler Mann auf uns zustürmte. Paco!

„Der verlorene Sohn ist zurückgekehrt." Sein Schnauzer zuckte vor unterdrücktem Zorn. „Dass du es überhaupt wagst, dich hier blicken zu lassen. Du hast Schande über deine Familie gebracht."

Ich würde mich gar nicht erst auf irgendwelche Vorwürfe einlassen. Wenn ich das tat, hatte ich verloren.

„Ich bin nur wegen Piero hier", sagte ich. Obwohl meine Stimme laut war, spürte ich das Zittern in den Stimmbändern.

„Wegen Piero, unserem Juwel? Was willst du von ihm?" Er lachte. „Ach, ich weiß schon, was Deinesgleichen von ihm will. Vergiss es!" Er spuckte mir vor die Füße. „Verschwinde, solange du noch in der Lage dazu bist. Siehst du den Baum dort?" Er wies auf den kahlen Baum in der Mitte des Platzes. „Du erinnerst dich doch noch, wozu man solche starken Äste gebrauchen kann? Oder? Willst du beenden, was du so feige unterbrochen hast? Der Baum wartet auf dich. Wir können sofort die unterbrochene Reinigung deiner schmutzigen Seele fortsetzen."

Diese Drohung verfehlte ihre Wirkung nicht. Meine Knie wurden weich, und längst verdrängte Bilder kämpften sich einen Weg aus meinem Unterbewusstsein nach oben.

„Ich … ich schlage dir einen Handel vor", sagte ich fieberhaft und konzentrierte mich auf mein Vorhaben.

„Was kannst du mir schon anbieten?"

Mit bebenden Fingern zog ich ein Handy aus der Tasche und tippte eine Nummer ein. „Jetzt", sagte ich und legte wieder auf.

Am Ende des Platzes heulte ein Motor auf. Scheinwerfer durchschnitten die aufkommende Dunkelheit, als ein glänzender Jaguar auf uns zurollte. Fünfzig Meter entfernt blieb er mit laufendem Motor stehen.

„Ich biete dir einen Jaguar XJ220. Die Fahrzeugpapiere liegen auf dem Beifahrersitz. Im Gegenzug lässt du Piero gehen."

Pacos Augen funkelten. „Und wenn nicht?"

„Dann gehe ich – unbeschadet – und hole Piero später. Nur, dass ich dann kein Geschenk dalassen werde, sondern die Polizei mitbringe."

„Was kann uns schon die Polizei?" Paco hakte seine Daumen großspurig in seinen Hosenbund. Sein Blick huschte dennoch hinüber zu dem schwarzen Wagen.

„Die Polizei wird an einigem Interesse bekunden, was ich zu sagen habe."

Paco machte eine Handbewegung, woraufhin mehrere Männer drohend auf mich zukamen. Warnend hielt ich das Handy hoch.

„Keinen Schritt weiter! Ihr lasst mich in Ruhe, ansonsten ruft mein Helfer, dort im Jaguar, die Bullen sofort. Ich freue mich schon darauf, was eine Razzia alles zutage fördern wird."

„Das würdest du uns doch nicht antun. Wir sind immer noch deine Familie."

Mein Blick huschte über meine Großmutter, die neben meinen Eltern stand. „Ich habe keine Familie mehr." Die Worte kamen mir leichter über die Lippen, als ich vermutet hatte. Und trotzdem verursachten sie mir einen Schmerz in der linken Brusthälfte. Aber das bekam Paco natürlich nicht mit. Ich musste hoch pokern, um eine Chance zu bekommen.

Drohend hielt ich das Handy in die Höhe. „Und? Bedenkzeit vorbei."

Paco nickte knapp. Sofort verschwand ein Junge zwischen den Wohnwagen. Wenige Augenblicke später kam er mit Piero an seiner Seite zurück. Erstaunt blieb Piero stehen und sah von Paco zu mir und wieder zurück.

„Komm her!“ Paco winkte und Piero setzte sich sogleich in Bewegung. Als er neben Paco ankam, griff dieser blitzschnell in Pieros hellbraunes Haar, als würde er einem Pferd in die Mähne fassen. Abschätzend sah er ihm ins Gesicht.

„Den hier willst du also?“

Ich entgegnete nichts. Ich wartete. Egal wie Pacos Entscheidung ausfiel. Wenn Piero nicht mit mir kommen wollte, hatte ich sowieso verloren. Piero zitterte, sein schönes Gesicht war von Angst und Schmerz verzerrt.

„Du weißt schon, dass er Abschaum ist?“ Mit einem schnellen Stoß, den Piero nicht vorhersehen konnte, brachte er ihn zu Fall. Paco lachte, während Piero auf Händen und Knien im Staub kauerte und nicht hochzublicken wagte.

„Er ist, was ihr aus ihm gemacht habt. Doch er hat solch eine Behandlung nicht verdient“, entgegnete ich und bemerkte, dass Piero mir einen scheuen Blick zuwarf.

„Du weißt schon, was er tagaus, tagein mit den dreckigen Schwänzen wildfremder …“

„Ich weiß nur, dass du den Mund halten sollst!“ Meine Stimme donnerte über den Platz. Zorn wallte in mir hoch. „Immer geschieht alles zum Wohle der Familie. Immer geschieht alles nach festen Regeln, egal, ob es den Einzelnen zerstört. Familie, dass ich nicht lache!“ Jetzt spuckte ich ihm vor die Füße. „Ich scheiß’ darauf!“

Gemurmel erfüllte die Nacht. Doch das Entsetzen meiner Sippe war mir egal. Ich hatte von einem anderen Leben gekostet, und ich würde jederzeit wieder ein anderes Leben wählen, fernab von dieser heuchlerischen Gemeinschaft. Die Frage war nur, ob Piero genauso dachte wie ich.

„Piero?“ Ich hielt ihm meine Hand entgegen. „Möchtest du mit mir kommen? Für immer?“

Seine Augen waren dunkel, wie die Nacht, als er zu mir aufsah.

„Verzeihst du mir denn?“ Leise, fast unhörbar waren die Worte.

„Ich muss dir nichts verzeihen. Es war nicht deine Entscheidung gewesen. Dein ganzes bisheriges Leben war nicht deine Entscheidung. Ich biete dir ein neues Leben an. Eines, das frei von Zwängen ist.“ Ich stockte. Was versprach ich ihm hier? War ich wirklich besser als Paco? Besser als meine Familie? Doch ich musste es wagen. Ich musste diesen Schritt tun.

Noch immer hielt ich ihm meine Hand entgegen. „Ich biete dir ein Leben an meiner Seite.“

Langsam, ganz vorsichtig rutschte Piero aus Pacos Reichweite. Dann stand er auf und trat neben mich.

„Was für ein schönes Paar.“ Pacos Schnauzbart begann wieder zu hüpfen.

„Ihr dürft sie nicht einfach so gehen lassen.“ Eine schrille Stimme erklang und Sara trat aus der Menge hervor. „Er sollte doch mich heiraten! Er hat sich hinterlistig aus seiner Verantwortung gestohlen. Er hat mich und die ganze Sippe mit diesem Handeln gedemütigt. Ich will, dass er leidet!“ Saras Stimme überschlug sich vor Hass.

„Ich habe gelitten. Aber das ist vorbei. Ich bin jetzt mein eigener Herr. Niemand hat mir mehr etwas vorzuschreiben. Und vor allem nicht du, Sara. Du hast keine Macht über mich! Du hast sie nie gehabt!“

„Das wirst du büßen!“ Sie ballte ihre kleinen Hände zu Fäusten und stampfte auf den Boden. Die Wucht ließ ihren Körper wie Pudding wackeln.

„Kein Wort mehr, keine Drohungen, sonst lass ich den Deal platzen und nehme Piero trotzdem mit. Nichts zwingt mich mehr, das zu tun, was ihr wollt.“

Sara stürmte mit erhobener Hand auf mich los. Ihre Züge waren hassverzerrt. Einem Impuls folgend, wollte ich vor ihr zurückweichen. Piero tat es sogar. Doch ich widerstand und fing ihren Arm mit Leichtigkeit ab. Mit einer schnellen Bewegung drehte ich ihn ihr auf den Rücken und versetzte ihr einen Stoß, der sie wegtaumeln ließ. Mit verzerrtem Gesicht rieb sie ihre verrenkte Schulter.

„Untersteh dich, mich noch einmal anzufassen“, sagte ich, als sie wieder einen Schritt auf mich zumachte. Ich hatte meinen ausgestreckten Arm auf sie gerichtet und starrte sie zornig an.

Und wirklich, es wirkte. Sie wich zurück. Obwohl sie mich noch immer voller Zorn ansah, war ihr dreister Mut scheinbar verraucht.

„Ich werde jetzt gehen, und Piero kommt mit mir. Ich nehme an, ihr seid klug genug, auf meinen Vorschlag einzugehen. Ihr bekommt mehr, als ihr verdient. Seid zufrieden!“

„Das musst gerade du sagen.“ Paco trat auf mich zu. Unwillkürlich zuckte ich zurück, als er mir seine Hand entgegenhielt. Ein Lächeln, das an die gefletschten Zähne eines Wolfes erinnerte, teilte sein Gesicht. „Also, eine Abmachung mit der Vereinbarung, dass wir uns nicht mehr kennen, egal unter welchen Umständen wir uns wieder begegnen sollten.“

„Genau, was ich will!“ Ich schlug ein. Seine Hand erinnerte mich an das Fleisch eines toten Fisches.

„Piero?“ Ich hielt die Beifahrertür auf und wartete bis mein Freund eingestiegen war. Sein Blick spiegelte Unglauben, Angst, Hoffnung und einen Ausdruck, als glaube er zu träumen und befürchtete, dass dies doch nur eine Seifenblase war, die gleich zu platzen drohte.

Ich sah ihn an und lächelte. Und er – seine Mundwinkel zuckten, doch der Mut zu einem echten Lachen schien ihm zu fehlen.

Ich wendete das Wohnmobil und hielt nur noch einmal kurz, damit Christin zusteigen konnte, die neben dem Jaguar auf uns gewartet hatte.

Ein Blick in den Seitenspiegel zeigte mir, wie meine Sippe auf den teuren Sportwagen zurannte, um ihn in Besitz zu nehmen.

Ich wendete den Blick ab und trat das Gaspedal bis zum Anschlag durch.

Ich hielt an einer Metrostation, um Christin rauszulassen. Unser Abschied gestaltete sich kurz. Wir hatten uns in den letzten Tagen alles gesagt, uns alle Zweifel und Wünsche gebeichtet und uns gewissermaßen gegenseitige Absolution erteilt. Sie umarmte mich ein letztes Mal.

„Schreib mir! Und denk daran: solltest du es dir doch noch anders überlegen, du weißt ja, wo du mich findest. Du hast immerhin noch eine Führung durch den Louvre bei mir gut."

Ich erwiderte ihre Umarmung aus ganzen Herzen und drückte ihr einen Kuss auf die Stirn.

„Ich wünsche euch Glück." Sie nickte in Pieros Richtung. „Er scheint ja ein ganz netter Kerl zu sein." Sie schenkte mir ein letztes, trauriges Lächeln, als ich wieder einstieg und mich zwischen die fahrenden Autos einfädelte.

Ich musste mich auf den Straßenverkehr konzentrieren und sprach deshalb kein Wort. Als wir endlich auf die Pariser Ringautobahn fuhren, und es etwas entspannter für mich wurde, hatte Piero die Augen geschlossen und schien zu schlafen.

Stumm fuhren wir in die Nacht hinein und ließen Paris hinter uns. Als wir nach Stunden die Landesgrenze passierten, machte ich das erste Mal eine Pause. Die Augen brannten mir von den Scheinwerfern, die mich geblendet hatten, und ich war müde. Ein trüber Morgen brach gerade an, als ich den Wagen auf einen kleinen Rastplatz neben der Straße abstellte.

„Ich muss mich eine halbe Stunde ausruhen", sagte ich. Piero saß verloren auf dem Beifahrersitz und wirkte, als wüsste er nicht, was er hier tat. Ich würde mich bald um ihn kümmern, doch zuerst brauchte ich selber etwas Ruhe. Ich kletterte in die Schlafkoje über dem Fahrerhaus. Kaum dass ich lag und die Augen geschlossen hatte, war ich schon eingeschlafen.

Mein Schlaf war tief und traumlos. Als ich aufwachte, fühlte ich mich erfrischt und wunderte mich kurz, wie das nach nur einer halben Stunde Schlaf sein konnte. Ein Blick aus dem Fenster zeigte mir, dass die Sonne im Zenith stand. Piero hatte mich nicht geweckt.

Ein Schreck durchfuhr meine Glieder. Wo war er? War er gar nicht mehr da? Machte ihm die Freiheit vielleicht genauso viel Angst, wie mir am Anfang? Er war doch nicht etwa zurück, in sein altes Leben?

Ich sprang die anderthalb Meter aus der Koje nach unten und sah mich im Wohnmobil um – leer. Keine Spur von ihm. Er hatte mich verlassen, bevor alles richtig begonnen hatte.

Mutlos ließ ich meine Schultern sinken. Traurigkeit überspülte mich wie eine kalte Welle. Alles war umsonst gewesen.

Langsam öffnete ich die Tür und trat ins Freie. Die Sonne brannte herunter und drückte mich genauso nieder, wie es meine Mutlosigkeit tat.

Was hatte ich mir auch bei diesem ganzen Unterfangen gedacht? Nicht jeder war wie Christin oder Alain. Nicht jeder wollte mit mir zusammen sein oder genoss meine Anwesenheit. Ich hatte mich gnadenlos überschätzt. Ich hatte mich von dem ganzen Trubel um meine Person blenden lassen und geglaubt, jeder erliege meinem Charme und meinem unglaublichen Charisma. Das ich nicht lachte!

Ich war mir dieser Wirkung doch nie wirklich sicher gewesen, wieso dachte ich, dass ich auf Piero irgendeinen Einfluss haben könnte? Ich war ein Nichts! Schon immer, und heute umso mehr.

Auf der Treppe stehend, eine Hand am Türrahmen, presste ich die Augenlider zusammen und zog die staubige Luft der Straße ein.

„Gut geschlafen?"

Ich riss die Augen auf. Piero stand im Schatten eines Baumes an einem einfachen Holztisch und sah mir entgegen. Ein vorsichtiges Lächeln lag auf seinem Gesicht.

„Ich habe etwas zu Essen gemacht. Ich hoffe, das ist okay."

Ich trat näher und besah erstaunt den gedeckten Tisch mit Baguette, Wurst und Käse. Sogar eine Thermoskanne mit heißem Kaffee wartete.

„Ob das okay ist? Es ist wunderbar!", sagte ich überrascht.

„Nun, ich war mir nicht sicher, ob ich die Vorräte verwenden darf.“

„Aber sicher. Sie sind genau dafür da.“

Ich hatte sie damals mit dem Gedanken im Kopf eingekauft, dass sie Piero und mich eine zeitlang von Städten und Geschäften unabhängig machen konnten. Dass es jetzt genauso war, machte mich glücklich.

„Ich bin froh, dass du noch da bist“, sagte ich.

„Und ich bin froh, dass du mich nicht aufgegeben hast.“

Sein Lächeln erwärmte mein Herz.

„Wo fahren wir eigentlich hin? “

Ich trank einen Schluck Kaffee und schüttelte den Kopf. „Erst einmal weit weg, bis ans Ende der Welt. Dort beginnen wir dann ein neues Leben.“

Ich beobachtete sein schönes Gesicht, das sich vor Unglauben leicht verzog. Als er dann jedoch den Kopf in den Nacken warf und lauthals zu lachen begann, konnte ich nicht anders, als in sein Lachen einzusetzen.

Ab jetzt war das Reisen leichter. Wir redeten und lachten viel. Es waren nur Belanglosigkeiten, die wir austauschten, aber sie tauten das Eis zwischen uns und schafften eine Atmosphäre, wie wir sie schon Jahre nicht mehr gespürt hatten. Sie erinnerte mich an unser Zusammensein in der Kindheit, als Pieros Tätigkeit, unbedingt Geld heranschaffen zu müssen, die Stimmung noch nicht getrübt hatte.

Gegen Abend kamen wir zu dem Ort, den ich für unseren Neubeginn gewählt hatte. Wir zweigten von den großen Straßen ab und begaben uns auf kleinere Landstraßen. Obwohl ich vorsichtig abbog und auf einem schlechten Feldweg nur mit Schrittgeschwindigkeit fuhr, musste sich Piero mit beiden Händen an Armaturenbrett und Türgriff festhalten. Während er durchgeschüttelt wurde, meinte er lachend, „Ich hatte nicht geahnt, dass du so etwas mit ‚Ende der Welt‘ meintest.“

Er verstummte jedoch, als sich uns ein grandioser Ausblick auf den Atlantik eröffnete. Die Sonne näherte sich gerade dem Horizont und ließ das Meer wie flüssigen Honig erstrahlen.

„Wir sind da“, flüsterte ich ehrfürchtig. „Weißt du, Max, der mir

Lesen und Schreiben gelehrt hat, erzählte mir von diesem Ort – vom Cabo de Finisterre. Im Mittelalter dachten die Menschen, hier wäre das Ende der Welt. Sie pilgerten aus ganz Europa nach Spanien, um sich von ihren Sünden zu befreien und ein neues Leben zu beginnen."

Ich öffnete die Tür und lief Richtung Klippen.

„Komm", rief ich Piero zu. „Wir haben noch etwas zu erledigen."

Alles auf Anfang

Wir kletterten zwischen den Felsen hinab und steuerten einen kleinen, steinigen Strand an. In einer Tasche, die ich über meine Schulter geworfen hatte, befanden sich einige Dinge, die wir brauchen würden. Unter anderem eine Taschenlampe für den Rückweg und Streichhölzer. Unterwegs begann ich, trockene Äste der hier wachsenden Ginsterbüsche einzusammeln. Am Strand angekommen, schichtete ich sie zu einem Haufen auf.

„Ich muss dir etwas sagen." Piero kauerte auf dem Boden. Zwischen seinen Fingern drehte er zwei runde Kiesel. „Ich war nicht ich selbst, als ich es getan habe. Na ja, beim zweiten Mal schon eher, da hat mich die Wut getrieben, wegen dem, was dir das Schwein angetan hat … Aber beim ersten Mal … da habe ich mir von Romika helfen lassen. Du weißt ja, sie kennt sich mit Kräutern, Drogen und solchen Sachen aus … Und dann habe ich es einfach so tun können. Es war, als hätte ich mir dabei selber zugesehen. So als würde ich im Kino sitzen und einem Schauspieler bei der Arbeit zuschauen. Erst als ich dich traf, wurde mir bewusst, dass ich es mit meinen eigenen Hände getan habe."

„Wovon redest du überhaupt?" Ich sah ihn an und war mir nicht sicher, ob ich es wirklich wissen wollte.

„Weißt du, Alain hat mich nicht reingelassen. Ich meine, er hat mich an dem Abend nicht zu sich eingeladen, so wie die Zeitungen es behauptet haben. Ich bin diesem Essenslieferanten aus dem kleinen Restaurant gefolgt. Er hatte nicht aufgepasst, als ich hinter ihm ins Haus geschlüpft bin."

Piero sah mich mit flehendem Blick an. „Nikola, ich bin kein eiskalter Mörder!"

„Bitte, lass uns nie mehr davon reden." Ich zündete ein Streichholz an und starrte in die Flammen. „Ich habe dir verziehen und das solltest du auch tun."

Ich hielt das Streichholz, kurz bevor die Flamme meine Fingerkuppen erreichte, an den Haufen trockener Äste. Sofort begannen sie zu brennen.

Ich stand auf und begann mich auszuziehen. Erstaunt sah mir Piero dabei zu. Zuerst ließ ich mein Hemd in das Feuer fallen. Hell flackernd nahm das Feuer von ihm Besitz.

„Mach das gleiche wie ich und verbrenne alles, was dich an deine Vergangenheit erinnert."

Ich legte meine zusammengefaltete, teure Designerhose auf den brennenden Haufen.

Piero erhob sich ebenfalls, zog sein verschlissenes T-Shirt über den Kopf und tat es mir gleich. Gemeinsam sahen wir zu, wie die Flammen sich von unserer alten Kleidung nährten und in den Himmel loderten.

Die Sonne war im Meer versunken, und über uns wurde der Himmel dunkler. Pieros Haut schimmerte im letzten Licht des Tages wie Alabaster.

„Komm", ich stand schon bis zu den Oberschenkeln im Wasser und drehte mich zu Piero um. „Das Meer wird alle Zweifel wegwaschen, und dir dabei helfen, einen neuen Anfang zu wagen."

Piero stand am Ufer, wo die sanften Wellen seine Füße umspülten. Auf seinem Gesicht lag ein Ausdruck von Bewunderung. „Weißt du, dass ich dich schon immer geliebt habe. Es war mir nur nie gestattet, es zu zeigen."

„Dann zeig es - jetzt. Ab heute ist alles erlaubt."

Piero begann zu rennen. Die langen Muskeln, die sich unter seiner Haut bewegten, hielten meine Aufmerksamkeit gefangen. Und dann sprang er, mit einem hellen Schrei, auf mich zu. Ich war so fasziniert vom Spiel seiner Muskeln gewesen, dass ich erst im letzten Moment fähig war, zu reagieren. Mit einem Aufspritzen landeten wir gemeinsam im Wasser. Er drückte mich unter die Oberfläche. Salziges Wasser drang in meine Nase und meinen Mund. Panik ergriff mich, als seine Arme mich umfingen und niederdrückten. Doch dann versiegelten Lippen meinen Mund und liebkosten mich stürmisch. Gemeinsam brachen wir durch die Wasseroberfläche, so dass die Gischt meterweit spritzte.

„Habe ich dir einen Schreck eingejagt?" Piero lachte. „Du hast doch gerade gesagt: Ab heute ist alles erlaubt.“

Erneut legte er seine Arme um meinen Hals und begann mich zu küssen. Dieses Mal war es ein zärtlicher, tastender Kuss, so als wolle er wissen, ob er zu weit gegangen war. Als er die Reaktion meines Schwanzes an seiner Hüfte spürte, lachte er auf.

„Nicht zu kalt hier drin, he?“

„Nicht für mich!“

„Vielleicht sollten wir wirklich alles richtig beginnen. Hier und jetzt?“

„Hier und jetzt!“ Ich umfasste Pieros Gesicht und begann ihn nochmals zu küssen. Seine Hände wanderten unterdes über meinen Körper, so als müsse er herausfinden, ob dies alles vielleicht doch nur ein Traum war. Er strich mir über die Brust, die Schultern, den Rücken hinab, über mein Gesäß, wo er seine Hände verweilen ließ.

Ich beugte mich über ihn, so dass sein Haar die Wasseroberfläche berührte. Langsam neigte ich ihn weiter dem Wasser entgegen. Die sanften Wellen umspielten seinen Kopf. Sein Haar bewegte sich wie eine lebendige Wolke in der leichten Strömung. Noch immer, durch einen Kuss mit mir verbunden, sah er mich mit großen Augen an.

„Vertraust du mir?“, fragte ich.

„Immer.“

Eine vorwitzige Welle überflutete sein Gesicht. Er hustete, drehte den Kopf zur Seite, ohne Anstalten zu machen, sich aus meinem Griff zu befreien.

Eilig zog ihn zu mir hoch. „Du vertraust mir bis zum Ende aller Zeit?“

Er umklammerte meine Hüften mit seinen Beinen. „Ja! Für immer und ewig!“

Ich seufzte auf, als er mich mit einer kleinen, geschickten Bewegung in sich aufnahm und seine Körperwärme mich umfing. Im Takt der Atlantikwellen nahm ich ihn in Besitz. Dieses Mal völlig anders als bei unserem letzten Zusammentreffen. Sanft und gefühlvoll, wie die Wellen um uns herum, liebten wir uns und genossen die intime Zweisamkeit unter der Weite der aufleuchtenden Sterne.

Als wir im Dunkeln, nur in Handtücher gehüllt, im Schein der Taschenlampe den Weg zurückgingen, mussten wir nicht mehr sprechen. Zwischen uns war alles gesagt und kein Wort mehr nötig.

Nun konnten wir endlich beginnen, uns eine eigene, unbelastete Zukunft aufzubauen.

Ende und Anfang zugleich

Am nächsten Morgen weckte mich der Geruch von frisch gebrühtem Kaffee. In der Mitte des Frühstückstisches stand ein Strauß blauer, stacheliger Disteln. So schön und wild, wie sie waren, hatten sie sich beim Pflücken sicher zu wehren gewusst. Piero tauchte aus dem kleinen Bad auf. In der Hand hielt er eine silberne Verpackung.

„Die habe ich gefunden. Wofür sind sie?"

Ich erkannte meine kleinen weißen Freunde, die mir so oft beim Vergessen und Verdrängen geholfen hatten. Wortlos nahm ich sie ihm ab und drückte sie einzeln in meine hohle Hand. Mit einer schnellen Bewegung schleuderte ich sie durch die offenstehende Tür, hinaus ins trockene Gras.

„Sie haben mal Jemandem geholfen. Doch diesen Jemand gibt es jetzt nicht mehr", sagte ich leise.

„Ist das gut?"

„Sehr gut sogar!" Ich fasste seine Hand und küsste die kleinen Kratzer, welche die Disteln ihm zugefügt hatten.

„Ich bin glücklich!"

„Ich auch!" Piero beobachtete, wie ich seine Hand liebkoste. „Zum ersten Mal in meinem Leben spüre ich, was Glück wirklich bedeutet."

Ein wohliger Schauer ließ seinen Körper erzittern, als ich mein Gesicht in seine Hand schmiegte.

„Sag, wo fahren wir eigentlich hin?"

Ich sah ihn an und lächelte, als ein verirrter Sonnenstrahl sein Haar hell aufleuchten ließ.

„Warst du schon mal in Afrika?"

„Afrika?" Erstaunt schüttelte er den Kopf.

In meinem Herzen breitete sich ein Gefühl der Weite aus und einem tiefen Impuls folgend, öffnete ich freudestrahlend die Arme.

„Weißt du, es ist gar nicht weit. Wenn du willst, könnten wir schon morgen dort sein."

* * *

S.A. Urban

Engelsgesang

220 Seiten

ISBN 978-3-86361-062-3

Auch als E-book

Ángel van Campen flüchtet vor seinem egozentrischen und gewalttätigen Vater in die Stadt München. Dort lernt er Wolfgang kennen, der mit Gitarrenunterricht und gelegentlichen Auftritten seinen Lebensunterhalt bestreitet. Dieser nimmt den verängstigten, von Albträumen geplagten Jungen bei sich auf. Durch Zufall entdeckt Wolfgang bei Ángel ein außergewöhnliches Talent. Ángel beherrscht, ohne es zu wissen, den klassischen Countergesang. Wolfgang verhilft ihm zu einem Stipendium an der Musikhochschule. Die ganze Zeit über redet er sich ein, nur ein väterlicher Freund zu sein und verdrängt seine tiefen Gefühle. Währenddessen verliebt sich Ángel in den Kunststudenten Martin, dessen unübersehbare Zugehörigkeit zur Gothicszene, ihn fasziniert. Sie beginnen eine leidenschaftliche Affäre, der Wolfgang natürlich ablehnend gegenübersteht.

Bei einer Vernissage trifft Ángel unvorhergesehen auf seinen Vater. Dieser attackiert ihn körperlich und quält ihn mit einem detaillierten Bericht über den Tod von Ángels jüngerer Schwester. Ángel macht sich schlimme Vorwürfe, da er in dem Vorhaben, seine Schwester schnellstmöglich zu sich zu holen, um sie so vor den Übergriffen seines Vaters zu schützen, versagt hat. Sein augenscheinliches Versagen setzt ihn derart zu, dass er ebenfalls versucht sich in den Selbstmord zu flüchten. Dieser misslingt, als Wolfgang und Martin ihn finden. Endlich erfahren beide die wahren Hintergründe seiner Alpträume. Sie sind entsetzt über so viel unvorstellbare Grausamkeit

Eine Geschichte über Selbstfindung und die Macht der Liebe, die manchmal fähig ist, die übermächtigen Schatten der Vergangenheit zu besiegen.

www.himmelstuermer.de